僕がイスラム戦士になってシリアで戦ったわけ

鵜澤佳史

金曜日

まえがき

　メラメラと燃え上がる炎は、脆弱で抵抗する術《すべ》を持たない僕たちの肉体を容赦なく呑み込んでいった。あたりには白い煙が立ち込め、火薬の匂いが鼻をついた。強烈な耳鳴りとともに視界は白くぼやけ、黒いアメーバが視界の中で蠢《うごめ》いている。揺らめく炎は僕の体をゆっくりと炭へと変えていっているが、不思議と熱さや痛みはなく、むしろ穏やかで、どこか温かいものに包み込まれていくようであった。

「……ラァー……イラーハ、イッラァ……ラー……（アッラーは唯一神なり……）」

　うめき声のようなものが聞こえた。仰向けに倒れた機関銃手が、絞り出すようにして最後の言葉をつぶやいていた。

　僕から3メートルほど離れたところにいたアボマルデイヤは仰向けに倒れている。魚のように丸く大きく見開かれた目を僕に向け続けているが、その目は既に何も語りかけてこなかった。アボマルデイヤとともに集められていた2～3人の負傷者たちも、折り重なって倒れてピクリとも動かない。彼らも完全に息を引き取ったようだ。

たかだか1発の砲弾ではあったが、僕らを殺し尽くすことはそれほど難しいことではなかった。政府軍は相手が対抗手段を持たない生身の人間であろうがなかろうが、手加減などしてくれない。いや、これはシリア政府軍にかぎらないだろう。戦争とは、正義か悪かとか、ヒューマニズムとか愛国心といった気持ちをどれほど持っているかではなく、「結果」がすべてなのだ。「力のある者が生き、力のない者は死ぬ」。実にシンプルな法則だ。そして僕もその法則に従って、最後の時を迎えようとしていた。

〈終わった。何もかもが終わった……〉

――2013年4月。

僕は紛争地シリアに戦いに行った。ひょんなことで「イスラム過激派」といわれる組織に入って戦うことになったのだが、早々に砲撃を受けて死を受け入れようとしていた。その僕が今もこうして生きているのは、「テロリスト」ともいわれる仲間たちが銃弾の飛び交うなか、命がけで救出してくれたからだ。また、その時の怪我が元で僕は帰国することになったものの、彼らはそんな僕を叱責するでも、ましてや処刑するでもなく、「帰国後の生活が大変だろうから」と、支援金をくれたのだ。十分な武器だって買えていないにもかかわらず……。

僕は「イスラム過激派」といわれる仲間たちと生活を共にしてきた。3カ月という短い間ではあったが、その中でみた彼らの姿は、それまでの日本のメディア報道から抱いていたイメージとはまるで異なるものだった。

戦闘前には声をあげて涙を流す人間らしさがあり、規律正しく住民にも慕われ、家族以上に僕を温かく迎え入れた。そうした日本では伝えられない彼らの素顔をどうしても「伝えたい」。その想いから本書を出版するに至った。

もちろん、「イスラム過激派」と言われる組織が市民をも巻き込んだ武装闘争を行なっていることも事実である。まだ記憶に新しいが2015年11月13日にはフランスのパリで「イスラム過激派」によるものと見られる「テロ事件」が発生し、130人以上もの市民が犠牲となった。また、日本人でも湯川遥菜氏とフリージャーナリストの後藤健二氏がIS（「イスラム国」）によって拘束され、同年1月25日に湯川氏、2月1日には後藤氏が殺害される動画がそれぞれ公開された。

僕がいた組織はその後ISと敵対することになったが、世間的にはISと同じ「イスラム過激派」というカテゴライズがされている。そうしたなかで、このような本の出版は世間から非難を受けるかもしれない。さらには、敵対していた海外の勢力などから命を狙われる危険もないわけではない。

しかし、それでも僕はこうして自分の見聞きしてきたものを世の中に出すことを選んだ。それは、「伝えたい」という気持ちが僕の他のどんな気持ちよりも強いものだったし、それが彼らの〝素顔〟を見て、偶然にして生き残った者の「使命」であるとも思えるからだ。

日本では15年9月に安全保障関連法が成立した。メディアでは連日、ISを始め、「イスラム過激派」の蛮行ばかりが報道されているが、そうした部分だけがクローズアップされれば、彼らに対する誤解や偏見はさらに助長される。そうして、自分と相手とを隔てる「壁」がすっかり相手を覆い隠してしまうほどに大きくなれば、不必要な争いを肯定するための基盤を成していくだろう。彼らへの恐怖心ばかりが必要以上に煽り立てられるほどに、日本が「対テロ戦争」に近づいていくような気がしてならない。

安易な誤解と偏見に基づいて世論が誘導されていけば、多くの人にとって良くない結果をもたらすことになる。集団的自衛権が行使されて最初に犠牲になるのは現場に立つ「自衛官」という名の「日本の青年」たちであり、その家族である。自ら戦いに行った僕がいうのもおかしなことかもしれないが、キラキラと目を輝かせた青少年が死んでいくのは見るに耐えない。

「戦争」の現場に立った者として、「過激派」といわれる彼らの素顔を見た者として、何の痛みも感じない「権力者」によって戦争が産み出されようとしているのを看過することができない。これは仲間を救うことができなかった自分への戒めでもある。

「救える可能性があったにもかかわらず何もしなかった」

それで犠牲者を出してしまっては、僕は再び後悔することになるだろう。

「戦争」による不必要な犠牲者を増やさないためにも、僕は本書を通して、僕の見てきた「真実」を語っていきたいと思う。

誇り高く、心優しいイスラムの仲間たちへの弔いのために。

これまで僕を育んでくれた日本社会のために。

そして、多くの人々が幸せに暮らせる世界の実現を願って。

僕がイスラム戦士になってシリアで戦ったわけ＊目次

サラフィー・ジハーディスト

〈シリア1〉

シリア―トルコ国境

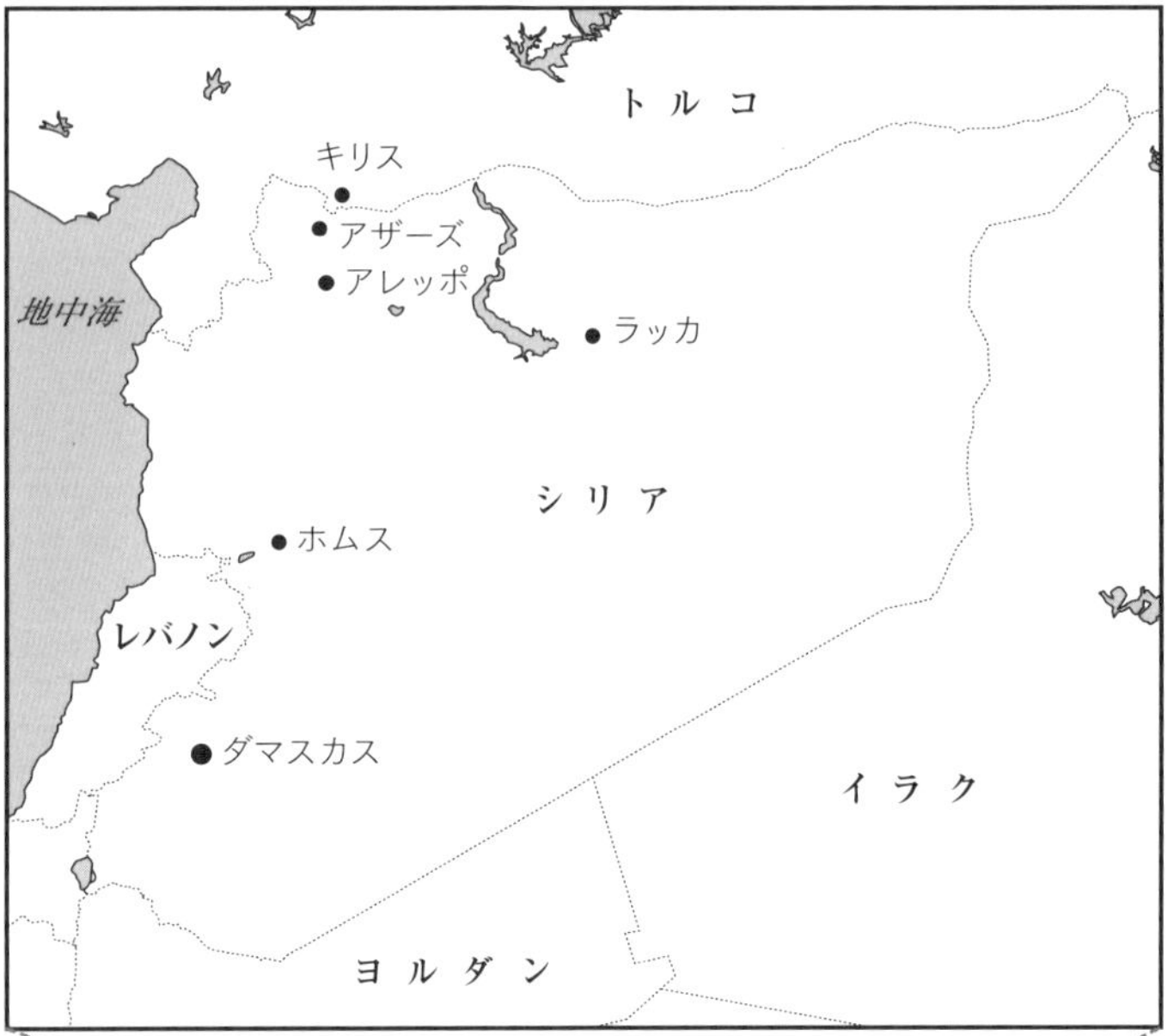
トルコ
キリス
アザーズ
アレッポ
ラッカ
地中海
シリア
ホムス
レバノン
ダマスカス
イラク
ヨルダン

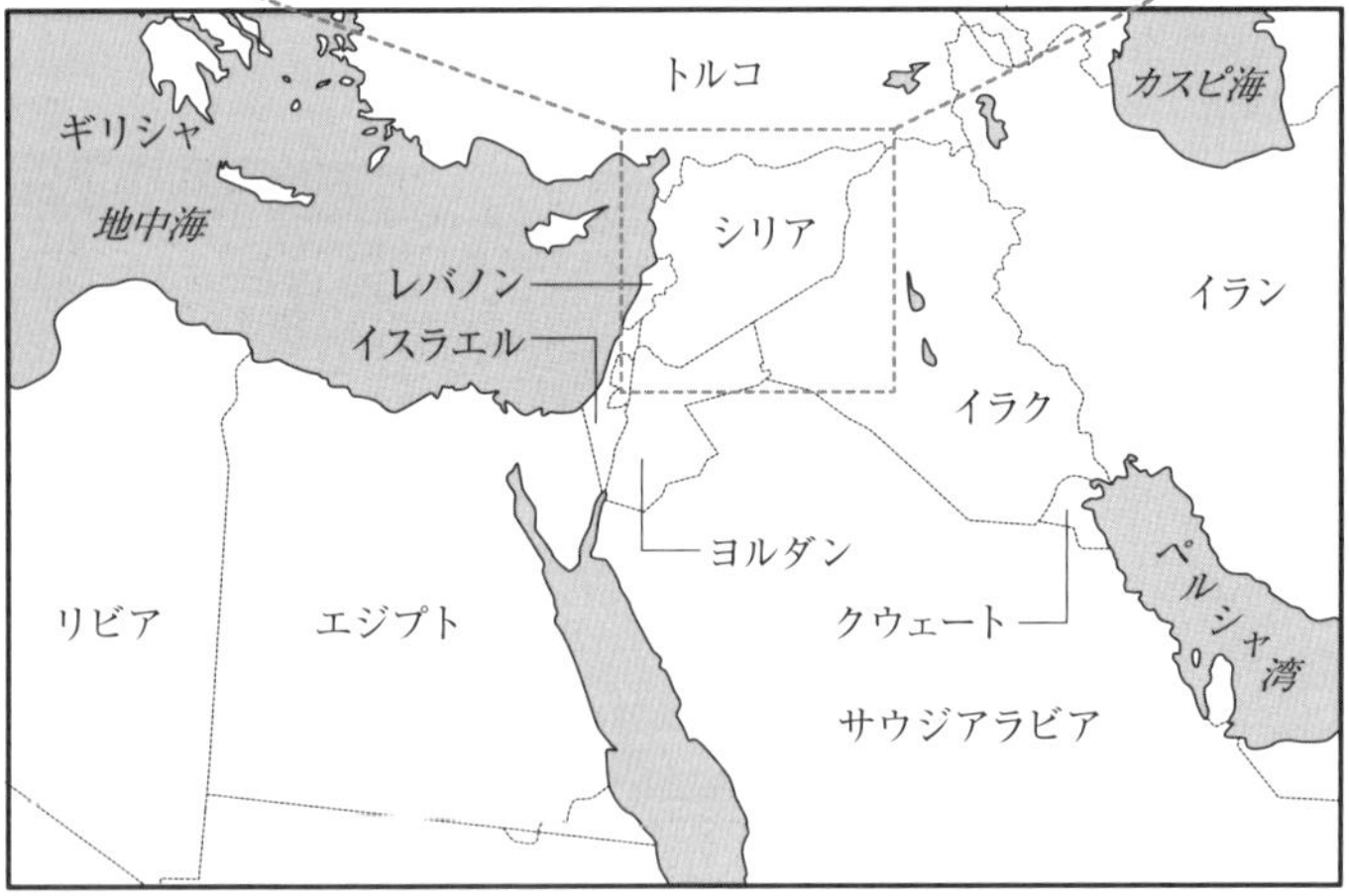
トルコ
カスピ海
ギリシャ
地中海
シリア
レバノン
イスラエル
イラン
イラク
ヨルダン
ペルシャ湾
リビア
エジプト
クウェート
サウジアラビア

ムハンマド軍へ入隊

このオヤジに賭ける！

乾いた黄土色の大地に足を下ろし、思わず深呼吸をした。地中海のカラッとした気候と相まって、清々しい朝の空気が最高に気持ちいい。

2013年4月7日の早朝。トルコ最大の都市、イスタンブルからバスを乗り継いで、僕はシリアとの国境近くにあるトルコ南部の町キリスのバスターミナルに着いた。観光名所で富裕層も多いイスタンブルとは異なり、キリスには年季の入った2階建ての家々が道の両側に立ち並び、生活感を強く漂わせている。町の中に点在する商店が開店準備をしている中、パン屋からは香ばしい匂いが漂ってきた。その匂いに引き寄せられるように店内をのぞくと、清潔な白い服をきた数人のパン職人がせわしなく動き回っている。通勤者が慌ただしくパンを買い求め、それぞれの目的地へと去っていく。〈これから何が起こるかわからない――〉僕もパンと水を多めに買い込んだ。

僕が目指すのはシリア。目的は、「シリアの反政府軍に入り、政府軍と戦う」ことだ。とりあえずキリスまで来ることはできたが、問題はこれからだ。通常、戦うためにシリアに入国するにはトルコでの出国審査を受けずに、夜間に国境警備隊の目を掻《か》い潜っていくのが一般的という情報を得ていた。そのためには、密入国を手引きしてくれる反政府軍側の人間と接触しなければならない。僕は早朝のキリスの町を見て回った。だが、「それらしい」人物は見当たらなかった。

バスターミナルでぼんやり待っていてもしかたがない。ひとまずシリアにわたるための国境検問所に向かおうとタクシーをつかまえた。頻繁に行き来しているのか、何台ものタクシーが国境方面から町に入っては、またすぐに国境へ戻っていった。

タクシーに10分ほど揺られ、国境に到着した。検問所の正面には、アーチを描くトルコの出国ゲートがあり、出国チェックを受けるため、たくさんの人や車が列をなしていた。

その中には、ニカーブ（目以外の顔と髪をすっぽり覆う女性用のベール）をまとい、旅行カバンを持った子連れの母親がいた。内戦のため一時的にトルコに避難して再びシリアに戻るのだろう。

大きなズダ袋を両手に下げたおじさんもいる。トルコとシリアを往来する商人のように見えた。サンダル履きの身軽な子どもたちの姿もあった。

紛争地シリアから平和なトルコに逃げてくる人ばかりかと思いきや、両国を行き来しながら暮らしている多種多様な人々の姿に、新鮮な驚きを覚えた。

タクシーからバックパックを下ろしている時だった。少し古びた灰色のセダンに乗り出国チェックを待っていたオヤジが、僕を見て手招きした。40歳くらいだろうか。浅黒い肌に黒い口ヒゲを生やしている。細身で、警察官や軍人特有のピリッとした雰囲気はない。武器も携行していないようなので、民間人なのだろうか。

〈「オレの車に乗れ」ということか。でもこのオヤジ、実は政府軍に協力しているスパイかもしれない。反政府軍に入ろうとしている人間を検問所で捕まえては政府軍に引き渡して殺しているのではないだろうか〉

さまざまな疑いが頭を過《よぎ》った。シリアには「シャッビーハ」と呼ばれる政府の民兵が大勢紛れ込んでいるとの情報もある。もしこのオヤジがシャッビーハで、僕が戦いに来たことがバレれば、そのまま車でどこかに連れて行かれ、生きて戻ってこられないだろう。観光やビジネス目的の海外旅行であっても、見ず知らずの現地人の車に乗ることには注意が必要だ。まして、戦場ならなおさらだ。しかし一方で、オヤジは反政府軍側の人間である可能性もある。それなら反政府軍の部隊を紹介してくれるかもしれない。

〈さて、どうする。オヤジを信用するか、しないか。オヤジがどちら側の人間かわからない。でも、ここまでは調子良く進んできていて、流れはいい。オヤジも何となく人が良さそうだ。仮にオヤジが悪者であっても、相手は一人。しかも車中でハンドルを握っているのだから、何かあっても僕のほうが有利だろう。よし、行こう〉

覚悟を決め、僕はオヤジの車に乗り込んだ。オヤジが何か怪しい動きを始めてもすぐに対応できるように、僕は運転席と対角線上の後部座席に座った。パスポートを手渡すと、オヤジは車を降りて出国審査を受けるためにカウンターに向かった。僕は出入国管理官の目にとまらないように車の中で身を屈《かが》めながら、オヤジの様子を見守った。オヤジは何やら書類のようなものをカウンターに広げ、出入国管理官に見せている。

仕事関係のものだろうかと思いながら待っていると、オヤジが車に戻ってきて僕のパスポートを返してくれた。パスポートを見ると、トルコの出国スタンプがしっかりと押されている。これさえもらえば出国できたも同然。心の中でガッツポーズをした。僕と僕の荷物は検査されることもなく、オヤジの運転する車に乗ってトルコの出国ゲートを通過した。

出国ゲートを出てまっすぐ延びるアスファルトの道を数百メートルほど進むと、正面に大きな旗が目に入った。シリアの反政府組織、自由シリア軍(1)の旗だ。

ハンドルを握ったオヤジが、警戒する僕の緊張を解きほぐすかのように、「お前はジャーナリストか」と片言の英語で尋ねてきた。「そうだ」。余計なことをしゃべらぬよう、咄嗟《とっさ》に僕はそう答えた。トルコからの出国には成功したものの、このオヤジが政府軍側の人間であるかどうかまだわからない。戦いに来たと正直に言う必要もないし、用心するに越したことはないだろう(2)。また、シリア入国後は情報発信を行なっているプレスセンターに行けば、多くの情報が得られる。ジャーナリストだと答えておいたほうが、その時も都合がいいようにも思えた。

車は検問所のゲートをそのまま通過してシリアに入った。ゲートを抜けた先には、反政府軍らしき戦闘員(3)が椅子に座っていた。「シリアとトルコを結ぶ国境ゲートを含むシリア北部は反政府軍が大半を支配している」という情報通りだ。ここから先は「力」がすべてを支配する世界。

　椅子に座った戦闘員は、アラブ人男性の民族衣装であるトーブという黒いワンピースのような服をまとい、ターバンを頭に巻いていた。手には、ＡＫ47カラシニコフライフル[4]（以下、ＡＫ47ライフル）を握っている。しかし、とくに僕をチェックするわけでもなく、リラックスした様子だった。トルコから入国してくる他の人たちもノーチェックで、自由に出入りしていた。ジャーナリストらしき欧米人などもいた。

　国境を越えてすぐのところにある白い石造りの建物の前で、オヤジが車を止めた。こぢんまりとした建物の壁には自由シリア軍の国旗が描かれ、「Press《プレス》 Office《オフィス》」という文字も書かれている。シリアを取材するジャーナリストの活動は、このプレスオフィスで取材活動の許可を得ることから始まるのだ。

　オヤジは建物の中にいた自由シリア軍の戦闘員に僕のことを簡単に紹介すると、さっさと去っていってしまった。どうやらオヤジは政府軍側のスパイではなかったようだ。名前を聞く間もなかったが、後から聞いた話によると、シリア国内では移動する際にヒッチハイクをする人が多いという。僕を車に乗せて案内してくれたオヤジも、その感覚だったのかもしれない。

「イスラム教に改宗せよ」

　戦闘員に案内され、プレスオフィスの一室でしばらく待っていると、報道担当官がやってきた。

「ノッポ」という言葉がしっくりくる背の高い細身の彼は、武器を持たず、ジーンズとスニーカーを履いていた。簡単な挨拶を交わして自己紹介をすると、早々に本題へ入った。

「実は、僕はジャーナリストではない。シリアには取材ではなく戦いに来た。あなた方と一緒に戦わせてくれないか」

「えっ、本当かい。いや、ビックリだ」。報道担当官は目を丸くして体を後ろに大きく仰《の》け反《ぞ》らせた。先ほどのオヤジの片言英語に比べると、だいぶ聞き取りやすい。報道担当官は続けた。

「でも、なぜ君は戦いたいんだい」

「政府軍に虐げられているシリアの人々のために戦いたいんだ」

本当のことを言えば僕はこの時、「シリアの人々のため」という気持ちもあったが、それよりも〈戦いに向かっていきたい〉という気持ちが大半を占めていた。しかし、自由シリア軍の報道担当官に複雑な心情を説明するのは面倒だし、同じ相手に戦いを挑むのであれば、それをわざわざ説明する必要もないと思っていた。

「……そうか、わかった。ところで君、イスラム教徒だよね」

「……え、仏教徒だけど」

「仏教徒……仏教徒じゃ戦うのは難しいな。イスラム教徒じゃないと」

報道担当官は僕のことをイスラム教徒だと思っていたのだろう。驚いた表情で見つめられた。シリアの人々にとってイスラム教徒であることは当然のことに近い。けれど、僕からしてもこれこそ予想外の反応だった。戦地では、味方になるような者であれば誰でも歓迎されると思っていたからだ。反政府軍の中でも宗教色の薄い彼ら（自由シリア軍）であれば、イスラム教徒ではない僕でも簡単に受け入れてくれるだろうと読んでいた。

ちなみに、「反政府軍」と一言でいっても、大きく分けると二つある。一つがシリア人を中心として民主国家の建設を目指す「自由シリア軍」の部隊。もう一つが、民主主義を否定し、イスラム法「シャーリア」[5]の施行と預言者ムハンマド時代への復古を元にしたカリフ制国家[6]の建設を目指す、「ヌスラ戦線（英称JAN＝Jabhat al-Nusra）」（シリア人が中心）や「ムハンマド軍」（外国人が中心）などサラフィー・ジハード主義[7]たちの部隊だ。

民主国家の建設とカリフ制国家の建設では目的が違うが、シリアでは「打倒アサド政権」の名のもとに、二つの勢力が共闘している状況だった（IS[8]はカテゴリーとしてはこのサラフィー・ジハーディストの部隊になるのだが、アサド政権打倒を目的としておらず、同じサラフィー・ジハーディストの部隊とも敵対関係にある）。

〈結局、どの反政府軍であろうと改宗しなければ一緒に戦わせてもらえないのか。だけど、ここまで来て引き下がるわけにはいかない。それに僕にとっては「名前」も「国籍」も、そして「宗教」も、ただ社会から付与された「枠組み」にすぎない〉

「わかった。それじゃ、イスラム教に改宗するよ」

自由シリア軍のプレスオフィス

「改宗するって言ったたって、君には家族もいるだろうし、大切なことだからそんなに簡単に決められないでしょ」

「僕には両親も妻も子どももいない。独り身なんだ。だからまったく問題ない」

両親は健在だが、こう説明する方がすんなりと事態が運ぶと思った。そもそも僕は、両親の同意を得ることなくシリアに来た。もし両親がこの場にいたとしても、わざわざ同意を得ようとはしなかったと思う。

少し間をおいて、「わかった」と報道担当官が頷いた。どうやら納得してくれたらしい。

「改宗するのに名前を新しくつけられるけど、何がいい。たとえば、『オマル』とか『ハムザ』とかあるけど」

〈「オマル」は何となく嫌だな〉と思い、「それじゃ、『ハムザ』にするよ」と答えた。

「わかった。これからよろしくね、ハムザ。君を案内する人がもう少ししたら来るからちょっと待っててよ」と言い、報道担当官は部屋を出た。

「ハムザ」、ここに誕生

「こんにちは！　元気ですか～」。しばらく待っていると、突然日本語で話しかけられ、僕は驚いた。まさかシリアで日本語を聞くとは思ってもみなかった。見ると、小太りで黄色い肌をしたスキンヘッドの男性が一人、立っている。彼はシリア人で、アライディンと名乗った。年齢は30～40歳だろうか。あどけない笑顔で、子どものように目をキラキラとさせていた。今はジャーナリストを案内する仕事をしているが、流暢《りゅうちょう》な日本語は貿易関係の仕事で覚えたらしい。彼は、2015年2月にISによって殺害されたとみられるフリージャーナリストの後藤健二氏のガイドも、数回にわたって務めていたということが後になってわかった。日本語を話せるシリア人もそうそういないだろうし、きっと「日本人御用達」なのだろう。異国の右も左もわからない紛争地で、日本語を話せる人に出会うことほど心強いことはない。

僕は改宗をするため、イスラム教の礼拝所であるモスクにアライディンの運転する車で向かうことになった。

車を運転しながら、「新しいモスクと古いモスク、どっちがいいかな」とアライディンが尋ねた。古いモスクのほうがなんとなくロマンを感じられると思い、「それじゃ、古いモスクで」と僕は答えた。

車を走らせること数分、街外れのモスクに到着した。こうしたモスクはトルコも含めて、街の至るところにある。人々の生活にイスラム教は密接に関わっているからだろう。

モスクの中から宗教指導者らしき人が出てきた。アライディンが話をつけると、僕は彼へと引き継がれた。案内をしてくれたお礼にアライディンにガイド料をわたそうとしたが、丁重に断られた。ガイドの仕事をしているのに大丈夫なのかと思ったが、日本人である僕がわざわざ戦いに来た物珍しさと好意から、お金を受け取らなかったのかもしれない。僕に連絡先を書いた紙を手渡すと、「何かあったらいつでも言ってね」と言い残してアライディンはどこかへ走り去った。

宗教指導者はずっしりとした大柄で、眼鏡をかけ、立派な黒い口ひげを生やしている。「優しくて大きな熊さん」というイメージだ。彼はモスクの向かい側にある民家の一室に僕を案内した。すると、15歳くらいの少年が水の入った大きな鍋をプロパンガスの火にかけて、お湯を沸かし始めた。

しばらくすると、その少年が「風呂に入れ」と声をかけてきたが、〈来て早々、こんなにもてなしてもらってよいのだろうか〉と僕は戸惑った。ここは戦時下のシリア。潤沢に物資があるわけでもないだろう。少々気が引けたのだが、せっかくの善意を無駄にしてはいけないとも思い、風呂に入ることにした。風呂場にはバスタブと洗い場がそれぞれあり、洗い場には大きな鍋が二つ用意されていた。一つは先ほど沸かしていた熱いお湯で、もう一つは冷たい水。お湯と水を桶でちょうどいい温度に調整して使う。内戦でインフラが破壊され、蛇口からお湯が出ないためにバスタブは使うことができず、このようにして風呂に入るということだった。電気も通っていないので風呂場は薄暗かったが、温かい湯を使えるだけでも十分贅沢なことだった。

持参したボディソープとタオルで体を洗いながら、「シリアの人たちは本当に皆親切だなぁ」とのんびり思っていたが、事情はどうやら違った。風呂から上がると宗教指導者に再び呼ばれ、人差し指を立てて次の言葉を復唱するように言われた。

「アシュハド、アン、ラーイラーハ、イッラッラー。アシュハド、アンナ、ムハンマドゥン、ラスールッラー（私はアッラー〔神〕の他に神はないことを証言し、ムハンマドはアッラーの最後の預言者であることを証言する）」

僕が言い終わると同時に、宗教指導者はにっこり微笑んだ。

「イスラムへようこそ。これで君も今からイスラム教徒だ」

「……へ、そうなの」

「洗礼でこの言葉を唱えればイスラム教徒になれるんだ」

こんなにすぐに改宗ができると思っていなかったので、僕は面食らった。

とにもかくにも、晴れてここに「ハムザ」が誕生した。

紛争地の子どもたち

モスクの外に出ると、10歳くらいの子どもたちが30人ほど集まっていた。水色や赤色などのカラフルな洋服を着て、サンダルを履いていた。女の子も一緒で、ニカーブではなく洋服姿。イスラム社会といっても、子どもの時は男女の分離は厳しくされないようだ。

先ほどの宗教指導者がやってきて子どもたちの前に立つと、まるで教壇に立つ小学校の先生のような雰囲気で説教を始めた。子どもたちは一心に宗教指導者の話に聞き入っている。

しばらくすると、彼の語り口調が力強くなり、どんどんヒートアップした。そのかけ声に続き、子どもたちも激しく拳を突き上げながら声を張り上げて復唱した。眉間にシワを寄せた子どもたちは、何とも力強い。話の細部まではわからないが、聞き取れる単語から推測すると、「独裁者アサドを倒せ」といった趣旨のことを言っているようだった。

もともとモスクは、裁判所や役所、そして小学校の機能までも備えていたという。現在のシリアには学制があるが、内戦で校舎なども破壊されてしまい、子どもたちの教育を支える場として改めて機能しているのかもしれない。

「それは子どもたちを戦いに向かわせるための洗脳教育ではないか」と思う人もいるだろう。だがシリアでは連日、アサド政府軍による市街地への無差別爆撃によって、多くの民間人が犠牲になっている。後述する自ら戦いに行くことを望む少年もいるように、「アサド政権を倒したい」というシリア市民の感情は決して特殊なものではない。

説教が終わると、子どもたちの表情が一変した。キラキラと大きな目を輝かせ、無邪気な笑顔をして珍しい異国人（僕）目当てに走り寄ってきた。子どもたちの姿を写真に納めようとカメラを取り出すと、「撮って」とばかりに一斉にピースサインをし、さらに詰め寄ってきた。子どもたちに囲まれ、僕も楽しくなった。

ここに来る前、シリアの多くの子どもたちは内戦のショックでPTSD（心的外傷後ストレス障害）やうつ病になっているというニュースを日本で見たことがあった。陰鬱《いんうつ》な表情を浮かべ、塞ぎこんでしまっている子どもたちがたくさんいることを想像していたが、ここの子どもたちはニュースとはまったく違った。

イスラムの作法を学ぶ

子どもたちと別れると、モスクの向かいにある一軒家に案内された。白いレンガを積み上げて作られた、何の変哲もない家屋だ。しかし、部屋の中を覗くと無造作にAK47ライフルが置いてある。静かなモスクの中にいたり、子どもたちを見ていると、うっかり忘れてしまいそうになるのだが、この銃が「ここは内戦地だ」ということを意識させた。

その後、イスラムの作法を教えてくれるということで、一人の男を紹介された。彼は北アフリカにあるチュニジア出身のアボアイシャ[1]。白人俳優のトム・クルーズに似ていて、なかなかの男前だ。チュニジアなどの北アフリカ諸国は「白人」の先住民族であるベルベル人が多いため、彼のような顔つきをした者が少なくない。

まずは基本的な礼拝から。礼拝はイスラム教の中で最も大切な作法の一つだ。礼拝の時間を知らせるアナウンス（「アザーン」という）がモスクのスピーカーを通して街中に流れた。アボアイシャに連れられ、僕も再びモスクに戻り、水場に向かった。礼拝をする前にその都度、アラブ式の「お清め」である「ウドゥ」を行なわなければならない。

アボアイシャに言われるまま靴と靴下を脱いで腕をまくると、水道の水で手、口、鼻、顔全体、腕、髪、耳、足と決められた順番通りに洗った。皆ふんだんに水を使っていたので、内戦とはいえ水には困っていないのだろう（水がない場合は砂でも代用可能とのことだった）。ウドゥが終わってモスクの中に入ると、近くに住む人たちもぞろぞろと集まってきた。イスラムの教えに則《のっと》って、モスクでも男女は別々だ。男性は1階、女性は2階の部屋へとそれぞれ向かっていった。

規則正しく横並びに整列すると、一人の宗教指導者が皆の前に立ち、礼拝が始まった。初めてのことでどうすればいいのかまったくわからない。とりあえずアボアイシャの動作を真似た。座ったり立ったり、ひざをつけて大きく礼をしてみたり、そしてそれを何度も繰り返したりと、なんだかとても忙しい。必死に動作を真似ている間に礼拝は終わった。

礼拝が終わると、集まった人々もそれぞれの場に解散していった。僕たちも先ほどの家に戻り、屋上でアボアイシャによるイスラム教講座が再開された。アボアイシャは礼拝の動作を一つ一つ丁寧に教えてくれたが、一度や二度ではとても覚えきれない。イスラム教は信仰から生活、結婚に関することまで、細かく決まりごとが定められている。基本的な礼拝でも、覚えることは非常に多い。僕はアボアイシャに頼んで、ノートに絵や図を描いてもらい、身体に覚えこませることにした。

午後6時頃になると、周囲の白い家々が夕日を反射し、オレンジ色に輝き始めた。一人の男が、僕たちが雑談をしていた屋上に食事を持ってきた。お待ちかねの夕食だ。

床に敷いたマットの上に、大きな銀皿に盛られた料理が置かれた。そしてその周りを3～6人ごとに取り巻いて座る。「ホブス」という薄くて平べったいパンを手で一口大にちぎり、それでおかずを摑んで一緒に食べるのがシリアの食事の基本だ。インドのように直接、手でおかずに触れることはないものの、手を汚さずに食事をするにはそれなりのテクニックが必要だ。スープを食べる時にはスプーンを使うこともあるようだったが、基本は手を使うという。「ハムザは日本人だから、使っていいよ」ということで、僕にはスプーンとフォークが与えられた。

この日は、僕を歓迎してなのか偶然なのかわからないが、シリア名物のローストチキンが出された。鶏を丸ごと焼き、ニンニクの利いたヨーグルトソースにつけて薄いパンと一緒に味わう。パンチの利いたニンニクの香りとヨーグルトの酸味が、ローストされた鶏肉と絶妙に絡み合う。付け合わせはフライドポテト。オリーブオイルで揚げてあるため香りもよい。何よりも、シリアの大地で育ったジャガイモそのものが、味わい深かった。内戦中とはいえ、こんなに美味しいものを食べられることに驚いた。

「ムハンマド軍」に入隊

日が沈み辺りが暗くなると、一人の男が「ハムザ、一緒に行こう」とやって来た。彼はエジプト人で、アボダルと名乗った。丸い眼鏡ごしの瞳は虚ろながら鈍い光を放っていた。

アボダルに連れられて宿へ向かった。内戦でインフラが破壊されているため、夜道を照らす人工的な明かりは何もない。途中に1軒だけあったケバブ屋の鶏を焼く小さな火が、まるでキャンプファイヤーのようだった。

10分ほど暗闇の街の中を歩き、ある民家にたどり着いた。高さ2メートルほどの白い石の壁で囲まれた敷地には、白いブロックで建てられた小さな平屋の四角い建物が3、4棟ほどあった。敷地の中央はテニスコートよりも少し小さいくらいの石畳の中庭になっており、AK47ライフルを持った男たちがあちらこちらにいた。外から見れば普通の家となんら変わりがなかったが、反政府軍の拠点らしい。

一つの部屋に案内されて入った。10畳ほどの広さの部屋には布団が敷き詰められ、8人ほどの男が雑談をしたり、荷物の整理をしている。

僕はすぐに異変に気がついた。目の前にいるのはヨーロッパ系の白人の男たちだった。シリア人が中心となっている自由シリア軍に、こんなに外国人がいるなんて話は聞いたことがない。もしかしたら自由シリア軍以外の部隊に連れてこられたのだろうか。真相を確かめるため、ここは自由シリア軍の拠点なのかと、白人の一人に問いかけた。

「違う。ここは『ジューイッシュ・ムハンマド（ムハンマド軍）[10]』の拠点だ」

どうやら僕は、日本語ができるアライディンから、外国人が中心となったサラフィー・ジハード主義の反政府組織「ムハンマド軍」を紹介されたらしい。後日、アライディンにその理由を聞くと、改宗したばかりの僕がイスラム教のことをきちんと学ぶのであれば、世俗的な自由シリア軍よりイスラム教をしっかり勉強している（サラフィー・ジハード主義の）ムハンマド軍のほうがいいと思ったから、とのことだった。

部屋の一角には、巨大なバッグやスーツケースがまとめて置かれていた。彼らも僕のように長期旅行者を装ってここまで来たのだろう。

他の部屋を見に行くと、実に多種多様な人々がいた。北アフリカのチュニジアやリビア、中東のエジプトやサウジアラビア、ヨーロッパのボスニア、フランス、ドイツ、コソボ、東南アジアのインドネシアなど。中国や韓国の人は見当たらず東アジアから来た日本人の僕は珍しい存在であるようだ。部隊のメンバーは250人ほどで、この拠点からシリア北部にある各戦場に散らばって戦っているとのことだった。

その日は、部屋のボスニア人たちと自己紹介や、ここに来るまでの経緯をお互いに簡単に英語で話し、夜の礼拝をして床についた。見知らぬシリアの土地でサラフィー・ジハード主義のイスラム教徒に囲まれて迎えた夜ではあったが、ぐっすりと眠ることができた。

「アッラーフアクバル（神は偉大なり）、アッラーフアックバ、ァ、ル、」

翌朝、礼拝を告げるアザーンの声で目が覚めた。日の出前なので午前4時頃だろうか。そんなに早い時間に起きたことはなかったが、キリッと冷えこんだ外気に当たりながら冷たい水でウドゥをすると、眠気が吹き飛んだ。しかし、礼拝が終わっても周囲はまだ暗い。何もすることができないので、再び眠りにつく者がほとんどだった。二度寝の楽しみを味わえ、それほど悪いものではないなと僕も思った。

それからは、仲間たちにイスラムの作法やアラビア語を習いながら過ごした。勉強をして、礼拝をして、食事をして、寝る。しかし、内戦中の部隊だというのに、1日、2日と過ぎても戦闘に行く気配がない。いつになったら戦闘に行くのか、同室のボスニア人に尋ねた。

「今は訓練キャンプに行くのを待っているんだよ。訓練キャンプに行くのはたぶん、今週のどこかの日かな。インシャアッラー（神のお導きがあれば）」

実戦に行く前に訓練があるらしい。しかし、どうやらその訓練にも、いつ行くのか明確に決まっていないようだった。

「神のために戦え」

部隊に来てから2日後、僕は司令官に呼び出された。司令官のいる部屋に行くと、ウサーマ・ビン・ラーディン(11)のような風貌の人物がどっしりと床に座っていた。ムハンマド軍の司令官アボベイダだ。60歳代後半であろうか、長い髭はすべて白くなっていた。落ち着いた雰囲気とは対照的に、歳を感じさせないほどの闘志みなぎる面持ち。数々の修羅場《しゅらば》を潜り抜けてきた歴戦の戦士であろう。詳しい経歴はわからなかったが、周囲から聞くところによればエジプト出身で、アフガニスタンで長く旧ソ連を相手に戦ってきた強者《つわもの》(12)とのことだった。

　僕が仕事や家族のことなど簡単な自己紹介をすると、アボベイダは僕に「なぜお前は戦いたいのか」と問いかけた。

「シリアの虐げられている人々を助けたいからです」。自由シリア軍の報道担当官に言ったのと同じ答えをした。強く共感し、喜んで受け入れてもらえるに違いないと高をくくっていた。しかし、司令官から返ってきたのはまったく予想もしない言葉だった。

「違う！」

　アボベイダは少し声を張り上げて言うと表情を強《こわ》ばらせ、続けた。「われわれはシリアの人々のために戦っているのではない。アッラー（神）のために戦っているのだ」。イスラム教がすべての行動規範になっているようなアボベイダの言葉に、背筋が寒くなった。

〈やばいところに来てしまったな……〉。これが、アメリカや日本から「テロリスト」として恐れられている者たちなのか。自爆攻撃などを強要されたりしないだろうか……〉

　しかし、一日でも早く激戦地に行って戦いたいと前のめりになっていた僕は、「早く戦いに行きたいです。激戦地アレッポに行かせてください」と本題を切り出した。

　アレッポはシリア第二の都市だ。連日、政府軍と反政府軍の戦いが行なわれている激戦地で、

2012年にジャーナリストの山本美香氏が殺害された場所でもある。すると、アボベイダから
またしても予想していなかった言葉が返ってきた。

「誰か伝《つて》はあるのか。一人では危険だから駄目だ。シリアには民間人に成りすましたスパイが多いし、外国人のお前は特に目立つ。皆と一緒に動かなければ、お前を守ることができない」

ムハンマド軍は戦士を捨て駒のように粗末に扱うのかと思っていたが、誤解だった。彼は僕の身を案じてくれたのだ。正直、驚いた。これがイスラムの同胞意識なのだろう。外部の人間に対しては排他的なイメージが強いが、同じイスラム教徒に対してはとても温かい。たとえそれが異国の地から来たばかりの見知らぬ人間であっても。

「まぁ、そう焦るな。戦いに行く前に、まずはイスラムの『いろは』を学ぶことが先だ。お前はまだ改宗したばかりで、イスラム教徒の赤ちゃんみたいなものだからな」

宗教教育施設へ

アボベイダの計らいで、彼と面会した後すぐに、僕はイスラムの基本を学ぶために部隊が運営しているイスラム教の教育施設に行くことになった。

部隊の拠点から車に揺られること数十分。街を抜けて黄土色の田舎道をうねうねと走った先に教育施設はあった。周囲は広大な小麦畑。車を降りると心地よい風が緑の絨毯《じゅうたん》をざわざわと揺らしながら吹き抜けてきた。ところどころに赤や黄色の花が咲き、羊たちものっしりとわが物顔で大地の上を歩いている。内戦地とは思えないほどのどかな風景だった。教育施設の周りおよ

そ100メートル四方は低い石垣で囲まれ、敷地の4分の1ほどを2階建ての建物が占めていた。残りは特に活用されることもなく、膝丈くらいの草が生い茂っていた。

教育施設には6～8畳ほどの広さの部屋が4つあった。そのうち3部屋は寝具が敷き詰められて、6～10人ほどの男たちがそこで寝起きしていた。残りの1室には、寝具とともに弾薬が入っている緑色の木箱が無数に積み上げられ、AK47ライフルやショットガンも置かれていた。キッチンやバスルームなど生活に必要な設備も整っており、家の奥にはテニスコートより少し狭いプールまでついている。

家の裏側にまわると、政府軍の軍用トラックが置き去りにされ、物置きの金属製のドアには無数の弾痕があった。家の持ち主は裕福なシリア人だったが、内戦が始まり政府軍が接収したか、持ち主が避難して誰もいなくなっていたところを政府軍が利用したのだろう。広大な敷地とたくさんの部屋は、部隊が駐屯するにはうってつけだからだ。そして、政府軍から反政府軍が奪い取り、今はムハンマド軍の教育施設として使われている。

教育施設には、10代前半から20代前半の青少年を中心としたシリア人が20人ほどいた。若いシリア人の多くは「教育」のためにこの施設に預けられていた。「過激な『テロリスト』のところで教育ができるのか」と驚かれるかもしれないが、そこには大きな誤解がある。サラフィー・ジハーディストはシリアの一般市民が頻繁に使うスラング（汚い言葉）を使うことはないし、戦時下といえども、避難して誰もいなくなった村で盗みを働くこともない。厳格にイスラム教を守っているために規律正しい人が多いのだ。教育のために彼らに子どもを預けたいという親の気持ちも理解できなくはないだろう。「父親は自由シリア軍にいるが、自由シリア軍は素行が悪い。それが嫌で、僕はムハンマド軍で戦っている」というシリア人少年もいた。

青少年たちに混じって、強面《こわもて》の30～40歳代のシリア人戦闘員もいた。前線から戻って休息を取るのも兼ねて、イスラム教を深く学んでいるという。生と死の極限状況におかれる戦場で、イスラム教を心の支えとするために学び直していたのだろう。

宿泊部屋。一部屋に6～10名が寝泊まりする。

教育施設の宗教指導者はエジプト人のアボムジャヘッド。年齢は40歳そこそこで、背は高く、ガッシリとした体つきだ。模範的なイスラム教育者らしく、黒々とした長く立派な髭を生やし、キリッと締まった顔をしている。野生のオオカミのようにどこにも隙がなかったが、2つの瞳は温かく、誰をも迎え入れてくれるような器の広さを感じた。彼は2人の妻と子どもたちをエジプトに残し、ジハード[13]の実践に来ていると言った。ムハンマド軍はシリア各地で戦闘を行なっていたために人の往来も激しく、以後、僕が長い時間を共にする仲間はそう多くはない。そんな中でアボムジャヘッドは、多くの時間を共に過ごすことになった。

教育施設の日常

教育施設の生活はアッラーへの礼拝に始まり、礼拝に終わる。イスラム教の数多《あまた》の戒律の中で礼拝を最重視しており、夜明け前、正午、午後4時頃、日没時、日没後の計5回行なわれた。まず、まだ太陽が顔を出さない午前4時に起床。礼拝前のウドゥをするため、懐中電灯の明かりを頼りに井戸へと向かう。この時は4月。中東のシリアは気温差が激しく、日中は22度くらいになりとても暖かいが、朝晩は8度ぐらいにまで気温が下がる。目が覚めるほど冷たい井戸水で皆、手足を洗う。水が冷たいという理由でウドゥを省略することはない。それが終わると礼拝部屋に横並びに整列し、宗教指導者アボムジャヘッドの「アッラーフアクバル」（神は偉大なり）というかけ声で礼拝が始まる。コーラン（イスラム教の聖典）を暗唱する彼のビブラートが凛《りん》とした朝の空気の中にしっとりと響き渡り、とても美しく穏やかな声は心地よかった。

礼拝の後は30分ほどコーランの輪読があった。輪読を担当するのはアボムジャヘッドと同じエジプト出身で、眼鏡をかけてぽっちゃりとしたアボホセイン。贅肉《ぜいにく》がたっぷりとつき、丸々とした体は戦士には見えない。しかしそんな彼もいちおう、ジハードで戦いに来ているらしかった。

アボホセインがコーランの一節を読み上げた後に、皆が部分ごとに暗唱する形式で輪読が行なわれた。アラビア語がまったく読めない僕は、聞いた音をそのままカタカナでノートに記し、暗記するようにした。そんな僕に輪読の順番が回ってくると、まるで赤ちゃんを見るかのように皆が微笑んだ。彼らは僕のような「新参者」にはとても優しく、間違っていることがあれば、その理由をとても丁寧に教えてくれた。スパルタ教育的な行為は一度もなかった。

コーランを輪読した後は、基礎体力向上のための運動の時間。指導者はフランス人のアボハムザ、僕と同じ25歳だ。名前も僕と同じ「ハムザ」に「アボ」がついただけなので親近感が湧いた。パーマのかかった黒い髪と小柄な体から推測するに、中東や北アフリカなどのイスラム圏からの移民だろう。アボハムザがフランスを離れジハードで戦いに来たのは、家庭は裕福であるものの現代の資本主義社会に魅力や希望を感じられず、「理想的なカリフ制国家を作りたいと思ったから」とのことだった。僕が来る前の年までアルジェリアで戦っていたが、これからもフランスには戻らずに戦い続けるし、フランスに住む両親や妹もそれを承知しているということだった。

運動の時間になると、皆はだるそうに外へと向かった。教育施設には年少者も多いためか、厳しく追い立てられることはなかった。運動も、施設の周りを20分ほどかけて走った後に腕立て伏せや腹筋、馬跳びなど、ごく軽いものを行なう程度だった。

食事

朝の運動の後、９時頃になると朝食の時間だ。アラブ式の薄く焼いたパンにオリーブ、茹《ゆ》でたジャガイモと卵、それに「ホンモス」と呼ばれるひよこ豆のペーストにオリーブオイルをかけたものが定番だった。ジャガイモは僕たちが薪を燃やして茹で、その他の食べ物は幹部が車で街に買い出しに行った。豆の煮込みや酸味の利いたヨーグルトも時々ついた。朝食は美味しいとも不味いとも思わなかったが、戦いも娯楽もない退屈な生活の中で数少ない楽しみの一つだった。

朝食の後は午前と午後にそれぞれ1時間ずつ、ホワイトボードの前に半円状に座ってコーランの授業を受ける。日本の学校でたとえれば「道徳」の授業のようなものだろう。宗教指導者アボムジャヘッドが冗談を交えながら、面白おかしく生徒たちにイスラムの伝承（昔話）とともにコーランの教えを説いた。間の取り方や口調などから、アボムジャヘッドのユーモアのセンスの高さが感じられた。それでも時おり授業が退屈になるのか、携帯電話をいじり出して僕に内戦の写真を見せ、小声で話しかけてくる少年もいた。アボムジャヘッドはそんな少年を発見すると、頭に軽くげんこつを食らわせては、皆の笑いのネタにしていた。

自由時間をはさみ、日没後の礼拝を行なった後には夕食だ。時間は午後8時頃だったろうか。施設では基本的に昼食はなかったのでお腹はペッコペコ。夕食は日本と同じように一日の中で一番豪華だった。アラブ式のパンに野菜のトマト煮込み、ニンニクを利かせたジャガイモとタマネギのポタージュ、トマトソースを絡めたマカロニなど、料理担当のシリア人戦闘員が作ったものが日替わりで出された。ズッキーニにご飯と肉を詰めて煮込んだものや、ご飯をブドウの葉っぱで包んで煮込んだ料理なども時々出されたが、基本的に野菜中心でヘルシーだった。近隣住民や施設に入っている子どもの両親からの差し入れもあった。シリア名物の鶏肉のグリルと、ひまわり油やオリーブオイルと塩で炊いたご飯が、僕には最高のご馳走だった。

食後は砂糖のたっぷり入ったシャイ（アラブ式の甘い紅茶）を飲みながら、皆でおしゃべりするのが常だった。それからしばらくすると、午後10時頃に5度目の礼拝があり、その後、就寝だ。

一日の流れはこのようなものだったが、一番大変に感じたのが礼拝だった。一回の礼拝につき、短い昼の礼拝で5分、朝の長い礼拝では20分にもなる。[14] しかも、礼拝を行なうたびに体を水で清めなければならないので、けっこうな時間が割かれる。日々、時間に追われる忙しいビジネスマンがきちんと礼拝を行なうのは、容易なことではないだろう。夜遅くまで仕事をした後、日の出前に起きて礼拝を行なうのもそうとうハードだ。そのためかどうなのかはわからないが、世俗化したイスラム教徒の中には、礼拝を5回ではなく2〜3回しか行なわない者も多い。信仰熱心でジハードで戦いに来ているサラフィー・ジハード主義の仲間たちの家庭ですら、家族全員が5回きちんとやっているところは稀《まれ》で、「親父《おやじ》はほとんど礼拝をしない」という者も珍しくなかった。そんな中、この教育施設では定められた通り一日5回の礼拝を欠かさず行なっていた。

また、サラフィー・ジハード主義のムハンマド軍では、体に悪影響を与えるタバコも禁じている（世俗的な自由シリア軍ではかなりの者が吸っていた）。ある日、教育施設の中でタバコの吸い殻が見つかり、誰が吸ったのか大問題になった。後になってシリア人の少年がこっそり吸っているのを見たが、サラフィー・ジハード主義組織の中でタバコを吸っている者を見たのは、これが最初で最後だった。

信仰深い彼らの面白いエピソードがある。彼らは「アッラーフアクバル」という言葉をとてもよく使う。両親が美味しい食べ物を差し入れてくれた時や、サッカーボールを蹴りすぎてどこかに飛んでいってしまった時などにも使っていた。日本語で言えば、喜んだ時の「よっしゃ！」、ピンチの時の「うわ、やっべぇ！」、残念な時の「マジかよ……」など、さまざまな感嘆詞がすべて「アッラーフアクバル」で表現されるのだ。一番面白かったのは一日のうち1、2時間ほどしかこない電気がきた時だ。部屋の電球に明かりが灯るとみんな一斉に「アッラーフアクバル！」と叫び、娯楽用の携帯電話を充電するために自分の部屋に突進していった。そんなことでも使うのかと驚いてしまったが、それほどまでにイスラム教は、彼らの生活そのものだった。

風通しの良い組織

彼らと一緒に生活して大きな発見だったのは、上下関係がとても緩やかなことだ。教育施設にはいくつか部屋があったが、僕は指導者や部隊幹部がいる部屋で寝泊まりした。寝床はマットレスの上に毛布を2枚重ねたもので、敷きっぱなし。寝る時には毛布と毛布の間に入る。僕の寝床の隣には運動を指導していたアボハムザ、足向かいには宗教指導者のアボムジャヘッドがいた。

その部屋を特に指定されたわけではない。「好きな部屋で寝てよい」と言われたので、寝泊まりする人が少なく、比較的きれいな幹部の部屋を僕が選んだのだ。日本の一般社会では、僕のような下っ端の人間と組織の幹部が同じ部屋で寝泊まりすることなど、まずないだろう。しかし、イスラム教は徹底した平等主義だ。アッラー以外は基本的にはみんな平等で、仲間たちが指導者を慕うことはあっても、指導者が強権的に命令をするようなことは決してなかった。

また、政治家や宗教指導者などの立場になった時にも、一般の人々が常に自由に出入りできるようにオープンな状態にしておかなければならないという教えもあるようだ。自分の家を壁で囲って外から見えなくしてしまうと、談合や贈賄といった良からぬことを必ずする、というのが理由だ。その証拠か、指導者や幹部の部屋には、鍵どころかドアすらなかった。

僕の向かいが宗教指導者アボムジャヘッドの寝床になっていたために、「アッラーがついているのに、なぜアラブ諸国は束になってかかってもイスラエルに何度も負けるのか」「預言者ムハンマドは本当に最後の預言者なのか。その証拠はいったい何か」など、疑問に思ったことは何でも聞いた。イスラム教徒をビックリさせるような突っ込んだところまで聞けたと思う。日常生活はコーランの規定に厳格に従わなければならず堅苦しく感じたが、組織内の風通しの良さや雰囲気は、とても心地よかった。

サラフィー・ジハード主義の彼らが何をめざしているのかも、アボムジャヘッドがよく僕に話してくれた。具体的には、現在の国境を撤廃して人々の行き来を自由にすること、イスラム教徒でなくともわずかな税金を払えれば安全を保障すること、一定額以上を稼いだ高所得者は貧しい人のために、定められた以上の儲けは全額寄付をすること、銀行は預けられたお金に利子をつけない代わりに利子分を全額貧者に寄付をすること、などだ。こうした制度の実現を願う穏健派のサラフィー主義者も一定数おり、サラフィー・ジハード主義組織に対して資金援助をしている者もいるという。おそらくムハンマド軍も、そうした人々からの資金援助を受けていたのだろう。そして、ムハンマド軍は近隣の住民からとても慕われていた。「安全に暮らせる環境をつくってくれるのであれば誰でもいい」という考えもあるのかもしれないが、彼らのそうした理想もイスラム教が根底にあるシリアの人々にとって、ある程度受け入れられるものなのかもしれない。

出撃を懇願する少年

この施設で会った仲間の一人に、シリア人少年のアボベイダがいる。アフリカ人よりも少し色が薄めの黒い肌に丸く刈られたイガ栗頭が特徴だった。僕のもとにやって来ては、「ねぇねぇ、これは何ていうか知ってる?」「これは靴だよ」「これはベストだよ」など、まるで赤ちゃんに言葉を教えるように、僕にアラビア語を教えてくれた。一方で、兄のように慕っていた運動指導担当のアボハムザのもとに行っては、「戦わせてくれ」と毎晩のように半べそをかいてせがんでいたのが印象的だった。まだ15~16歳という若さのため、戦場に出ることは部隊が禁じていた。ただ、一刻も早く戦いに行きたいというアボベイダの気持ちは、ひしひしと僕に伝わってきた。

なぜその若さで戦いに行きたいのか、疑問に思うかもしれない。日本では「内戦地の少年兵」というと、「むりやり戦場にかり出される犠牲者」として扱われることが多いからだ。たしかに、ISでは子どもたちを強制的に兵士にしているという話も聞くし、世界の紛争地にはそうして犠牲になっている子どももたちもいる。しかし、ムハンマド軍に関していえば、「戦うか、戦わないか」は個々の意思に委ねられていた。その証拠に、施設で2週間ほどイスラム教の教育だけを受けて親元へと帰っていく子どもたちも一定数いた。

だが、そうした自由意思が尊重される環境にあっても、アボベイダのように自ら望んで戦いに行く少年は、決して少なくない。同様の現象は、ムハンマド軍以外でもあるようだ(15)。

彼らの根底にあるのは、「大切なものを守りたい」という気持ちだろう。罪のない一般市民が政府軍に虐殺されたり、砲爆撃されたりするのを間近で見ていれば、「仲間や家族を守るためにアサド政権を倒したい」という気持ちが芽生えてくるのも理解できる。

施設での生活はイスラム教に則った厳格なものであったが、礼拝と運動、授業以外の時間はすべて休憩時間だった。また、一週間のうち、金曜日と土曜日が休日で、親元に一時帰省する子どもたちも多かった。僕のように施設に残る外国人は、街のモスクに行って週1回の金曜礼拝（休日の金曜日に、宗教指導者の説教を30分ほど聞いてから礼拝を行なうもの）に向かった。それ以外はイスラム教の授業もないので自由である（もちろん礼拝は5回欠かさずにある）。

施設の仲間たちは休憩時間や休日を使って洗濯をしたり、近くにある村の小さな商店に買い物に行くなど、それぞれ思い思いの時間を過ごした。僕は出国前に受けたトレーニングの技量を落とさないために銃を使った自主訓練や、アラビア語の勉強をして過ごすことが多かったが、シリア人の少年たちはもっぱらサッカーに興じていた。「ジハードでアサドと戦うんだ」と勇ましいことを言う少年たちもそんな時はとても無邪気で、日本の少年たちとなんら変わらない。また、とてもフレンドリーで、暇さえあれば「ヤバーニー（日本人）、ヤバーニー」と僕のところに来て、一生懸命にアラビア語を教えてくれたり、お茶会の場に連れていってくれた。

しかし、こうした単調な日々が1週間過ぎたあたりから、僕はだんだんと不満を抱くようになった。集団生活やイスラムの戒律によって、自由が制限されている。目的としている戦いは、いっこうにない。さらにはアラビア語での会話ももどかしく、はじめは楽しかった彼らとのコミュニケーションだったが、彼らのフレンドリーさをしだいに煩わしく感じるようになっていった。それらの不満が折り重なって、ついに爆発した。

「僕は遊びに来たんじゃない、戦いに来たんだ」と言い放ち、それからは話しかけてくるシリア人たちを無視して、一人で黙々とトレーニングをするようになった。イスラム教の授業もどうでもよくなり、仮病を使って部屋でふて寝するようになった。

そんな僕に、彼らはとても申し訳なさそうな顔で謝ってきた。誰よりも心配して気遣ってくれたのがフランス人のアボハムザだった。ふて寝する僕に「やぁハムザ、調子はどうだい」と声をかけてくれたり、僕のために買ってきたビスケットやクッキーなどのお菓子を布団のそばに置いてくれたりした。放っておいてほしかったので逆にイラッともしたが、僕のことを思って気遣っている気持ちが純粋に嬉しくもあり、僕は頭が冷えたところでお礼を言った。

そこまで彼らが僕に気を使うのも、理由があった。彼らはイスラム教が他のどんな宗教よりも優れている最高の宗教だと思っている。だから、改宗してイスラム教徒になったのであれば、以前よりも幸せになるのは当然で、前よりも不幸になることは「大問題」という考えだった。相手の幸せを願うことによって強固な仲間意識が芽生えていくのだろう。そのような意識のおかげで、僕はゆくゆく命を助けられることになった。

スパイ容疑

そんなある日の夜。部隊の仲間たちが次々にライフルを手に取り、物々しい雰囲気になった。どうやら施設の中にいる一人のシリア人に、スパイ容疑がかけられているとのことだった。

シリアには内戦前から、民間人になりすました政府の民兵「シャッビーハ」が各所にいる。政府が不利になるようなことを発言したり、行動を起こそうものなら通報され、政治犯として刑務所に送られる。反政府軍が街を支配していてもシャッビーハの脅威は消えることなく、街の中に紛れ込んでは反政府軍の状況を携帯電話などで政府側と連絡しているというような状況だった。それに対抗するために、住民への抜き打ちチェックによって「スパイ狩り」をするらしく、実際に仲間から「こいつはシャッビーハだった」という者の写真付きIDカードを見せられたことがある。通帳の入金履歴、携帯電話やメールの履歴、写真のデータなどから判断しているのだろう。

また、部隊の仲間がスパイに対して神経質になっていた理由は、もう一つある。それは、コーランは敵へのスパイ行為も含めた「裏切り行為」を厳しく禁じていたからだ。コーランに忠実な彼らは、コーランで禁じられているスパイ行為は一切行なわない。つねに正々堂々としているのだが、その一方で、スパイ行為を働いた「裏切り者」に対しては、敵よりも厳しい処罰を与えるという激しい側面もあった。イスラム教を信仰する仲間には非常に優しいものの、イスラム教から他の宗教に改宗した「背教者」に対してまったく容赦がないのも、そういった理由からだ。

今回スパイ疑惑をかけられたのは、背が高く、パーマのかかった短い茶髪が特徴的なシリア人青年だった。僕と同じ25歳だったが、とても落ち着きがある一方で、何を考えているのかわからない、つかみどころのない人物だった。スパイ疑惑をかけられた原因は、1週間ほど前に彼が一人で突然施設にやってきたこと、そして先ほどまで教育施設や仲間たちの様子を写真に撮っていたことだった（僕も、「スパイと疑われるから写真は撮るな」とよく注意されていた）。

ＡＫ47ライフルを持った3、４人の仲間たちと、僕のように何も持たずに騒ぎを聞いて駆けつけた10人ほどが、彼を中心に円形にぐるりと取り囲んだ。一触即発な状況の中、彼は両手を頭の上に上げて必死に何かをしゃべっている。

〈仮に彼がスパイならば、これからどうなるのだろう。まずはこってりと拷問されて、政府側の情報を根掘り葉掘り絞り取られるのは確実だろう。その後は……〉

シリアに来たばかりの僕でもすぐにわかるような結末が頭に浮かんだ。本当にそうなってしまうのかドキドキしながら見守っていたが、5分から10分ほどの尋問の後、場の緊張が一気に解けた。どうやらスパイ疑惑は消えたようだった。皆、それぞれ解散していき、僕はほっとした。

「戦いを楽しんではいけない」

教育施設に来てから8日目のことだ。6人組のシリア人グループが徒歩でやって来た。彼らは「チームシッタ」（6人のグループの意）と名乗った。それぞれ手持ちの旅行カバンと、ＡＫ47ライフルを持っている。ムハンマド軍とはまったく別のシリア市民の部隊ではあるが、「打倒、アサド政権」の名のもとに共闘していた。彼らはシリア内戦が始まった2011年から、かれこれ2年間、戦い続けているとのことだった（シリア反政府軍にはこうした少人数のグループが数百、数千とある）。そして、戦いの休養期間中にイスラム教を学ぶためにこの施設にやって来たのだと言った。「イスラム教を学びたい」という者であれば、この施設は誰でも迎え入れていた。

チームシッタの構成員は、下は20歳から上は40歳まで年齢はさまざまだが、どの顔にも自信がみなぎり、少々荒っぽそうなのが印象的だった。

そんな彼らとムハンマド軍の仲間たちとの間で決定的に違ったのが、「今まで、戦いで何人の人を殺したのか」と僕が聞いた時だった。ムハンマド軍の仲間たちは、そう聞くと決まって少々神妙な面持ちになり、遠くを見つめ「インシャアッラー（神の思し召しがあれば）……」と言葉を濁し、それ以上はしゃべりたがらないのが常だった。しかし、チームシッタの彼らは違った。「俺は2人で、こいつは6人。こっちのやつは……0人だ。ハッハッハ。俺はロシア人スナイパーの首を切って殺したな。脱走した政府軍兵士が居場所を教えてくれたから捕まえに行って首をはねたんだ」。リーダー格の40代の男が、自慢げに自らの戦果を語る。心の底から戦いを楽しんでいるような印象を受けた。

「彼らの考えは間違っている……。ジハードはアッラーのために行なう崇高なものであって、戦いを楽しんではいけないんだ」。フランス人のアボハムザは眉をしかめた。イスラム教徒のはずなのに、チームシッタの面々がイスラムを本当に理解していないことへの悔しさが顔ににじんでいた。このような感覚は他の仲間たちにも共通していて、皆、チームシッタのことを快く思っていない様子だった。

一般的に、「イスラム教を熱心に信仰するサラフィー・ジハーディスト＝チームシッタのように残虐な人々」というイメージをもたれるだろうが、実際にはそうではなかった。戦うことが好きどころか、戦うことへの葛藤を感じながらも、アッラーのために戦いを続けているようにみえた。

卒業

教育施設に来て10日ほどが過ぎた頃、司令官アボベイダがやって来た。アボベイダは2、3日に1回、定期的にやって来ては宗教指導者アボムジャヘッドや生徒たちとシャイを飲みながら車座になって雑談をしていた。アラブ人は本当にお茶と甘い物が大好きで、たとえシロップ漬けのアラブの甘いお菓子と一緒にシャイを飲む時でも、山のように砂糖をシャイに入れていた。やかんでまとめて作る時に砂糖も一緒に入れるため、甘さの調整ができない。僕はそんな甘ったるいお茶がはじめは苦手だったが、次第に慣れ、美味しく飲めるようになったから不思議だ。

アラビア語でのお茶会で何が話されているのかわからなかったが、この日も砂糖が利いた濃い目のシャイを飲みながら、他愛もない世間話をしているような雰囲気だった。雑談がひと通り終わると、アボベイダが「ハムザ、最近調子はどうだ」と声をかけてきた。

「順調です。……だけど、とても退屈なので早く戦いに行きたいです」

笑いながら答えると、アボベイダは「そうか」と言って笑みを浮かべた。

そして、この日も何気ないお茶会が終わった。いつものように車を見送ろうと脇に立っていると、アボベイダが僕に厳しい目を向け、「ハムザ、何をしている。行くぞ」と言った。

「……へっ？」

「荷物を全部持ってこい、早くしろ」

〈まさか、ここから離れられるのか。しかし、あまりにも突然じゃないか〉退屈な施設を出て次のステージに行けるという興奮と、急いで準備をしなければという焦りが同時に湧き上がったが、とにかく荷物を取るために部屋に駆け戻った。洗濯途中だった服などをビニール袋に押し込み、散らかしていた辞書や日用品などを手当たり次第にバッグの中にぶち込んで、車に飛び乗った。〈よっしゃ、これでひとまず初めのステージはクリアだ。次は訓練キャンプか〉

充足感に浸りながらしばらく車に揺られていると、緑豊かな農村から道路の両側に家々が立ち並ぶ風景へと景色が移り変わった。そして午後3時頃、僕は再び部隊の拠点に戻った。以前いた部屋に入ると、寝泊まりする人数も前と変わらず8人ほどだった。しかし、同室だったボスニア人たちは訓練キャンプに行ったのだろうか、部屋の構成員は変わっていた。

荷物を置いてホッとしていると、一人の白人が僕を睨みつけながら突然、「お前は我々に殺されないようにするためにイスラム教徒になったのか」と啖呵《たんか》をきった。

あまりの迫力に、思わずドキリとした。質問の意図を汲み取れなかったのだが、「違うよ」とひとまず答えを返した。彼はボスニア出身のアブドゥッラー。真っ白な肌に丸く刈り上げられた金髪からはロシアのマフィアを連想させられるが、歳は僕より2つ下の23歳だという。な

教育施設周辺の風景。羊飼いの姿もあった。

ぜそんなことを聞くのか、彼に尋ねた。

「イスラム教では、同じイスラム教徒を故意に殺すことは厳しく禁じられている。いくら敵対国家のアメリカ人であっても、同じイスラム教徒であれば手出しすることはできない。だから、キリスト教徒のアメリカ人などが反政府軍に加わる時に、形だけイスラム教に改宗する者がいる」

熱心にイスラム教を信仰する彼にとっては、イスラム教をそのような形で利用する上辺だけの人間が許せないのだろう。熱心に信仰しているわけではないという点では、僕も同じかもしれない。でも、だからといって、サラフィー・ジハーディストの彼らと議論をするためにシリアに来たわけではない。僕は宗教的なやり取りをしようとは思わなかった。僕がムハンマド軍に求めるものと、ムハンマド軍が僕に求めるものが一致すれば、僕は部隊にいればいい。そうでないなら部隊が僕を切るか、僕が部隊を出て行けばいいだけのこと。アブドゥッラーをやり過ごした僕は、マットレスの上に横になった。

〈次の訓練キャンプに行くまでの数日間、またここで待機か……〉

僕は天井を仰ぎながら、ただただ時間が過ぎていくのを待ち続けた。

（1）英称ＦＳＡ（Free Syrian Army）。自由シリア軍は２０１１年から始まったシリアの内戦で、政府軍から離反した将校たちにより結成され、アサド政権に反発するシリアのスンニ派市民とともに勢力を拡大した。
（2）なお、「ジャーナリストか」と聞かれた時に「そうだ」と答えた僕の回答は適切ではなかった。２０１２年8月、シリアで取材中に政府軍から銃撃されて死亡した日本人記者・山本美香氏のように、市民への蛮行を報道して政権を不利な状況にするジャーナリストは政府軍から積極的に狙われていたからだ。オヤジが政府軍のスパイであれば、「ジャーナリストだ」と答えた僕は危険な目にあっていたかもしれない。
（3）政府に属する正規兵である「兵士」という呼称に対し、政府以外の組織に属して戦う者を「戦闘員」と呼ぶ。
（4）取り回しが容易で、近距離から中距離まで射撃が可能。発射速度も速く、汎用性に富む。シリアではＡＫ47ライフルが一般的に使われている。
（5）聖典コーランと預言者ムハンマドの言行（スンナ）を法源にしたイスラム法。
（6）「カリフ」とは預言者ムハンマドの後継者。カリフ制国家はカリフを最高指導者とし、シャーリアを厳格に施行する。
（7）預言者ムハンマド時代の復古とイスラム法「シャリーア」の施行を目指して、そのために武装闘争をする思想。また、それを実行しようとする者をサラフィー・ジハーディストという。サラフィー・ジハーディストたちは自らを「ムジャヒディン」（聖戦士）と呼ぶことが多いが、サラフィー・ジハーディストと呼ばれることにも肯定的だ。サラフィー・ジハード主義の組織はアルカイダ系か非アルカイダ系かで大きく分けることができる。
（8）もとは、スンナ派イスラム教徒を主体としたアルカイダから分裂（現在は絶縁）した組織と旧フセイン軍の残党などが融合して発生した後、さまざまな組織と集散、改称を繰り返してきた。14年6月には、国家樹立を宣言してＩＳ（Islamic State）と名前を変えた。イスラム法に則った国作りを掲げる組織だが、実態はイスラムに根ざしていない蛮行を行なっていると世界中のイスラム教徒からも批判されている。
（9）シリアでは名前に「アボ」または「アヴ」という言葉がつく者が非常に多かった。「アボ」「アヴ」とはアラビア語で「父」という意味だが、実際に自分に子どもがいるかどうかは関係ない。また、「アボムジャヘッド」だの「アボホセイン」だの「アボムスタファ」だの、似たような名前も多く、同じ名前を持つ者が何人もいた。部隊でも名前を呼ぶ時には「アボハムザ、フランス」というように、「名前＋出身国名」で呼んでいた。彼らのことを記す際に、偽名を使ったほうがわかりやすいし覚えやすくもあるかもしれない。だが、僕が体験したことをそのまま伝えるために、本書では名前もそのまま記載した。
（10）「ムハンマド軍」という名前の組織は無数にあり、米国や日本の公安当局にパキスタンの「テログループ」として指定されている「ムハンマド軍」とは別組織である。

（11）２００1年9月11日、アメリカ同時多発テロを行なった首謀者とされるが、証拠は存在しない。11年、米特殊部隊が行なった作戦により死亡したとされている。

（12）ソ連・アフガン戦争。１９７８年に共産党主義政党のアフガニスタン人民民主党政権が誕生したが、これに対抗して「ムジャヒディン」と呼ばれたイスラム戦士たちが蜂起した。政権はソビエト連邦に軍事介入を要請し、ソ連軍は翌79年にアフガニスタンに軍事介入を行なった。約10年にわたる戦闘を経て、89年にソ連軍が完全撤退して終結。なお、ムジャヒディンには、他のイスラム諸国から来た多くの義勇兵が参加していた。

（13）「聖戦」と訳されることが多いが、本来の意味は神の道に則って「奮闘努力する」こと。それには二つの意味がある。一つは「大ジハード」と呼ばれ、欲望や腐敗などに弱い自分自身と戦い、内面の正義を図ること。もう一つは「小ジハード」と呼ばれ、敵から攻撃された際にアッラーのために勇敢に戦うこと。この二つの実践を図るのが、ムハンマド軍の仲間たちだった。

（14）礼拝の時間はコーランのどの章を唱えるかによって異なる。朝の礼拝は長い章を唱えることが推奨されているため長かった。

（15）トルコにあるシリア人避難所の高校教師（メレ・ユンソ教諭、44歳）らが行なった調査によると、トルコの国境の町、キリスの避難所には小、中、高校の3校があり、児童・生徒数は計約３５００人いるという。その中で、日本の高校1年生にあたる10年生の男子生徒は、12年7月時点で計１２０人いたが、多くが行方不明となり、15年2月現在は20人に、80人いた11年生は0人に、１２０人いた12年生も20人に減ったという。行方不明者の多くはシリアに戻り武装組織に参加しているというが、トルコ国内にある10カ所あまりの避難所ではどの学校も同様との情報もあり、行方不明の高校生は数千人規模にのぼる可能性があるとのこと。また、教師の中にもシリアに戦いに戻る者もおり、避難所に残っている者も皆、避難所で安全に暮らしていることに後ろめたさを感じているとのことだ（毎日新聞２０１５年2月6日付朝刊「高校生『聖戦に行く』／シリア人避難所男子の9割死亡・不明／『イスラム国』に共感」）

バックグラウンド〈日本1〉

自衛官時代

いじめ

父と母

シリアに行って反政府軍に入ればすぐに戦えると思っていたが、見通しが外れた。まず改宗してイスラム教を学ぶことから始めなければならなかった。それでも僕は自由のない生活に耐え、戦いを心待ちにしていた。なぜそれほどまでに僕は、「戦い」を欲していたのか。

僕は、兼業農家である地方公務員の父と小学校の事務員である母との間に生まれた。広大な関東平野に水田と農地が広がる千葉県長生村《ちょうせいむら》で幼少期を過ごした。3つ上の兄と4つ下の妹がいる。

小さい頃の僕は他人に迷惑をかけることを人一倍恐れるうえに、女の子に対して奥手だった。そのため本来の自分を殻に閉じ込めるようになり、学校では、金魚の糞《ふん》のように誰かの後ろについて歩くような引っ込み思案だった。しかし、家に帰ると一変。帰宅するとすぐに一目散に外に遊びに出かける鉄砲玉で、家族の中では誰よりもおしゃべり。しゃべりすぎて父や兄、妹が口を挟む暇もないほどだった。好奇心も旺盛で、忍者や車の図鑑が大好きだった。また、砂遊びや虫捕りも好きで、モンシロチョウの幼虫を飼ってサナギからチョウへと羽化する様子を観察したこともある。家と学校とでは、まるでコインの裏と表のように違う顔を持っていた。

父は、土地と墓を守るのが農家の長男の務めであるという厳格な祖父のもとで育てられたためか、僕から見ても生真面目な性格だった。これといった趣味や娯楽もなさそうで、休みの日には一人で畑仕事をするか、靴や車を黙って磨いていた。ただ父はキャッチボールに誘えばいつでも相手をしてくれたし、畑で一緒に穴掘りなどもした。父から積極的に僕に話しかけてくることはなかったが、宿題でわからないところなどを聞けばなんでも几帳面に教えてくれた。手先も器用で、夏休みの課題工作として選んだ「ネコの貯金箱」作りを手伝ってくれたこともある。そんな父を僕は、全知全能の神のように絶対的な存在として尊敬していた。

父とは対照的に、母は、父が「テレビがほしい」と言えば財布の中身など気にせず、すぐに買ってくるし、「旅行に行きたい」と言えば即日計画を立ててしまう性格だった。まさに「思い立ったが吉日」の人。スーパーに行けば特売品を手当たり次第に買い漁《あさ》り、冷蔵庫にはいつも、無計画に購入された食べ物が詰め込まれていた。三カ月に一度、原形を留めなくなった異臭を放つ大量の食品を処理するのが父の役目であった。料理の腕もイマイチだったが、唯一おいしかったのが手作り餃子だ。ひき肉が多く入っていて、とてもジューシー。餃子の日は兄妹そろってワクワクしながら餃子作りを手伝っていた。

母は、「こうしなさい、ああしなさい」と僕に命令口調で言ってくることが多かった。皆が入っているからという理由で、小学校に入学してすぐにサッカークラブに入れられたこともある（数カ月で辞めたが）。ただ、小さい頃から僕は、自分が納得もしていないのに両親が決めた「型」にはめられるのが嫌いだったようだ。３歳の時の七五三の写真撮影では、気に入らない袴を着せられるのが嫌で仕方がなく、写真館内を逃げ回って両親を当惑させたほどだった。

僕はそのような両親のもとで、贅沢こそしなかったが生活面でこれといった苦労をすることもなく日々を過ごしていた。小学校の頃は勉強も真面目にやり、テストで１００点を取ることもよくあった。だが小学校高学年になると、テレビゲームに夢中になった。僕は昔から、１つのことに夢中になると、それ以外のことはまったく手につかなくなるような性格だったようだ。夏休みになると、両親は仕事、兄は友だちのところに遊びに行って留守なのをよいことに、食事をして寝る時以外は一人でゲームばかりしていた。

ワキガ

「何か、くさくない？」

「あっ、ほんとだ。何かくさい」

そして、女の子たちが僕のほうを見た。〈え、……僕は何もくさくないけどな〉

体育の授業を終えて暖房にあたっていた。真冬とはいえ、体育の後だったからそれなりに汗をかいていたのだろう。暖房で温まった空気とともに、僕のにおいが拡散したのかもしれない。

思えば、それがいじめのきっかけだった。卒業を3～4カ月後に控えた小学6年生の時だった。それから徐々に、同級生たちは僕を避けたり陰口を叩くようになっていった。そして、ただでさえ気恥ずかしい存在である女の子に指摘された何気ないその言葉は、強く僕に突き刺さった。「くさくない？」と言われた時は、自分でも少し気になる程度だった。しかし、女の子とにおいを意識しすぎて学校では極度の緊張状態に置かれ、症状がどんどん悪化した。その結果、周囲はますます僕を避け、僕はさらに、においを意識してしまうという悪循環に陥った。

今まで「他人に迷惑をかけない」ために、皆と同じであり続けようとしていた。そんな僕が、「何もしなくとも他人に危害を加えてしまう」ワキガというものをもった存在であるということは何よりもつらかった。皆に避けられるという「いじめ」によって、学校での自分の居場所を失ったにもかかわらず、僕はいじめの「被害者」ではなく「加害者」意識を募らせていった。

僕は当初、両親にいじめのことを打ち明けられなかった。いじめられていることを告白することが恥ずかしかったからだ。強い腹痛を感じた僕は、学校を休んだ。ワキガを気にするあまり、過度のストレスが影響したのだろ

サッカークラブには入ったが、疑似的な「戦い」であるスポーツは嫌いで、いつも補欠だった。

う。痛みはつらかったが、学校の皆に迷惑をかけなくてすむことにホッとしてもいた。だが、2日後には腹痛はかなり治まり、僕は再び登校しなければならなかった。当時の僕にとって「ずる休み」などもってのほかで、ありえないことだった。

〈学校に行きたくない……。でも、体調が悪くなければ学校を休むことができない……〉

腹痛が治っては学校へ行き、また腹痛を感じては学校を休む、といったことをしばらく繰り返している中で僕は、食事を絶つことを決めた。幼いながら、「食事が食べられない」＝「病気」＝「学校を休める」と考えたからである。

ある日、僕は母が作った夕飯にほとんど手を付けず、「食欲がないからいらない」と席を立った。翌日は体調不良を理由に、学校を休んだ。心配した母は僕を病院に連れて行ったが、「風邪ですかね」と診断され、薬を処方されただけだった。その後も断食を続行したが、健康で食べ盛りだった当時の僕にはとても苦しかった。しかし、学校に行って迷惑をかけるよりも、空腹に耐えるほうがマシに思えたのだ。

「断食」といっても、空腹に耐えかねた時もある。そんな時は両親が仕事で留守にしている間に、家にあったクッキーなどのお菓子を少しだけつまみ、わき上がる食への欲求を押し殺した。

薬をもらって3、4日経っても食欲がいっこうに「回復」しないので、母は僕を再び病院に連れて行った。レントゲン写真を撮られ、さらなる検査が行なわれたが、少し衰弱していること以外の異常は見つからず、「これは体ではなく、精神的な問題です」と医者に見抜かれた。

体調不良を装うことも難しくなった。僕は帰宅後、部屋に様子を見にやってきた両親に何気なく、ワキガが原因で学校に行かれないことを打ち明けた。

事実を打ち明けてから両親は、薬局でワキガ治療の薬を買ってきたり、民間療法を勧めてくれるようになった。新たな試みをするごとに、僕は希望を見出して学校へ行った。学校では、においで同級生に迷惑をかけないように、いろいろな対策もとった。休み時間に鬼ごっこなどをして遊ぶ時（クラスの全員が僕を避けていたのではなく、仲の良い友だちも何人かいた）には、全力で走らないようにして汗が出るのを極力抑え、教室では皆から離れて過ごした。脇の下に常にタオルを挟み、頻繁に洗ったり取り替えたりするなどして、下校時間になるまで何とか耐え凌《しの》いでいた。

だが、考えるあらゆる手段を尽くしてみたものの、症状はいっこうに改善しなかった。あまりに神経質になりすぎて、症状をさらに悪化させてしまっていたのだと思う。

半不登校

この頃になると慢性的に腹痛を感じるようになり、一週間に1日登校するかしないかという状態だった。両親も「体調が優れないなら仕方がない」というスタンスで、無理強いはしなかった。

半不登校生活は2～3カ月に及んだが、時々は学校に行っていたために、担任の先生もいじめに気づいておらず、単純に、体調不良で学校を休んでいると思っていたようだった。

僕は6畳ほどの子ども部屋を、兄と一緒に使っていた。2段ベッドと子ども机を2つ置いただけの簡素な部屋だ。学校を休んだ時はベッドに潜り込んでテレビを見るか、ひたすら鬱々《うつうつ》とするような日々を送っていた。学校を休んでいることへの罪悪感も感じていたので、僕は家族ともあまり関わらないようにしていた。きちんと仕事や学校に行っている両親や兄や妹を見ると、自分がとても悪い人間のように思えてきたからだ。

そうした日々を過ごす中で、次第に皆に「危害」を加える自分自身に嫌悪感が増し、「何のために僕は生きているのだろうか」という気持ちが湧き上がってきた。

他人《ひと》から責められることを極度に恐れ、他人《ひと》の真似ばかりをしていた当時の僕にとって、これ以上のものはないと思えるほどの難問だった。そのうえ、たった12年しか生きていない当時の僕に、「自分の存在意義」などという壮大なテーマに対する明確な答えなど出るわけもない。

日に日に行き詰まり、先が見えない闇の中で過ごしていたある日、一筋の光が差し込んだ。

「手術を受ければ確実に治るんだって」と、母が教えてくれたのだ。〈手術を受ければこの苦痛から解放される〉暗闇に突如、光がさしこんだ。僕は病院へ連れていってくれるという母の車に一目散に乗り込んだ。しかし、そんな僕の「希望」は、病院についた数分後には打ち砕かれた。

「手術はできますが、18歳未満のお子さんが手術を受けるにはリスクがあります」

診察室に行くと、医者は僕と母に向かって告げた。

「手術、あんたの年齢じゃできないんだって。仕方がないね」

その言葉に、僕はそれまで抱いていた希望をすべて失った。

なぜこうも「人生」とは残酷なのだろうか――たった12歳の僕にとって、ワキガの悩みは壮絶なものであった。〈手術ができる18歳になるまで、6年以上この苦しみを味わい続けなければならないのか〉と思った瞬間、僕の未来は暗黒に染まったように感じた。

学校を休みがちになってから、僕は食卓での口数も少なくなっていたが、この後はさらに少なくなっていった。寡黙な父は、この時もやはり僕に話しかけてくれることはなかった。父にしてみれば、ワキガでそんなに大きな悩みを抱え込むなど思ってもみなかったのだろう。しかし12歳の僕は希望を失い、生きる意味を見出せず、失意のどん底にいた。

ワキガのことは勇気を持って両親に打ち明けられた。しかし自分自身を嫌悪する中で、「僕が生きる意味」を両親に問うことはできなかった。本当に深刻に悩んでいることは、たとえ子どもであっても、親に対してなかなか口に出せないものなのだろう。一方で、子どもであったがゆえに、「言わなくても気づいてほしい」という気持ちも、どこかにあったのかもしれない。

しかし次第に、こうした自分を作った両親への憎しみも抱くようになっていった。ワキガという原罪を持った憎らしい自分を作った両親。そして現状に対して何も有効な手だてを打つことができないという両親。「両親」という存在が、僕の中から徐々に遠のいていった。

自殺願望

手術はできないという事実を突きつけられた僕は、ますます学校を休むようになった。二週間に1回行くか行かないかという程度だった。家では布団に籠《こも》り、「なぜ……なぜ……なぜ……」とひたすら自問自答し、疲れたら寝て、また目を覚ましては自問自答するという日々を過ごした。大きな葛藤がある時に、真っ向から自問自答するというスタンスは今もずっと変わっていない。

これに対して、「そこまで思い詰める前に、趣味などで気を紛らわして逃避しないのか」という指摘をされることがある。それができるのであれば、僕もそうしていたと思う。これが「普通」のいじめであれば、相手の気分次第でいじめの強弱は変わるだろうし、転校したりなどすれば表面的な問題は解決するからだ。

　しかし僕の場合、そうはいかなかった。それは原因が外部ではなく内部、つまり自分自身にあったからだ。どれだけ時間が経とうとも「消えることなく相手に迷惑をかけ続けるもの」として、ワキガは僕の中にあり続けた。仮に転校しても、酒を飲んでも、薬物に手を出しても、逃れられない。そんなものに僕は直面していたのだ。だから僕はこの問題から目を背けず、自分の内側と真正面から向き合うしかなかった。変えられることのない運命。いわば「不治の病」に対して僕は、自分の心のありようを変えようと必死に試みたのだった。

　そうして自問自答を繰り返している中で、「人に迷惑をかけてしまっている」という罪悪感とともに、今までに感じたことがないほどの強い感情が湧き上がってきた。それは、ワキガによって人に迷惑をかけ続け、さらには生きる意味も見出せない自分に対する激しい怒り、「憎悪」だった。そして、憎悪とともに激しい攻撃感情を産み出した僕は、自分の存在そのものが許しがたく、自分の腕に激しく噛みつくなどの自傷行為をするようになった。怒りの矛先が外側ではなく内側へと向けられたのは、いじめられる原因が外部の友人たちではなく、内部の自分にあると思っていたからだ。やはり、ここでも原因がワキガにあるということが大きかったのである。

　そうした自分を「ぶっ殺したい」という怒りの念と、迷惑をかけるのなら「死にたい」という悲しみの念とが絡み合って、僕の中に一つの結論が導き出された。

自殺だ。

〈もうどうすることもできない。このままずっと、ワキガで人に迷惑をかけ、苦しみながら生きなければならないのなら、死んだほうがよほどマシだ。死ねばこの苦しみから解放される〉

人に迷惑をかけながら「生きる」ことは、僕にとってそれほどまでに苦しいものだった。そして、そのような自分が生き長らえることは腹立たしいことだった。僕の中で、自殺願望が日に日に強くなっていった。〈手首を切ろうか。それとも、首を吊ろうか。はたまた、高いところから飛び降りようか……〉と自殺方法を考えているうちに、ふと、〈このまま死んでいいのだろうか〉という気持ちも頭をよぎった。死にたいが、どこかに〈それではもったいない〉という気持ちもあった。ここで命を絶てば苦しみからは解放されるが、本当に何も意味をなさない人生だ。

自殺方法の選定と並行して、〈どうせ死ぬのだったら臓器ドナーになって、「生きたい」と願っている難病の人に僕の臓器を提供しようか……〉と、自分の「命の使い道」をいろいろ考えていた（ちなみに自殺によって臓器提供はできないが、当時小学生だった僕はそこまで考えていなかった）。

自分自身を「ぶっ壊す」

そんなある日、たまたまテレビで第二次世界大戦中でのノルマンディー上陸作戦を描いた映画『プライベート・ライアン』（スティーヴン・スピルバーグ監督、１９９８年、アメリカ）を観た。砲撃で下半身が吹き飛ばされた兵士や、銃弾を受けて内臓が飛び出した兵士など、悲惨きわまりない最前線の生々しい様子が描き出されていた。あまりにリアルな描写に、気分が悪くなった。

　しかし、平和な日本とはあまりにもかけ離れた戦場が、逆に、不思議と僕の心の中にとても強く印象づけられた。

〈この戦場に自分の身を投じれば、自責の念に駆られて煮詰まっている今の自分や、答えを見出せずにいる無力で憎たらしい自分を「ぶっ壊す」ことができるかもしれない……。そして、それによって新たな境地も見出せるのではないか……〉

　映画が描き出した戦場の圧倒的な「死」と「破壊力」に、僕は心惹かれたのだ。

ただ、「戦争」というものに抵抗感がなかったのかと問われれば、決してそうではない。むしろ抵抗感しかなかった。僕はご多分に漏れず、戦後の平和教育の中で「戦争の悲惨さ」を教え込まれてきたからだ。国語では「ちいちゃんのかげおくり」（あまんきみこ・作）を覚えている。空襲で逃げている時に転んだ兄の脚から血が出ている描写や、子ども心に恐怖心を感じさせる人影の挿絵は、「とても気持ちが悪くて怖いもの」として印象に残った。社会の授業では、原爆や南京大虐殺などの話を聞き、とにかく「悲惨」なものだとしか感じなかった。

　僕の中には明確な理由はないけれども、とりあえず、「戦争＝悪・痛い・残酷・悲しい・気持ちが悪い」というネガティブなイメージだけが強烈に焼き付いていたのだ。そんな僕が『プライベート・ライアン』を観ても決していい気持ちはしなかったし、家族旅行で訪れた沖縄の「ひめゆり平和祈念資料館」ではさらに生々しい沖縄戦の話を聞き、吐き気をもよおした。そして実際に戦争を経験してきた祖父を、「殺人鬼」と軽蔑するような目で見ていたほどだった。

　しかし、当時小学6年生の僕は、何とかして自分自身を徹底的に壊したかった。嫌悪する戦場という場に僕が嫌う自分自身の身を置き、戦争に嫌悪感を抱いている自分も含めて、自分自身のすべてをぶっ壊す。そして、新しく生まれ変わりたかった。

「戦場」という「生と死がせめぎ合う場所」に自分の身を投じることで、今の八方ふさがりの自分を変えられると思ったのだ。〈戦場で戦うために生きる――〉

漆黒の闇の中にいた僕は、そこに一筋の光を見出した。自分で自分を追い詰めてしまった僕の、ある種「やけくそ」的な選択ではあったが、今の自分を壊して生まれ変わるという荒療治以外に、この苦しみを乗り越える方法はないように思えた。

「なぜ生きるか」という問いに自ら導き出した答え。そしてこの答えが僕のアイデンティティとなり、「生きる」勇気と希望がわいてきた。そしてその後、僕は以前のように父に何か質問をして「答え」を求めることはなくなった。

他人の軸に合わせて生きてきた僕が、自らの軸で生き始めた瞬間だった。

ちなみに、ワキガはしだいに気にならなくなり、周囲から言われることもなくなった。

自衛官

問題児に変身

映画『プライベート・ライアン』を観てからは、まずは「海外に行く」ことが目標になった。ただ、具体的な国のイメージはなく、単純に、日本には戦場がないから海外に行くしかないと思ったのだ。しかし当時、僕はまだ12歳。何をするにも保護者の同意が必要なうえに、海外に行くためのお金もない。それにたとえ戦場に行けたとしても、何の訓練も積まずに行けば、あっさり死んでしまうのがオチだ。

『プライベート・ライアン』を思い出してみる。そこに出てきた軍隊の兵士たちは、銃弾が飛び交う状況の中、どんどん前に進んでいったではないか。敵の戦車に近づいて爆破したりするなど、とにかく強かった。〈戦場に行くにはまず、「強さ」を身につける訓練が必要だ。海外にはすぐに

行けないから、日本で訓練をしなければならない……〉

映画の影響だろう、軍隊で訓練を受けることを思いついた。〈日本には軍隊がないけれど、自衛隊は実質的な「軍隊」だ。戦うための訓練を日本で受けるのに、自衛隊以上の場所はない〉と考え、当初、高校を卒業してから自衛官になる構想を練っていた。

〈18歳から受験資格が生じる「一般2士[1]」と呼ばれる自衛官になるためには、「中学校卒業程度」の試験に合格すればよい。ということは、試験はそれほど難しくはないだろう……〉

中学生になった僕は、「自衛隊に入隊するには学力はあまり必要ない」と高をくくり、まったくといっていいほど勉強に興味を持たなくなった。学校に行く必要もないとすら思い始めていた。

さらに、「戦場に行く」という目標は僕の性格や行動を変えていった。これまでのように、他人の後ろについて行動することもなくなった。「他人の軸」は変わらず意識していたものの、その軸からあえて外れることをするようになった。中学は制服（学ラン）の着用だけでなく、その着方や頭髪の長さなど、さまざまな風紀指導や制約がある。僕はそれを無意味でダサいと思い、たとえば制服のズボンを腰の位置で穿いたり、ワイシャツのボタンを2、3個外して着ていた。

中学1年生の夏頃からは、テストでふざけたことを書いてわざと0点を取ったり、授業中には友人といつ終わるともない雑談をするようになった。しかし、雑談が他人の迷惑になるという自覚が芽生えてくると、今度はひたすら先生を無視した。体育や理科の実験などの体を動かす授業以外は、居眠りをするようになったのだ。先生も、僕が無駄話をして周囲に迷惑をかけるよりもマシだと思ったのか、居眠りに関しては何も言わなかった。

「問題児」になった僕は、生徒指導の先生から職員室に呼ばれ、授業中の態度や服装について説教されることも度々あった。素行の悪さのあまり、母が学校に呼び出されることも何回かあった。その後で母や父から注意された記憶がないので、「思春期だから反抗的になるのも仕方がない」と思っていたのもしれない。小学校の頃はおとなしい感じの友だちが多かったが、中学校では僕と同じような「チョイ悪」な人たちとも仲良くするようにもなり、その激変ぶりに友人たちは驚いていた。

その頃、「朝の読書時間」として、1時間目の前に好きな本を毎日10分読む時間が設けられていた。時間は短いが、僕はこの時間を使って第二次世界大戦の戦記や元特殊部隊員の人が書いた手記などを読み、リアルな「戦い」へのイメージを膨らませていった。

中学校1年生の時に読んだ本で、実際に戦闘に参加した兵士への膨大な取材を経て書かれたノンフィクション『硫黄島――勝者なき死闘』（ビル・D・ロス著、湊和夫訳、読売新聞社、1986年）があった。本著の中には『プライベート・ライアン』のような悲惨な描写はもとより、仲間を救うために自ら手榴弾の上に覆い被さって死んでいった何人もの海兵隊員の話が出てきた。また、水や食料もない過酷な環境の中で、死んだ戦友の臓物を体に塗りたくって待ち伏せ攻撃をし、最後まで全力で戦い続けようとする日本兵の姿も描かれていた。

各国の特殊部隊の人たちの経験が綴られた本には、人質救出作戦や敵地への潜入および破壊工作作戦など具体的な「戦い」が書かれていた。僕はこれらの本を読みながら、「戦いに行くならばこのくらい強くならなくては」という思いを強くしていった。ただ、やはりこの時も具体的な戦う相手まではイメージしておらず、漠然とした「戦い」というものを意識していただけだった。

受験に「命」を賭ける

不真面目な学校生活を送っていた僕が大きく変わったのは、中学2年生の時だ。自衛官になるための情報収集をしようと思い、自衛隊の広報活動を担当している千葉地方連絡部（2006年、「千葉地方協力本部」に改編）から資料を取り寄せた。届いたパンフレットを見て、中学校を卒業してすぐに行ける「陸上自衛隊少年工科学校」（以下、「少工校」）。神奈川県横須賀市の陸上自衛隊武山《たけやま》駐屯地内に所在。10年、「陸上自衛隊高等工科学校」に改編）という機関があることを知った。

少工校は文部科学省管轄のいわゆる「学校」ではなく、防衛大臣直轄の「部隊」だ。各種装備の整備に必要な専門知識を学ぶために作られている。身分は階級も与えられる「自衛官」で、少工校へ入るのも「入学試験」ではなく、正式には「採用試験」という。受験料はない。入隊と同時に、自衛官の制服（短靴、帽子、冬服、夏服、外套（トレンチコート））や戦闘用具一式（迷彩服、小銃、半長靴《ちょうか》（ブーツ）、鉄帽、背嚢《はいのう》（リュック）、弾帯（ベルト）、弾倉入れ、偽装網（草木をまとって身を隠すために使う）、飯盒《はんごう》、水筒、エンピ（シャベル）等）、訓練教本（通称「赤本」）、『陸上自衛官服務小六法』など、一般自衛官と同じものを支給される。そのうえ毎月15万円以上の給料もある。

授業は防衛庁（現在は防衛省）で採用した教官が担当するが、神奈川県立湘南高等学校（2000年以降は平沼高等学校と併合して神奈川県立横浜修悠館高等学校）の通信制と提携しており、数回のスクーリング（面接授業）を受けてレポートを提出すれば、少工校の卒業と同時に高等学校（湘南高校通信制）の卒業資格がもらえる。「一般の工業高校の勉強もする自衛官」と言えばいいだろうか。

何より魅力的だったのは、射撃や行軍など自衛官としての基礎的な訓練も行なわれることだ。訓練期間は年に数回、それぞれ1週間ほどでの短期集中型のカリキュラムだった。その他にマラソン大会や訓練、行進パレードをする開校祭や観閲式（いわゆる軍事パレード）などの季節行事も時折ある。また、全寮制のため日常生活は一般自衛官のそれとなんら変わらなかった。

〈これ以上の場所は他にはない〉と一気に力がわいたが、当時も倍率は10〜20倍程度あった。広報担当官に電話で問い合わせてみると、「千葉県内トップクラスの高校に行けるくらいの学力がないと難しい」と言われた。当然、当時の僕の学力では入学することは難しい。

しかし、それを聞いた僕は奮起した。「戦いのために僕が持っているものは時間も命も含めてすべて賭ける」という覚悟だったので、他の受験生と全力勝負ができると思った。試験に落ちるなら、自分はその程度。実力を試せるよい機会だと思った。

勉強することの意義を見出した僕はそれから、がむしゃらに勉強をするようになった。自宅の机の上には少工校の写真を掲げた。3年生になって部活を引退すると、睡眠時間とわずかな食事の時間以外は机にかじりついていた。もちろん、滑り止めに一般高校を受験するつもりもなかった。担任の先生から「万が一のこともあるから」と、強制的に一般高校の受験票を取得させられた時には不服を唱え受験票を破り捨て、説教もされた。

少工校に入るために熱心に勉強に打ち込んでいると、自衛隊に対して、今までとは違う想いが徐々に湧いてきた。受験に対する情熱が、自衛隊に対する愛着に転化していったのだ。自衛官の制服を着た自身の姿を毎日のように想像し、自衛隊に格好良さやロマンを感じるようになっていた。

一方、熱心に受験勉強をする中で、憲法9条と自衛隊の「矛盾」に疑問を抱くこともあった。憲法9条は、戦争の放棄とそれに伴う戦力の不保持を掲げている。自衛隊は戦車や戦闘機などさまざまな装備を備えているが、それらは軍隊を持つ他国の装備となんら変わりはない。これでは、「自衛隊は戦力ではない」というのは無理があるように思えたのだ。ただ、この頃はまだ、実戦を行なうフランス外人部隊や傭兵への「過程」としてしか自衛隊をとらえていなかったので、このような「矛盾」についてそれほど気にならなかった。

祖父の死と両親の離婚

僕が受験勉強に打ち込んでいたちょうどその頃、祖父が他界した。葬儀は父や業者がすべて取り仕切り、僕はその様子を、少し離れて見守っていた。祖父が死んだ悲しみは湧いてこなかった。ただ、死化粧をされている祖父の遺体を見た時、少し恐くなった。生きている人間とも、作り物の人形とも違うその微妙な存在が、この世のものとは思えず、不気味だったからだ。

祖父の葬儀から間もなく、父と母が離婚した。父と母は5年間の交際を経て結婚し、父方の祖父母と同居が始まった。祖父はもともと、二人の結婚に反対していたという。「どこの馬の骨かわからない野郎が」とか「家を出ていけ」などという罵声を、台所に立つ母の背中に毎日浴びせかけていた。母は、家の中では無言で腕組みをしていることが多く、〈楽しくなさそうだなあ〉という印象を僕は幼いながらも抱いていた。

祖父の態度を見兼ねた当時3歳の僕は、「お母さんをいじめるな」と祖父に言ったそうだ。僕はまったく覚えていないが、母は20年以上経った今でもその時の様子を嬉しそうに語る。

しかし父は、そのような嫁舅《よめしゅうと》関係を改善しようとしなかった。また、義母が他界した時に線香をあげに行かなかったことなど、父は母の周りのことに関心が薄く、母はストレスを溜めていったようだ。父と母の溝は徐々に広がり、離婚に至った。

子ども3人は父が引き取った。着替えを何枚かバッグに入れて母が家を出ていくその日、「お母さんっ子」の妹は泣き叫んで母を引き止めようとした。僕はそれを、「小さいからしょうがないな」と冷静に眺めていた。この頃の僕にとって、両親の離婚は些末《さまつ》なことで、少工校に入れるかどうかが唯一の関心事だった。父と母に「どちらに付いていきたいか」と聞かれたが、どちらでもよかった。そもそも、少工校に入れば家を出て寮生活が始まるのだから。

結局、僕は父と暮らすことになったが、その後も時々、母の家で過ごすこともあった。

入隊

少工校の一次試験は1月下旬に行なわれた。試験科目は一般教養（国語、英語、数学、理科、社会）と作文。作文のテーマは、自衛隊の国際貢献に関する自由記述だったように記憶している。

卒業を間近に控えた中学3年生の2月、一次試験合格の知らせは、僕が住んでいる地域の広報担当官から電話で届いた。僕は当日インフルエンザで寝込んでおり、合格発表会場の千葉地方連絡部に行けなかった。合格の知らせを聞いた瞬間、胸から熱いものが一気に込み上げた。高熱も関節の痛さも忘れ、飛び跳ねながら何度もガッツポーズをした。当初は「危険だから」という理由で入隊を反対していた母も、一次試験合格を伝えると喜んでくれた。

一番の関門であった一次試験はクリアした。残すは二次試験だ。二次試験は面接と身体検査（身長、体重、視力検査など）だが、視力が問題だった。当時の僕は、合格基準である裸眼視力0・3にわずかに届かないほどの近視だったのである。二次試験に向け、中学校では面接の練習を、自宅では視力回復トレーニングをしたり、母が勧めてくれた中国式マッサージや針灸治療院に連れていってもらうなど、効果がありそうなことはなんでも試した。その甲斐あってか、視力も合格基準ギリギリまで回復し、二次試験も無事に合格した。

少工校への入学が決まった僕は、基礎体力をつけるために腕立て伏せや腹筋、ランニングなどの事前トレーニングを開始した。ランニングコースは4キロメートルほど。時々、近所の農家の軽トラックが走る、のどかな田舎道を走った。小中学校の登下校で使った通学路、友だちと魚釣りに行った川、幼少期に走り回った田んぼ道……。そうした故郷の景色に囲まれてトレーニングをする中で、「僕がこの故郷を守るための自衛官となるんだ」という実感がだんだんと湧き上がってきた。僕の中で「愛国心」が芽生え始めた瞬間だった。少工校へ行けば、僕のような意識を持った「仲間」とともに訓練に励めると思うと、期待で胸が熱くなった。

2004年4月。僕は父に付き添われ、少工校の門をくぐった。入隊と同時に少工校の隊舎（寮）に入るため、自宅から下着や洗面用具など最低限のものを携えていった。隊舎には携帯電話やゲーム機はおろか、私服の持ち込みも禁止されていた（2年時になると私服の持ち込みが可能になった）。隊舎で支給されたジャージに着替えると、着てきた私服は父が持って帰った。親元と故郷を離れるのは少し寂しかったが、家族愛が薄くなっていた僕はホームシックになるほどではなかった。

少工校は第1～第3教育隊（学年）に分かれ、一個の教育隊に9つの区隊（クラス）があった。一つの区隊は約30人で、全国から10代半ばの男子が集まっていた（少工校は男子のみ）。さまざまな装備、広い訓練場、そして制服を着た少年工の先輩自衛官たちが号令をする姿を目にして、〈これから僕もあのカッコいい制服を着られるのか〉と僕の胸は躍った。

隊舎は各部屋12畳ほどの広さ。僕が入隊した当時はちょうど隊舎の建て替え工事中で、12人が一つの部屋に詰め込まれてしまった（通常は5～6人）。2段ベッドが部屋の左右にそれぞれ3台ずつ足合わせに並べられ、カーテンなどの仕切りはない。プライバシーなど皆無の世界だが、戦いに向けて準備をしていくには必要なことだと思えば、それほど気にはならなかった。

午前6時、建物各所に埋め込まれているスピーカーから流れるラッパの音で、少工校の一日が始まる。皆がベッドから抜け出し、隊舎の前に一学年全員が集合して点呼が始まる。白い体育帽にジャージのズボン、上半身は裸という格好で乾布摩擦をしながら点呼を行なうのだが、冬になると相模湾から吹き付ける風が猛烈に冷たかった。その後、ランニングや筋トレなどの早朝トレーニングを30分。それから制服に着替えて朝食だ（食堂は校舎や隊舎とは別に、専用の建物としてあった）。担当の自衛官（少工校の生徒ではない）とパートのおばちゃんたちが、毎朝早くから調理と給仕をしてくれていた。料理の味は何とも言えないが、「武山駐屯地（僕がいた駐屯地）の飯が食べられれば、どこの部隊に行ってもやっていける」との噂はあった。

朝は、通常10分ほどで素早く食事をすませるが、当直勤務[2]などに就き1〜2分しか朝食にかける時間がなかったりすると、ご飯にみそ汁をかけて噛まずに流し込むこともあった（持ち帰りができるパン食もあったが、区隊長から「米を食え」とパンは禁じられていた）。

食事の後は当番で割り当てられた掃除をして、8時から区隊ごと朝礼に出席。これとは別に、月に1回は学年ごとに行なう「教育隊朝礼」と、少工校生徒全員を集めた「学校朝礼」がそれぞれあった。朝礼後は、9時から午後4時まで授業や訓練が1時間の昼食を挟んである。昼食は朝ほど慌ただしくはなく多少ゆっくりはできた。しかし、全生徒800人超がいっせいに食堂に殺到するため、ほぼ毎日、食堂の外まで長蛇の列だった。

面白いのは、毎週水曜日はカレーだったことだ。これは、「長い航海中であっても曜日感覚を忘れないようにするために」という海軍（海上自衛隊）の伝統を真似たものだ。昼食後は隊舎に戻り、おやつを軽くつまみながら雑誌を見たり、昼寝をしたりして過ごすこともあった。

憧れだった自衛官の制服

放課後は部活動だ。少工校の部活動には、ほぼ毎日活動するラグビーや柔道などの体育クラブと、月に1回程度の割合で集まる書道や囲碁などの文化クラブがあり、どちらにも加入することが義務づけられていた。部活動が終わると午後6時半から入浴と夕食。入浴のルールや制限時間などは決められていなかった。ただ、入隊当初の数日間は、区隊長の「短時間であらゆることをこなせるようになるために」という独断で、1～2分で入浴をすませる訓練があった。「その気になればやれないことなどない」という気持ちを養うためのものでもあった。

夕食は一日の中で一番ゆっくりと摂ることができた。食事を終え午後7時過ぎに隊舎に戻ると、午後8時までの自由時間。この間にベッドメイキングや靴磨き、アイロン掛けといった身辺の整理整頓を行なう。時間に余裕があれば同室者と話をしたり、部屋にあったテレビを見たりした。8時からは各自専用の机のある自習室で2時間の自習時間だ。ここで、授業の復習やテスト勉強をする。勉強以外のことは認められてはいないが、実は、門限が決まっている土日の外出計画を極秘裏に練り上げることもあった。午後10時から隊舎前で点呼を行ない、それぞれの居室と共用スペースの清掃。そして10時30分に消灯という流れだ。消灯時はTシャツにパンツという格好だった。

僕はバスケットボール部に入っていた。休日は部活動を主にやっていたが、外出の許可を得て街に遊びに行くこともあった。課業（授業のこと）が休みの土日で、部活や当直勤務などもなければ、行き先と目的を告げれば朝8時から外出することもできるのだ。1年生の頃は制服着用が義務づけられていたが、2年生からは私服での外出が可能で、門限は夜の8時。しかしこれに遅れると、とんでもないシゴキと数週間の外出禁止令が待っていた。とはいえ、開校祭などの学校行事で家族が少工校に来る時など、年に数回は外泊の許可ももらうことができた。

「痛みは走って治せ」

自衛隊といっても、スポーツ万能な者ばかりが入ってくるわけではない。腕立て伏せが10回もできないで入隊する者もいる。それでも自衛官としてやっていけるような教育プログラムが用意されていた。できないことをできるようにする方法はただ一つ。ひたすらやり続けるだけだ。そのため、1年生の頃はひたすらシゴかれた。集合時間に誰かが1秒でも遅れたり、朝礼時に誰かの制服のワイシャツにシワがついていたり、とにかく何かあればすぐに「連帯責任」。「気持ちが弛《たる》んどる、全員その場に腕立て伏せの姿勢を取れ」などと言われて、全員で腕立て伏せが始まる。そうしてシゴかれていくうちに、それまで贅肉ばかりでブヨブヨしていた者も脂肪が落ち、筋肉がついてムキムキに変わっていった。

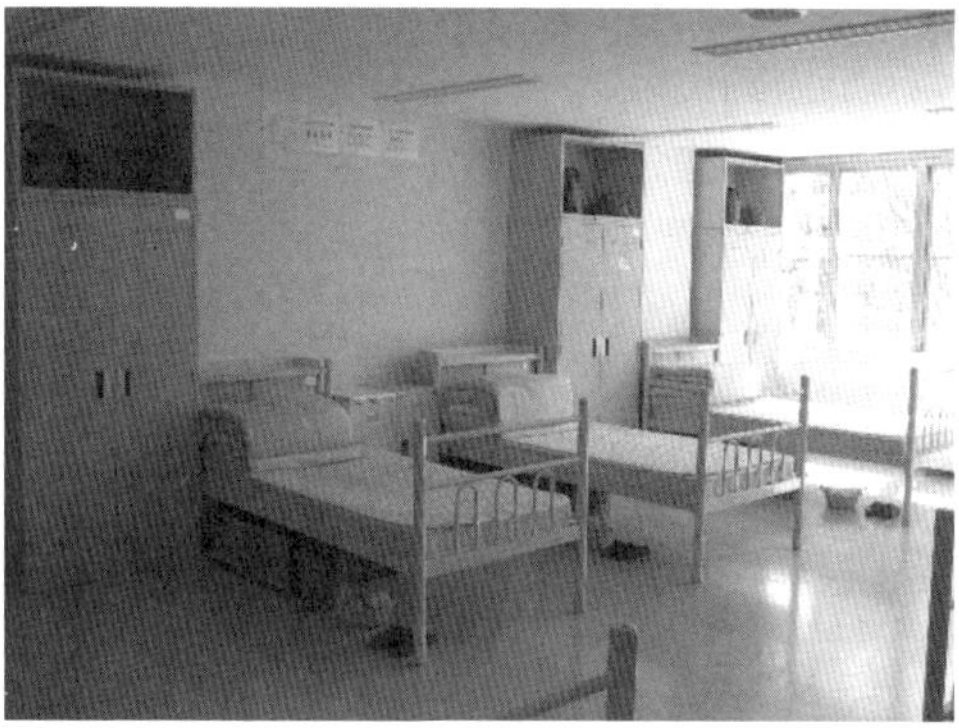
隊舎の室内。整理整頓も基本で、少しでも乱れていればロッカーの中身をすべてぶちまけられた。

自衛隊では、時間厳守や上下関係のあり方、報告・連絡・相談の徹底なども教育された。そうした組織における基本ルールが僕の基盤になったためか、社会に出た今でもそれは役に立つ部分がある反面、他者にもそれを求めてしまう性格の厳しさにつながった面もある。

自衛隊でのユニークなエピソードをいくつか紹介したい。ただしあくまで僕が経験したもので、どこの部隊も一様というわけではない。

最も印象深いものは「足が痛くなったら走って治せ」という教えだ。たとえば、訓練で走っていて右足が痛くなったとする。それ以上悪化しないように、「無理するな」とか「休め」とか言われる場面だが、自衛隊では「もっと走れ」と言われた。

右足の痛みに負けずにさらに走ったら、気づいた時には右足の痛みがなくなっている。右足をかばって走ったために左足のほうが痛くなるからだ。しかし、今度は左足が痛い。そこでどうするかといえば、「もっと走れ」となる。左足の痛みをこらえてさらに走ると、次には足をかばって走ったために腰の痛みが強くなり、左足の痛みがなくなる。そして、さらに走ると不思議と腰の痛みがなくなる。痛みに耐え続けた結果、痛みに慣れて気にならなくなるのだ。

反対に、「足が痛くなったら走るのを止める」という「逃げ道」があると、足の痛みを感じた時にそれ以上のことができなくなってしまう。だが「足が痛くなった時は走れば治る」と思っていれば、痛みによって行動を制約されることがなくなる。要は、今までやめるための言い訳にしていたものを自ら断つことで、「不可能だったものが可能になる」のだ。

連帯責任

一番きつかったシゴキは、1年生の時に僕の居眠りが原因で起こった。学校では上官に敬礼するのを忘れたり、名札を付け忘れたりするとすぐにしごかれるために、常に神経を張り巡らせていなければならない。そうした緊張感のある生活環境であったため、その緊張から解放された瞬間に、強い眠気が襲ってくることが多かった。特に鬼隊長の目が少しでも離れれば、一般教養の授業中だろうが、訓練施設に向けて車で移動している時だろうが、とにかく寝ていた。さらには、訓練中に亡くなった殉職者の追悼式典中でも、不謹慎とはわかりながらも立ち寝をしていたほどの「居眠り大魔王」だったのだ。特に授業中の居眠りがあまりにひどかった僕は、汗で水たまりができるほどのハードな腕立て伏せで何度もシゴかれたりしたが、それでも居眠りは直らなかった。

それを見かねた鬼隊長。ある日、僕を区隊全員の前に立たせると、僕の「居眠りの罰」として、他の仲間たちにだけ腕立て伏せをするように命じた。当の僕は何をするかと言うと、腕立て伏せをする皆を見下ろしながら、「1、2、3……」と、号令だけをひたすらかけるのである。腕立て伏せをする仲間たちの顔からは汗が滴り落ち、表情が険しくなっていく。一方で、本来なら最もシゴかれなければならないはずの僕が涼しい顔……。

腕立て伏せの回数が3桁を超してくると、僕に向けられる皆の視線がさらに厳しいものになっていった。僕を憎み、恨む視線。僕は同期から目を背けたい気持ちになったが、逆に厳しい顔をしてそれらを直視した。それが、その時の僕にできる唯一の罪滅ぼしであるかのように思えたからだ。ワキガで悩んでいた小学生の頃もそうだったが、僕は「他人に迷惑をかける」ことについて過剰なほど気にする性格だった。僕の居眠りが原因で、同期に迷惑をかけてしまったことは、どんな厳しい訓練よりも耐え難かった（結局、腕立て伏せは150回くらいで終わった）。

シゴキが終わった後は、同期たちから青白く凍り付いた視線とともに、「ふざけんなよ」「マジ死ねよ」などといった罵声を浴びせかけられた。営内班の同期（ルームメイト）も1、2日は僕に対してイライラしており、しばらくは完全に居場所がなくなってしまった。

しかし、ここまで（同期も僕も）つらい思いをしたにもかかわらず、僕の居眠りは直らなかった。同期も鬼隊長も呆れ果てて、それ以上は何も言わなくなったのは言うまでもない。

そんな「居眠り大魔王」だった僕も、「戦闘・戦技」の授業は集中した。これを学ぶために少工校にいると言っても過言ではない。実際に、この時に学んだ射撃技術や距離の測り方などは後々ずっと活用しているし、学んだ救護方法によって後に自分の命を繋ぎ止めることができた。

なお、ここで紹介したのは、あくまで僕が在籍していた時代のものである。時代に伴い自衛隊全体でシゴキをなくすような動きがある。僕が在籍していた3年の間にも、保護者からのクレームで、殴る、蹴るなどの暴力を伴う指導が禁止されたなどの変化があった。現在は懲罰としての腕立て伏せや、「連帯責任」でミスを犯した者以外をシゴくことも禁じられていると聞く。

妄想トレーニング

「国を守る」自衛官という立場に身を置いたためか、自衛官になってからは具体的な戦い、つまり、「誰のために何に対して戦うのか」という戦いの「目的」を意識するようになった。「国」といっても漠然としている。僕が具体的にイメージしていたのは、僕が生まれ育った故郷と、そこに住む友人たちなどであった。そして、想定していた「敵」は北朝鮮（朝鮮民主主義人民共和国）の特殊部隊。彼らが人間離れしたような厳しい訓練を受けている映像をテレビで見て、「負けていられない」と思ったことがきっかけだった。

少工校で行なわれていた射撃の実技訓練

好きなものを守ることと北朝鮮特殊部隊への対抗意識をモチベーションにして、僕は訓練に励んだ。毎日どこにいても「実戦」を想像し、イメージトレーニングをしていた。それは多くの場合、妄想にまで発展した。街に買い物に行った時には、「この状況でもしもバスジャックされたらどうやって犯人を倒すか」「今このショッピングモールの中で凶悪犯が銃を乱射し始めたらどう対処するか」などを考えていた。自習時間中には「北朝鮮で餓死したり強制労働させられている人を救うため、北朝鮮に潜入して金正日《キムジョンイル》（総書記。11年12月没）を暗殺するにはどうするか」といった空想もよくしていた（念のため断っておくと、自衛隊に入ってくる者が皆、僕のように日々「戦闘」のことばかりを考えているわけではない）。

　また、そうした「実戦」を日々イメージトレーニングする中で、国を守るためには、目を背けたくなるほど惨《むご》たらしい死体を見ても動じない精神力をつけることも必要だと思った。少工校では体力や技術を養うシゴキや訓練はあったが、死体に対する耐性を養うような教育訓練はなかった。祖父と母方の祖母の亡骸《なきがら》を見たことはあったが、激しく損壊したような死体を目にしたことがない。そういう耐性をつけずに実戦に行き、いざそんな死体を目にした時に激しく動揺してしまうのではないか、という不安もあった。

　そこで僕は、休日に外出して「自主トレーニング」を行なった。ネットカフェに行き、樹海で自殺して腐敗してきている死体の写真を掲載したサイトや、交通事故や戦争などによって激しく損壊した死体が載った海外のサイトなどで、多くの惨たらしい死体を見た。それらは衝撃的で、吐き気と頭痛を催した。しかし、「この程度で動じるくらいでは国を守ることなどできない」と踏ん張り、耐性をつけるようにしていった。

　そうしている間に、はじめは「気持ちが悪いもの」に思えた死体が次第に、「ただの肉の固まり」で、それ以上の意味がないように思えてきた。こう書くと、「死体の画像を見すぎて感覚が麻痺《まひ》した」と思われるかもしれないが、これは「慣れ」というよりも、「視点の切り替え」に近い。今でも死体の写真をいきなり見るとギョッとするが、その時に死体をただそこにある「何か」としてのみ認識するように視点を切り替えるのである。

「君が代」に涙

日々、「日本を守る」ことを意識しているうちに、愛国心が徐々に大きくなっていった。さらに1年生の夏頃、同期の友人から紹介されて小林よしのり氏の『新・ゴーマニズム宣言SPECIAL　戦争論』（1〜3巻、幻冬舎、1998〜2003年）を読み、僕の愛国心はさらに強固なものになった。『戦争論』には、「旧日本軍の南京大虐殺や慰安婦の強制連行はなかった」など、僕が学校で習った事実とは正反対の趣旨が書かれてあった。さらに同書には、「旧日本軍は終戦後もベトナムなどでアジアの独立のために戦った」「植民地の人々のために予防接種を行なった」など、旧日本軍が現地に貢献したエピソードも多数載っている。良くも悪くも純粋だった僕には、それが衝撃的だった。

「旧日本軍＝悪」「祖父＝殺人鬼」という今までの概念が一転し、祖父をはじめとする旧日本軍に対して尊敬の念を抱くようになった。そして、「自衛官」としてその遺志を継いで国を守る自分にも強い誇りを感じるようになった。

それが顕著に現れたのが、国歌である「君が代」が流れて国旗が掲揚される朝礼時だ。国のために危険を顧みず身をもって責務を果たすのが、自衛官の使命である。入隊時には実際に、そのような旨の宣誓文に署名をした。だから、国の象徴である国旗の掲揚には敬意を払って国旗に向かって敬礼をするのだ。そうして国旗に向かって敬礼をしていると、僕は感極まって目頭が熱くなり、時おり涙が出てくるほどだった。

自分の中にあった「負い目」をきれいさっぱり取り払ってくれ、自分に自信を持たせてくれる小林氏の『戦争論』を、当時の僕は聖書のように信奉するようになった。ロッカーに『戦争論』をいつも入れていて、くじけそうなことがあるとそれを読み、「先人も頑張ったのだから僕も頑張ろう」と自分を励ましていた。

自衛隊では、冷静に状況判断をしなければならない幕僚（指揮系統を担う参謀）は別として、第一線の自衛官（兵士）は、自分の行動に対しての「迷い」があってはいけない。一瞬の判断の迷いが自分や仲間を死なせることになるからだ。そういう意味で小林氏の本（主張）は自衛官としての僕に「絶対的な自信」を与えてくれた有意義なものであった（当時の小林氏の主張に対しては反証も多く出ており、現在はその主張とは距離を置いている。また、自衛隊の教育でそのようなことを教えられたわけではないことも付言しておく）。

愛国心が強固なものになるにしたがって、入隊当初の「卒業後は除隊してフランス外人部隊や傭兵になって戦う」という思いは薄れ、「国のために戦いたい」という気持ちが多くを占めるようになった。良くも悪しくも、一つのことに熱中するとほかのものが目に入らなくなる性格が影響していたのだと思う。

「防衛」のために戦え

しかし、僕の「まっすぐな愛国心」は、やがて自衛隊に大きな不満を抱くことにもつながっていった。中学3年生の頃に感じていた自衛隊を取り巻く「矛盾」に対する不満は、自衛官としての使命を真剣に意識すればするほど大きくなり、無視できなくなったのだ。

自衛隊は、米国やロシアなどは別にして諸外国よりもはるかに多くの予算を防衛費として注ぎ込まれ、世界トップクラスの性能を誇るイージス艦や潜水艦などを所有している。日本国憲法は9条で「戦力の不保持」を謳《うた》っているが、それらを「戦力」ではないとするのはどう考えても無理がある。

〈自衛隊というものは、自国の憲法とは矛盾した存在ではないのか。とすれば、自衛官である自分の存在を国が否定していることにもなる〉

大きな矛盾と違和感を感じ、「自衛隊はなぜ『戦力』ではないのですか」と職員室まで行って上官に詰め寄ったこともあった。周りにはほかの上官たちもいたが、皆、押し黙っていた。

「百歩譲って、憲法9条と自衛隊が両立するといっても……」と、さらに僕は考えた。

〈平和主義を掲げながら「武力で紛争解決をしているアメリカ」をなぜ日本が支持するのか。アメリカ追従でいる日本国そのものに、そもそも「主体性」がない。実は日本は、「独立」さえしていないのではないか。自国の「平和」と「独立」を守る使命を持った自衛隊。それがそもそも独立すらしていないのに、何を守れというのか〉

僕にはさっぱり理解できなかった。アメリカの過度ともいえる武力解決を支持する一方で、国を守るための立派な装備を持ちつつも、「弱腰外交」を続ける日本の姿勢に疑問を抱いた。韓国と領有権を争う竹島については、「なぜイラク戦争などアメリカの侵略戦争を支持しておきながら、韓国の自国への侵略は許すのか。それでは相手がますます調子に乗ってエスカレートするではないか」と激昂した。「国民・主権・領土」を守ることこそが自衛隊の使命。相手が増長すればするほど、日本の「領土」をとられることに繋がると考えていた僕は、「自国防衛」で戦うことが必要だと考えていた。

今から考えれば、柔軟性に欠けた発想だと思う。しかし当時は、「国防」に対して熱い思いを抱いていた。戦うための装備があり、訓練をしているにもかかわらず、そこで「戦わない」自衛隊とは何か。自衛隊本来の使命を果たせていないように見えたのだ。

〈それならば、自分たち自衛官は何のために存在しているのだ……〉

なんともやり切れない、もどかしさを感じるようになっていった。また、そのような矛盾した状況を変えようとするでもなく、現状を受け入れて「お上《かみ》」の言うことに黙って従う風潮が自衛隊内にはあり、僕はそのことに対してさらなる怒りを感じた。

いじめ、再び

僕が感じた最大の不満は、同期の「姿勢」の変化にもあった。それは、国旗掲揚の時に顕著に現れた。厳しい指導をされる1年生の頃は、ピンと張りつめた緊張感とともに熱心に国旗に向かって敬礼をしていた同期。僕も、熱い仲間とともに国を守れることに喜びを感じていた。

だが、自衛隊での生活が長くなるにつれ、指導を受けないための要領を得ていった同期たちの中には、休日になると国旗掲揚の時間を無視して寝ていたり、遊んでいたりする者も多くなった。

彼らの姿を見て、「今まで熱心にやっていたのは嘘だったのか……」と、裏切られたような気持ちになった。同時に、大切なものを目の前で踏みにじられているような気持ちにもなった。〈「国のために」という気持ちで熱心にやる僕は、「ただの馬鹿」なのだろうか……〉

僕のように、「国のために」と考える同期は多くなかった。年齢が若かったために自衛官としての自覚を持ちづらかったこともあるのかもしれないが、「戦争になれば逃げる」と言う者は半数近くいた。僕は次第に、やり場のない悔しさを感じるようになっていった。

さらに僕は、2年生の頃に再び、同期たちのいじめの対象にされた。いじめの原因は、些細なものである。僕の目と尻が大きく、汗っかきだという、ただそれだけの理由だった。同期たちは、僕が授業で何か発言をするたびに、揚げ足を取ったり笑い者にして、僕を「うさ晴らし」の対象にした。それは時にエスカレートして、部活動の厚生活動で海水浴に行った際に、水中に頭を突っ込まれ続けて過呼吸になったこともある。いじめの対象は僕だけではなく、他の者に対しても常にあった。いじめは上官の目につかないところで行なわれることが多く、また、いじめにされる対象も多かったので、上官も実際には手が付けられなかったのかもしれない。

熱い志を持つ「同志」だと思っていた者たちからの陰湿ないじめ——それによって、僕が理想とした「自衛官像」は大きく傷つけられた。国旗を蔑《ないがし》ろにされたのと同じく、それは自身がいじめを受ける以上に苦しく、悔しくて仕方がなかった。

いじめを受け続ける中で、怒りのあまり相手を殴り倒したい衝動に駆られたこともあった。しかし相手を殴ってしまえば、無干渉だった同期からも白い目で見られ、自分の居場所を完全に失ってしまうかもしれない。また、僕は未成年といえども、身分は「国家公務員」。暴力をふるえば「ただの」未成年者よりも重い処罰が待っているだろうし、なによりも国家に忠誠を誓った「国家公務員」ともあろう者が、国の法を犯すということが僕には許せなかった。

〈そうなっては、僕は彼ら以下の存在となってしまう……〉

自分の中にある崇高な自衛官像によって、「やり返したい」という怒りを何とか思い留めていたが、自衛官を辞めようと本気で思うこともたびたびあった。辞める意思を区隊長に直訴しに行ったこともあるし、手紙や電話で父に打ち明けたこともある。父は、「とりあえず、卒業までは頑張れ」と何度も諭した。「高校の卒業資格を取らなければ社会に出て困るだろう」という父親なりの配慮からだった。また、少工校は両親の承諾がなければ退職することができなかった。単に「『苦しいことから逃げたい』という気持ちで辞めると、路頭に迷う者が多い」ことを学校も考慮していたからだ（今となっては、父の諭しも学校の計らいも、とても有り難かったと思っている）。

葛藤を何度も繰り返しながら、ひとまず、卒業するまでは耐えようと思い、怒りを内に秘めながら悶々と過ごしていたある日、たまりにたまった日々の怒りはついに、頂点に達した。

〈ぶっ殺す！　でも、手を出せば彼らと同じになってしまう〉

激しい怒りと自制心がせめぎ合う葛藤の中で、怒りは次第に諦《あきら》めへと変わっていった。

〈この人たちと自分はまったく違う人間なんだ。だから理解し合えなくても仕方がない〉

他者と自分との間に明確な「線」を引いた瞬間だ。相手と自分との間に一線を引くことで、この耐え難い屈辱を克服しようと考えたのである。

〈他人がどうであれ、僕には関係ない。他人は他人、自分は自分だ〉

それからは、他者と協調して何かをやろうという気持ちがなくなった。外出も食事も一人でした。はじめは少し寂しい気持ちもあったが、「一人で行動してもいい」と考えるようになると、どこか心の重荷が解けて、それによって得られる「自由」のほうが僕にとっては心地よいものであった。いじめる側の同期の態度などは相変わらずだったが、何かを言われてイライラしたり、怒ったりすることがなくなった。

挫折と新たなる戦い

こうして、2年生の中頃から心がポッキリと折れ、自衛官としての自信と誇り、希望すらも失った僕は、それまで真面目にやってきたことが馬鹿らしくなり、日々をただ消化していった。自分を鍛えるためにやっていたバスケットボール部の活動にもやる気をなくしダラダラと練習するようになり、以前とのギャップに教官から驚かれもした。

そうした中で、僕は再びフランス外人部隊へ行く計画を立てることで、一筋の光を見出そうと試みた。〈もともと、自衛隊は海外に行って戦うための「踏み石」のつもりだったんだ……。計画がもとどおりになっただけだ……〉

海外に戦いに行くにあたって具体的な目標となったのは、高部正樹《たかべまさき》氏だった。高部氏は自衛官を退職した後、アフガニスタンやボスニアなど数々の戦場を10年以上も渡り歩いてきた生粋の傭兵だ。現在はジャーナリストとしても活動し、多くの実戦経験が書かれた高部氏の著書は、実戦経験のない自衛官にとっては貴重なもので、同期の中にもそれを読んでいる者が一定数いた。

高部氏の著書に一貫して書かれていたことは、「傭兵は『英雄』として賞賛されることもないし、しかもまったくもって儲からない」「不快なジャングルの中で臭い食事をし続けなければならない」といったことだった。高部氏の指摘は、僕の抱いていた戦争のイメージと共通するように思えた。戦場には「地位」「金」「恋愛」といった華々しいものなど、何ひとつない。「苦しさ」「つらさ」「汚さ」などを超えて、その先にある何かを求めようとする高部氏の生き方にとても共感できるものがあり、具体的な指標となっていた人物だった。

僕は自習時間を使い、フランス語の勉強を始めた。しかし、集中できない。どこか乗り気ではなく、しっくりとこないのだ。原因を考えていくと、海外で他国のために戦うことに原因があることがわかった。「日本ではなく他国のために戦うことに何の意味があるのか」という疑問が湧き、それは日を重ねるごとに大きくなっていった。

そして僕は、「日本のために戦いたい」という気持ちを変わらずに持っていることに気がついた。自衛隊や日本政府の現状に対して失望したものの、「日本のために何かをしたい」という気持ちは変わらず残っていたのだ。それから、僕は鬱々とした日々の中で、「何をすれば一番日本に貢献できるか」を模索し始めるようになった。

少工校での生活を淡々と消化していく中で、僕は3年時には後輩と同じ部屋に寝泊まりして指導にあたる「模範生徒」に抜擢された。理由は定かではないが、自衛隊内部での人物評価点数がトップクラスだった（職員室の資料をこっそり盗み見た同期から聞いた）のと、僕に「後輩指導」という新たな「やり甲斐」を見出させようとしてくれた上官の配慮だったのかもしれない。

上官の狙いが的中してか、僕は少工校での生活に新たなやり甲斐を見出した。「新隊員教育」というと、おそらく一般的な自衛隊生活の中では最も緊張感が漂うものの一つであろう。映画でよく鬼軍曹が新兵に怒鳴り散らしているシーンがあるが、まさしくそれそのものである（自衛官〔軍人〕として命を賭けて任務にあたる自覚と責任を培うには、そうした厳しさをも乗り越える克己心がどうしても必要になるのだと思う）。指導する立場といえども、人を指導するからには自分ができていないと話にならない。毎日靴を磨いたり、自主トレーニングをしたり、それこそ一分の隙もないよう、後輩以上に厳しく自分を律し続けた。そうしたピリピリとした空気の中で、僕自身の気持ちも再び磨かれていったのだろう、模範生徒を務めた3カ月間は水を得た魚のように生き生きと過ごせていたと思う。


「模範生徒」を終えてから半年が経過した。卒業を数カ月後に控えた僕は、その後の進路について真剣に考えるようになった。この頃には「戦い」の場が実際の戦場ではなく、「日本社会で役に立つもの」に変化していた。

〈今一番日本の役に立てる「戦い」は何だろう〉と思いながら、ぼんやりと社会科の資料集をめくっていたある日の自習時間。ふと、「食料安全保障」の項が目に留まった。そこには、日本の農業が衰退し、食料の多くを外国からの輸入に頼っている、という資料が載っていた。

当時17歳だった僕は〈もしも輸入がストップしてしまったら日本は戦わずして多くの死者が出

てしまう。これは大変だ。国を守るためには戦いよりもまずは食べ物からだ。そのためには衰退した今の農業を何とかしなければならない〉と真剣に危機感を持ち、国を支えるための農家になって日本の農業を再興したいと思った。

そして、僕は少工校の卒業と同時に退職し、3年間の自衛隊生活に幕を閉じた。上官は「模範生徒まで務めたのに本当に辞めるのか。定年までそれなりの地位で自衛隊にいられるぞ」と慰留してくれた。しかし、自分の存在意義を見出せない自衛官であり続けることが、僕にはできなかった。少工校に入るまでは自衛官になることに反対していた両親も、「定年までいられるのに、もったいない」とは言ったが、ひとまず高校の卒業資格ももらえるということで納得したようだった。

「きちんと決めるから黙って見ていてくれ」

この時も、少工校に入るのと同様、両親に何の相談もしなかったし、周りの人にも自分の気持ちを話すことはなかった。

（1）　自衛隊において、二等陸・海・空士として採用される任期制隊員のこと。「士」は自衛隊で一番下の階級。「防衛省設置法等の一部を改正する法律」（2009年公布、10年施行）により、現在は「自衛官候補生」という。

（2）　区隊長から命令を聞いて皆に伝えたり、授業の様子を報告したり、移動する時に区隊を指揮するなど、全般のとりまとめ役（中間管理職）のような仕事。将来、部隊を率いるための練習という意味合いもあった。

農業再興

東京農業大学へ

少工校を卒業した僕は、農業の現状を詳しく学ぶ必要があると考えた。また、農業を支えるためには古い知識だけではなく、新しい知識や海外の知識も取り入れなければならない。

そこで、世界中に20校近くの提携校があり、国際的な視点や経営、マーケティング的な発想を取り入れながら日本の農業を学ぶことができる東京農業大学に進学しようと考えた。

だが、少工校は3年間で卒業できるものの、在学中（すなわち自衛官の業務中）に業務を休み、一般大学を受験することは許されなかった。少工校を卒業して部隊に配属されるわけでもなく、防衛大学校などに行くでもなく、自衛官の道から外れるのだから、当然と言えば当然である。「一般大学を受験するために自衛官としての業務を休む」などということが許されるはずもない。

そこで僕は、卒業した翌年に大学受験をすることにして、1年間を、大学の受験勉強に費やすことにした。

　しかし、自衛官になるために親元を離れたにもかかわらず、再び父と、あるいは母と暮らすのが嫌だった僕は、母が以前購入した千葉の家に住まわせてもらうことにした。築30年の木造2階建ての家は、離婚後の母が、祖母と伯父の3人でかつて暮らしていた。しかし祖母は亡くなり、母は再婚して別の家に移り、この時は伯父が一人で暮らしていた。実家よりも都心に近くて便利だったこともあり、空き部屋を借りることにした。

　新たな生活が始まってから僕は、生活費を稼ぐために、近所の居酒屋チェーン店でアルバイトを始めた。中学を卒業してすぐ、自衛隊という限られた世界に3年もいたので、接客業をとおして社会と触れ合うのはよい社会勉強になるとも思ったのだ。

　受験勉強は夏頃から始めた。通年で予備校に通ってもよかったが、そこまでする必要はないだろうと考え、夏期講習と冬期講習で必要科目だけ選択して受講をし、あとは独学だった。受験勉強を本格的に始めてからは、アルバイトも中学時代の友だちとの遊びもやめた。

　〈目的としていない大学には行く意味がないし、ここで落ちたらすべて終わりだ〉と考え、東京農業大学一本に絞った。時々しか連絡を取らなくなっていた両親だったが、「お前に何を言っても聞かないだろうから、好きなことをやったらいい」というスタンスで応援してくれていた。

　東京農業大学に限定して受験対策をしたおかげか試験もなんとかパスし、２００８年4月、東京農業大学に入学した。それまでの予備校費や受験料、入学金など、自衛官時代に貯めたお金で賄い、授業料は両親が払ってくれることになった。

入学早々、僕は「日本の農業に一生を賭ける！　学生委員会」という、東京大学の学生が設立したインターカレッジサークル（複数大学の学生が集まる組織）に入った。主に、廃校を使って子どもたちへの食育活動などを行なうサークルだ。東京大学でのミーティングを見学した時、知的で有意義な議論の様子に〈農大の現場力に、東大生が持っている知力も取り入れられたら最強だ〉と感銘したことがきっかけだった。

活動はいたって真面目でストイック。農業問題に関する議論を本気で交わし、ミーティングも10秒単位で議題を消化していくようなサークルだった。〈日本の農業を再興させるためには「学生だから」という甘えは許されない。社会的意義のある活動をしなければ無意味だ〉との強い思いを持ち、つねに「社会」を意識しながら、僕はサークル活動に没頭した。

サークルの代表に

サークルに入って半年以上が経過した大学1年時の12月。僕はサークルの設立者から呼び出しを受けた。指定されたファミリーレストランに行ってみると、設立者や代表者など、サークル幹部が3人集まっていた。

席に座ると、設立者の先輩から「鵜澤君、サークルの代表をやってみないか」と話を切り出された。代表選出は、選挙制が採られている。代表選に立候補した者に対するメンバーの投票によって、だれが代表になるか決められていた。だから、これはある意味「密談」だった。

突然のことで驚いた。僕の農業に対する熱意が買われたのだろう。とはいえ〈まだ1年生の僕に、サークルの代表なんてできるわけがない〉と思い、いったんは断った。だが、結局説き伏せられ、代表選に立候補することになった。それでも、まだ乗り気ではなかった僕は、後日行なわれた代表選挙で「勧められたので立候補しました」と消極的な演説を行なったのだが、投票の結果4人の立候補者の中から代表に選ばれてしまった。

当時1年生だった僕には、組織を運営した経験もなければ、設立者の東大生のような頭の良さもない。あるのは熱意だけだ。〈能力で劣るぶん全力を尽くして期待に応えなければ……〉と考え、サークル活動に全力を注ぐようになっていった。サークルの主要メンバーが十数人しかいないにもかかわらず、食育活動を中心としたプロジェクトを2つも3つも並行して進めた。また、活動をより実社会に即したものにするために、サークルの理念に共感してくれた社会人20~30人を廃校の教室や貸し会議室に招き、プレゼンテーション形式でプロジェクトの開始・成果報告会を開催した（この報告会は設立者の入れ知恵であった）。どのプロジェクトも目的や成果、達成度合いを厳しく追求した。招いた社会人との懇親会には出席せず、サークルのメンバーだけで飲みに行くなどの「甘え」が垣間見えると、僕は男女を問わず激しく叱責した。特に時間と「ホウ・レン・ソウ（報告・連絡・相談）」に関しては厳しかった。積極的な活動を行ない多くのメディアで取り上げてもらっていた一方、メンバーの負担が大きく、消耗して辞めていく人も多かった。

代表である僕自身も、大学は単位をギリギリ取れるくらいの出席頻度に抑え、一日の大半をサークル活動に割いた。ミーティングのための議題作りや、廃校を使わせてもらうために関係者との打ち合わせなどをしていたのだ。

当時の僕は、〈日本の農業再興がすべてだ〉という頭で視野が狭く、「自分の基準を他人に押し付ける」ことを頻繁にやっていた。いま思えば、メンバーの気持ちなどに対する配慮に欠け、反論を聞き入れないトップダウン方式の会社のようなサークル運営だった。それにもかかわらずサークルが維持できたのは、僕があまりに危なっかしく突っ走るので皆が心配し、必死で助けてくれていたからだろう。価値観を強要してしまったことへの申し訳なさと、それ以上に当時の僕を支えてくれたメンバーに心から感謝している。

リヤカー販売

大学で農業問題を学ぶ中で、農業問題は食料自給率そのものにあるのではないことがわかった。それよりも、農産物が適正価格で取引されずに農業が産業として成り立たず、後継者がいないことが大きな問題なのだと気がついた。すなわち、食料自給率は、日本の穀物輸入量が多いためにカロリーベースだと40%となっているが、生産額ベースだと70%近くとなっている。また、食品ロスによって廃棄されている過剰分も、これらの数値の中に含まれている。さらに、現在は生産量を調整するために、減反政策などによって農作物をあえて作らない土地もある。逆に言えば、現状より多く農産物を生産することが可能である。つまり、食料の輸入がストップしても国民の60%が餓死するわけではない、ということだ。

また僕は、大学の授業の一環として大学の農場で農業実習をする一方、宅配牛乳の営業のアルバイトをしていた。その経験を通して、僕は農作物を作ることよりも販売のほうに楽しみを見出していた。そこで、当初抱いていた「60％の日本国民を餓死から救う」という壮大な使命からはトーンダウンしたものの、自分が好きな販売を通して「不幸な」農家を幸せにし、日本社会に貢献していこうと考えた。

そのために何をすればよいか考えていた矢先、東京農大出身の農家が経営する千葉の畑に遊びに行く機会があった。有機栽培で作られたニンジンを食べて、大きな衝撃を受けた。

〈果物みたいに甘みのあるこんなニンジンがあったのか。こんなニンジンがあることを世の中の人に伝えたい。こんなに美味しいのなら売れないわけがない〉

さっそく、サークル内にプロジェクトを発足させた。当初の計画は、環境に配慮をしたマンションの販売管理会社と協同し、マンションのエントランスで居住者向けに販売を行なう予定だった。「環境に関心が高い方々が集まっているマンションならば有機野菜に対するニーズも高いから買ってくれるだろう。とりあえず、まずはやってみよう」という考えからだった。そして、管理会社に許可をもらったり、農家と交渉をしながら準備を進めた。ところが、いよいよあと3日後に販売だという時に突然、管理会社から「販売を中止してほしい」という連絡がきた。

事情を聞くと、サークルの顧問が所属する大学から戒告処分を受けて新聞に名前が載り、それを見たマンションの住民が僕たちのプロジェクトに不信を抱いたとのことだった。所属大学の試験農場で禁止農薬が使われたのが、処分の理由だった。だが、顧問の教授はあくまで学部の責任者として責任を負っただけで、禁止農薬の使用に関わったわけではない。禁止農薬が使われたのも1年近く前のことだったし、試験農場と販売する野菜が作られた農場はまったく関係なく、風評被害以外の何ものでもなかった。

数カ月かけて準備してきたものが、すべて台無しになってしまった。だが、落ち込んでいる暇はない。なんとかして野菜の売り先を見つけるしかない。追いつめられた僕は、サークルのメンバーを招集し、緊急ミーティングを開いた。

「もう、チンドン屋みたいにリヤカー引いて野菜売ればいいんじゃね？」

良いアイデアが浮かばず皆が悶々としていた中、メンバーの一人がやけくそのようにつぶやいたひとことで即決した。

「それでいこう！」

活路が見えたことで、僕もメンバーも一念発起し、農産物の移動販売がスタートした。移動販売の場所に選んだのは、東京の高級住宅街として有名な白金台と高輪台、田園調布だった。近所にスーパーがなくて買い物に不便な土地でありながら、付加価値のある農産物を求めている人が多いのではないか、と考えたからだ。実際にマーケティング調査をしたわけでもなかったので、〈やってみてダメだったらまた考えればいい〉という軽い気持ちだった。

販売日当日、大学生4人が「今朝届いたばかりの無農薬・無化学肥料の野菜です」と道行く人に呼びかけながら、リヤカーとともに練り歩いた。「珍しいね」と面白がるお客さんが多く、仕入れた野菜の8割を売ることができた。「若い学生が野菜を販売している」ということで、お客さんも安心してくれていたように思う。

こうした実際の現場を体験してみたことで、3つのことがわかった。第一に、とにかく参入しやすいこと。お金がない学生がいきなり店舗を借りるには、資金的なハードルが高く、店番をするための労力的な負担も大きい。さらには、事業が失敗した時に店舗を持っていれば、プランを変更することも容易ではない。その点、移動販売であれば、初期費用も少ないために出店のハードルが低く、大学の授業に合わせて販売ペースを加減できるので、負担も調整できる。第二に、これからは対面販売の時代であること。ネット通販のシェアが年々大きくなるにつれて、差別化の図れない個人商店はどんどん少なくなっているという現状はある。しかし、お客さんが商品を直接見て選ぶことや、店員とコミュニケーションできる「場」に対するニーズは、実店舗が少なくなるにつれ、より高まっている。そこで、「どれを選んだらよいかわからない」というお客さんとの対話を通して、自信を持って選んだ野菜を提供するところに移動販売がぴったり当てはまった。第三に、テキストや講義だけではわからない、現場の声が聞けることだ。

そこで、僕は「起業して生計を立てる」ことをめざして移動販売を継続することにした。その頃、起業して事業を行なおうとする者は周囲にいなかった。だからこそ、それがチャレンジングに思えたし、起業して生計を立てることに僕の「戦いたい」というエネルギーをぶつけようという気持ちも湧き上がってきたのだ。

トマト事件

とはいえ、社会経験のない大学生が起業してお金を稼ぐというのは、決して簡単なことではなかった。創業当時は毎日のようにトラブルの連続だった。「野菜が傷んでいた」というお客さんからのクレームから、「販売予定の野菜が輸送トラブルで届かない」「天候不良で販売できる野菜が全然ない」というような、根本的なトラブルまで。事業経験がないのでそうしたトラブルは望むところで、「やりながら改善していこう」と前向きに取り組んだ。しかし、そうした中で大きな衝撃を受ける「事件」が起きた。

リヤカーでの移動販売。この頃は調子が良かった。

「全然美味しくなかった。あんなものを売るなんて、最低よ」

移動販売事業を始めて半年が経った、ある夏の暑い日のことだ。トマトを買ってくれたお客さんから言われたひとことだった。同じ「トマト」でも、作る農家によって、収穫する時期や作る畑によって、味も形もそれぞれ異なる。それまで、クレームがあった時には、返金や代替品を渡して対応してきた。だが、この時はインターホン越しに言われ返金どころか、直接会ってお詫びをすることもできなかった。僕は大きなショックを受け、しばらく落ち込んでいた。

だが、数日間落ち込み反省する中で、胸の内から沸々とこみ上げてくる気持ちがあった。それは、お客さんにそんなクレームを言わせてしまった自分に対する激しい「怒り」

だった。

〈まともなものを提供できないのに、「社会貢献」などと言うのはきれいごとだ。「買ってあげる」と言われるような普通の「美味しい野菜」ではなくて、「買わせてください」と言われるほどの「とびきり美味しい野菜」を売ろう〉

「自然相手だから仕方がない」という甘えを捨てて一流の商品とサービスを提供しようと、僕の気持ちは具体化していった。「～すべては『美味しい！』から～（始まる）」という事業の主軸が決まった。

それからは、商品が届くたびに味を厳しくチェックした。納得がいかない商品は販売しなかったり、仕入れを止めることもあった。農家の方には申し訳なくも思うのだが、結果としてお客さんも増え、全体的な仕入れ量も増えていった。なにごとにも、ある程度の「妥協」は必要だが、それが「馴れ合い」になってしまえば提供するものの品質は低下し、お客さんもどんどん離れていってしまう。逆に、あえて厳しく評価するほうが農家も張り合いが出てさらによいものを作ろうというモチベーションになるし、それが結果としてお客さんの喜びにも繋がるのだ。「小売業者」の傲慢な意見かもしれないが、そのように思う。

僕自身もさらに「美味しさ」を追求し、バイクに寝袋を積んで北海道から九州まで全国を巡った。たくさんの農家の方と接していく中で、それまで持っていた「農家の所得を向上させることが社会貢献に繋がる」という気持ちにも変化があった。僕がお付き合いさせてもらっていた農家の方がたまたまそのような人ばかりだったのかもしれないが、たくさん儲けていなくても、自然と調和して幸せに暮らしている人々の姿を垣間みたのだ。事業に対してアドバイスをしてくれたり、食事に連れていってくれたり泊めてくれたりと、むしろ僕のほうが助けられていた。

〈「農家は儲からないから不幸せだ」と思っていたのは、僕の思い込みにすぎなかった。人によって「幸せ」の基準は違うのに、それを理解しないで「幸せにしてあげよう」と思うこと自体が、おこがましいのではないか〉

そう自問する一方で、お客さんの感想を農家の方に伝えた時には、驚くほど喜んでくれた。やり甲斐にも繋がるのだろう。また、僕が起業をしたことで「自分もできる」という勇気を得て、起業をした後輩もいた。これはまったく意図していなかった、僕にとって嬉しい影響だった。

極上の野菜を求めてバイクで全国を回った。

〈「所得を増やして農家を幸せにすることで日本社会に貢献する」という「大義」を掲げなくとも、相手が喜ぶものを提供して、それによって社会が良い方向に進むのであれば、それは「社会貢献」になる〉

日々の改善の甲斐もあって、「こんなに美味しい野菜を食べるのは初めてだよ」と感動されることも多くなった。また、「高級住宅街を練り歩くリヤカー」という物珍しさから、テレビや新聞などの取材もたびたびあり、「ベジタブル王子現る」などといってもてはやされもした。

　そして僕自身、スーパーなどにはなかなか売っていない、おいしい野菜を食べられることが幸せだった。なによりも、「作る人」「食べる人」という「相手の顔」が見えることが嬉しかった。そして、事業への葛藤や成功が見えたことをとおして僕は、「自己実現」と「社会貢献」に対する自分のスタンスも確立していくようになった。

　それまでの僕は、「日本の重要課題は農業再興だから、農家を助けるために販売をする」といったように、まず初めに「日本社会の中での問題を探し、その問題を解決するためにできることをやる」というスタンスだった。それが、「美味しいものを伝えたい。その結果として日本社会を良くしていく」といったように、「自分のやりたいことを社会貢献に結びつけていく」と変化していったのである。こうした考え方は、後に僕が「戦士」という職業選択をすることにも大きく影響していくことになる。

「ベジタブル王子」でよいのか

　大学4年の夏。創業から2年が経ち、事業としての見通しが立つようになってきた。ビジネスセンスがあったというよりも、僕の熱意を買ってくれたお客さんや取引先の農家、アドバイスをくれる先輩経営者の方々など、多くの支援者に恵まれたことが大きかったと思う。

　ここまで僕が来ることができたのは、「戦場で戦いたい」という「非現実的」なエネルギーを、「日本社会の中で問題を見つけ、解決するために全力で取り組む」という「現実的」なものにうまく転化させられたからだ。僕は、最善を尽くして「自分の人生を生きている」と思っていた。ただ一方で、事業に対してモチベーションが低下している自分がいることにも気がついた。これまで「『美味しさ』を追求して事業で生計を立てる」ところに「戦いたい」というエネルギーをぶつけてきた。それが、自分でも満足し、お客さんにも評価されるような「美味しさ」のレベルに到達し、事業も軌道に乗って生計を立てる見込みも出てきたことで、エネルギーをぶつける場がなくなってきたのだ。

エネルギーをぶつけるために、さらに事業を拡大する方法もあっただろう。一般的に、農産物の販売事業は拡大させることが難しいと言われている。農業は自然が相手で、天候によっては収穫量も安定しないし、値段もそれによって大きくばらつく。これが品質まで追求するとなるとさらに難しい。たとえ同じ品種の「トマト」にしても、作る農家や収穫する時期や畑によって、味も形も異なるからだ。しかし、僕は「質」にこだわりがあっても、「量」に対してのこだわりはなかった。むしろ、「品質を低下させるのであれば、仕入れ量をむやみに増やしたくない」という気持ちすらあった。

また、事業をとおして「ベジタブル王子」として多数のメディアにも取り上げられ、少しいい気分になっている一方で、そのような「世間一般の評価」に満足している自分を「薄っぺらい」と感じるようになっていった。「メディアに登場する＝すごい」わけではない。たんに「物珍しい」とか、「若者が頑張ってやっている」という表面的なことで、世間的にウケていただけだ。僕が販売している野菜を食べて感動したといったように、本質的なところが評価されたわけではないのではないか。そうした世間の価値観の中で生きることが、どうにも気持ち悪く感じた。

〈僕の求めるものは、このまま事業をしても、その先にないのではないか〉

止《と》め処《ど》のない疑問が湧いてきた。

戦場へ

僕は「生きている」のか

踏ん切りのつかない自分がいた。このまま事業を堅実に続けていけば、社会の中で自分の居場所はさらに、確固たるものになっていくだろう。他方、事業を止めれば今まで築いてきたものをすべて投げ捨てることになる。それどころか、戦争が忌み嫌われる日本社会の中でわざわざ自ら戦いに行くという選択をすれば、世間から「ベジタブル王子」としてもてはやされている状況は一転し、まるで「殺人鬼」であるかのように嫌悪されるかもしれない。

突き詰めて考えてみると、僕がこの時抱えていた問題の本質は、戦いを嫌悪する日本社会にあるのではなく、僕そのものにあることに気がついた。戦いに行くという選択をすることによって日本社会から非難され、築き上げてきた「安住の地」を失うかもしれないという恐怖心を、僕は抱いていたのだ。小学生の頃のように、居場所を再び失うのが恐かった。

恐怖の本質に気がついたことによって、僕は「一歩を踏み出すことができない臆病な自分」と再び対峙《たいじ》することになった。そして日々悩みながら事業を続けていく中で、事業に対するモチベーションはさらに低下していった。農家から野菜が届いた時にはワクワクするのではなく、「早く売り切って今日の仕事を終えたい」という気持ちが強くなった。「やりたい」ことではなく、「やらなければならない」ことを義務的に消化しているような気持ちになってきたのである。

〈はたしてこれでよいのだろうか。自ら作り上げた殻の中に自分を押し込めて、居場所を失うのを恐れながら日々を淡々と生きる人生。それは「生きている」といえるのだろうか。現状にすがっていては、衰退はしても進歩はしない。恐怖から逃れるために何かにすがって生きるのは、生ける屍《しかばね》だ。「生」を取り戻すためには、つねに「高み」をめざして進んでいかなければならない〉

僕にとっての「高み」とは、より理想の自分に近づくこと――つまり、「死」という大きな困難をも乗り越えられる、「不変的な価値観」を求める生き方をすることだった。

僕が戦いに求めたものとは

大学2年生の春休み、僕はインドのバラナシの河畔に佇《たたず》み、「死」を隠蔽《いんぺい》しない社会があることを知った。

見渡すかぎり、どこまでも続く広大なガンジス川。川の流れに沿って作られたコンクリートの階段に腰をおろし、ガンジス川とともに生活する人々に目を向けた。子どもたちが無邪気にガンジス川を泳いでいたり、ふくよかな中年女性が川の水を使って洗濯をしたりしている脇を、白い布に包まれた死体が木の葉のようにゆったりと流れている。また、早朝にガンジス川の川岸を歩いてみると、爽やかな日の出とともに瞑想している人もいれば、豪快なおならとともに野糞をしている人もいる。しかし、流れていく死体にも野糞をする人にも、人々はまったく関心を払わない。僕は驚いた。かれらにとってそれが日常なのだ。

ガンジス川のほとりには、死者を野焼きにする火葬場もあった。焼き場の係の人は、「焼き残り」がないように死体を棒で突っつき、満遍なく焼けるようにしていた。その光景を人々はごく自然に眺めていた。あけすけな「死」がインドの日常の中にあった。

たった20年ほど生きてきたにすぎないが、それまで僕は、「幸せに生きる」というコインの表側ばかりを強調する日本社会にどこか不自然さを感じていた。「死」を、腫れ物に触るような扱いにしていることに気持ちの悪さを感じ、息苦しかったのだ。インドでは「死」が日常にあるのを見て、僕は心底ほっとした。

僕が求めていたものは、「生きる」ことだけを前提とした価値ではなく、「死ぬ」ことも見据えた価値だった。「生」を尊び価値を見出す一方、「死」を忌避してきた日本社会では、人の死に立ち会うことがほとんどない。メディアでも、遺体を報道することはタブーとされている。

「生きることは素晴らしい」といわれる。では逆に、「死ぬことは不幸」なのだろうか。「死＝不幸」なら、１００％死ぬ存在である人間は、最後には必ず「不幸」になってしまう。「死」は避けることができない人間の宿命。だからこそ、「幸せな生き方」と並行して「幸せな死に方」も考えたい。「幸せな死に方」とは、つまり「人生のゴール」である。限りある時間（人生）を使って最後の最後に何を掴み取りたいのかを考えることは、つまり、後悔なく生きるためにいま何をすべきかを問うことにつながる。自分の死をありありとイメージしてみた時に、「これさえあれば死んでも構わない」と思える何か。その何かこそが、人生を通して最も手に入れたいものであり、めざすべきゴールだろう。

人がいつ死ぬかなど、誰にもわからない。だからこそ、常に「死」という大きな困難をあえて意識し続けることで、いつ死ぬことになっても後悔しない有意義な生き方ができるのだと思う。そして、その「死」という大きな困難を前にしても揺らぐことのない「何か」が、僕の求めていた「不変的な価値観」であった。

戦場に行こうと思ってから、つねに僕の心の核には「戦う人」の理想像があった。そしてそれは、理想的な生き方だけでなく、「理想的な死に方」という人生の最終的なゴールへの指標ともなっていった。

そのきっかけとなったのは、少工校3年生の頃に観た映画『ラストサムライ』（エドワード・ズウィック監督、2003年、アメリカ）だ。この頃は映画が好きで、休暇で実家に帰った時には戦争映画やアクション映画をよく観ていた。

映画は、明治維新での近代化の波が押し寄せる中での侍たちの生き様を描いていた。廃刀令が出されても自らの「魂」の象徴でもある刀を捨てない士族一団は反乱軍とみなされ、明治政府軍と対決することになる。ガトリング砲やアームストロング砲などの近代装備を持つ政府軍に、士族が勝てる見込みなどない。しかし、それを承知のうえで戦意を失うことなく政府軍に戦いを挑む士族たち。そして「すべて完璧《パーフェクト》だ」と言い残して死んでいった最後のサムライの姿に、熱いものが僕の胸の底から一気に込み上げてきた。絶対的な「死」の恐怖心を前にしても決して揺らぐことのない価値観を、彼らは持ち続けていたのだ。それは完成された一つの「ゴール」であり、そこに僕が追い求める生死を超えた「不変的な価値観」の一端を見た。サムライたちは明治政府には負けたが、目的は達成した。すなわち、「武士」としての己の魂を最後まで貫き通すことによって、死をも超越した永遠のものとして完成に至らしめたのである。

こうして小学校の頃に「死」「戦場」に抱いていたマイナスなイメージは、前述してきた映画や本、イメージトレーニング、自衛隊での生活によって、自分の精神を磨き上げられるものへと昇華されていった。

当時大学4年生で事業に邁進《まいしん》していた僕は、今の僕ではまだ、「死」の恐怖心を乗り越えられそうにない、と思っていた。だからこそ、自分の身に迫る「死」と対峙し、いま持っている自分の価値観を磨き、それを「死」の恐怖をも乗り越えられる不変的なものとして完成させたかった。

事業を清算

そうしたことを考えているうちに、「自分が囚われている殻を壊したい」という気持ちが再び芽生えてきた。

〈大衆によって造成されている日本社会の「空気」と、そこに囚われて抜け出せないでいる弱い自分――そんな「枠」を超えて、「他人」ではなく「自分」の人生を生きたい。そのためには、世間の枠組みから抜け出す勇気を持ち自分の身に迫る「死」がある社会に向かって踏み出さなければならない。踏み出す場は、日本社会が忌み嫌う「戦場」だ。あけすけの「死」が自分のものとして迫る戦場という「社会」の中でこそ、やるべきことへの意義を見出しながら、僕自身に内在する価値観を不変的なものとして完成させることができるだろう……〉

だが一方で、事業をどうするかという現実的な問題もあった。法人化し、高価な資材もたくさん買い込んだ。事務所と倉庫を兼ねた5ＬＤＫの家も借りたばかり。そして何より、今までお世話になってきた農家の方やお客さんがいる。それらを考えた時に、今の枠からなかなか抜け出すことのできない自分がいた。「事業をこのまま続けていけば、『戦いたい』という気持ちはいずれなくなっていくのではないか」と、事業に集中してみようと思うことも一時はあった。

しかし、「戦いたい」という想いは薄れるどころか、日に日に強くなっていった。今ここで「戦いたい」という気持ちから目を背けても、問題が解決するわけではない。根本的な解決をしないかぎり、またいつかどこかで必ずわき上がってくる、という確信があった。

行くほうがよいか、行かぬほうがよいか。何かを選ぶにしても、何かを捨てなければならない。

そこで僕は、「明日死ぬとしたら何を不満に思うだろうか」と、究極的な問いかけをしてみた。自分の「死」を意識すれば、嘘偽りのない気持ちと向き合え、後悔のない人生を送れると思ったからだ。具体的に、交通事故に遭って重傷を負い、「このまま死ぬのか……」というその瞬間にわき上がってくるであろう気持ちを想像してみた。その時出てきた答えは、事業で大成功をおさめることでも、誰かに賞賛されることでもなく、「戦場で戦わなかった」ことだった。「本当の自分」を押し殺して他人に合わせて生きることに、どれだけの価値があるのか。僕は自分自身に正直であり続けることで、いつ死んでも後悔することがないような人生を送りたかった。たとえ戦いに行く決断をしたとしても、熟慮のうえ実行したものであれば、どう転んでも後悔することはないだろう。それに、気持ちを入れ込んでなすものであればあるほど、そこから得られる学びは大きいし、今後の糧になる。行くのであれば、妻子もおらず会社も小さい今が「最善」の時だ。

〈よし、行こう〉

だが、実際に事業を清算するまでは時間がかかった。その間に僕は大学を卒業し、戦いに行くという決断と事業運営とで板挟みになり、思い悩みながら月日は流れていった。

そんな折、2012年9月のことだ。その頃、僕を含め3人で一軒家を借りて住んでいて、ここを事務所としても使っていた。そのうちの一人と互いの生活態度をめぐって大喧嘩をした。喧嘩の主な原因は僕にあり、涙を流して怒る同居人を見て、謝らなければと思った。しかし同時に、僕の心の中で何かが「これはチャンスだ」と叫んだ。

〈ここで同居人と仲直りしなければ、この勢いを利用して家を手放すことができる。家がなくなれば新たに事務所と倉庫を探さねばならず、事業を止めるための踏ん切りがつく〉

決断するまではあっという間だった。僕はその場で、同居生活をやめて家を解約する話を切り出した。そして、後に引けない状況を作るためにすぐに不動産屋に電話をかけ、2カ月後に退去する旨を伝えた。そうなれば、時限爆弾のタイマーをセットしたのも同然だ。

同居人が怒っている最中に、したたかにそんなことを考えて行動するなど、僕は本当に最低な人間だ。しかし、自分の気持ちを優先させた僕もまた、僕らしいとも思った。事業に踏ん切りをつけるきっかけを、僕は心のどこかで待っていたのかもしれない。

そうして翌日から、事業も清算に向けて動き出した。大量にあった家具や生活家電、事務用品などの処分も、3人で徐々に始めた。ちょうどタイミングよく、移動販売を始めようとしていた人を取引先の業者から紹介してもらえた。おかげで農家の方やお客さん、資材などをそっくり引き継いでもらうことができた。

何も伝えず

出国する3カ月前の2013年1月の正月。父と母にはそれぞれに、「中東とアフリカに見聞を広める旅に行ってくる」と伝えた。それまでも一人でよく海外旅行に行っていたので、「気をつけて行ってこい」と言われた程度だった。

だが、肝心の「戦いに行く」ことは、両親にも友人にも伝えなかった。それが公になれば外務省などから止められるかもしれないし、情報が海外に渡ったとしたら国境で待ち伏せされ、戦う前にあの世行きかもしれないからだ。また、両親が反対することも目に見えていた。どんなに説明しても、戦場などに行けば息子が死ぬかもしれないのだから、納得するわけがない。しかし、僕もさんざん葛藤したうえで決断したことであり、どんなに反対されても押し切ることは自分でもわかっていた。絶縁されたとしても構わないという気持ちでもあった。

そこまでの覚悟があったのだから、時間と労力を惜しまずに両親を説得をすることも可能だったのかもしれない。それをしなかったのは、正直にいえば、関係が希薄な両親を説得するのが面倒臭かったし、説得する必要もないと思っていたからだ。

僕にとって両親は、軽い存在だった。自殺を考えた末に自らのアイデンティティを打ち立ててから、僕は、新しい自分を僕自身の手で産み出したかのような感覚が芽生えた。僕はまるで自分一人の力で生きてきたような感覚があった。つまり、「ワキガが原因で自殺を考えたほどつらい思いをしていたにもかかわらず、両親は僕の苦しみに気づいてくれなかった。僕は自分の命を自分で救った」と考えていたのだ。だから、「子どもが苦しんでいる時は放っておいて、子どもがやりたいことがある時だけ口を出すのは、あまりにも都合が良すぎるのではないか」という反感を両親に抱いていた。

多くの場合、親は子どもを残して先に死ぬ。親のエゴによって「与えられた」人生を歩んだ末に「もっとこうしたかった」と後悔しても、「親はとっくに墓の中」ということもある。つまり、自分の人生に責任を取れるのは自分しかいない。逆に言えば、「子どもの人生に責任を持てない親に、子どもの行動を制約する権利はない」というスタンスを僕は取っていた。かなり冷たくて傲慢な見方をしていたのは自分でもわかっていたが、それが当時の僕の正直な気持ちだった。

一方で、いくら軽い存在だと思っている両親とはいえ、わざわざ苦しい思いをさせたくはなかった。僕が戦いに行くことを告げて止める両親を突っぱねれば、僕が帰ってくるまでの間、両親はずっと僕のことを心配し続けるだろう。それはさすがに心苦しかった。

アイデンティティをも捨てたい

そうして僕は「戦士」として戦いに行く決断をしたのだが、「戦士」という言葉に帰結するにはそれなりの理由があった。

僕はあらゆる「枠組み」を取り払い、「裸」で死と向き合いたかった。「武士道」や「信仰心」などといったもので死の恐怖心を乗り越えることもできるだろう。それらも一つの「不変の価値観」だと思う。しかし、それらの「教義」が本当に正しいものなのかどうか僕にはわからないし、自分で確証を得ていない教えを信じることは嫌だった。だからこそ、僕はそうした「枠組み」をすべて取り払い、死の恐怖心と裸で向かい合った先にあるものを「不変の価値観」として完成させたかった。神も仏も祖先も家族も（精神的に）殺して真理を探究するという「禅」の考え方に近いのかもしれない。

このような視点で考えると、「兵士」は国の命令により、極まるところでは「名誉の戦死」のために戦うもの。しかし僕は、ナチスドイツのユダヤ人虐殺のように自分の倫理に反するようなことはしたくないし、「名誉」なども邪魔くさい。「傭兵」はお金で雇われて外国で戦うもの。しかし、金銭で自分の行動を左右されたくもない。「義勇兵」というと大義名分を掲げて戦うもの。「戦うことによって、暴力で虐げられている弱い市民を助けたい」という気持ちもあったので、義勇兵に近いといえば近い。しかし、「我こそが正義である」と周りが見えなくなってしまうのは押し付けがましいし、結果として市民を虐げることになるかもしれない。自分で自分のことを「正義」と言うことにも、安っぽい感じがして嫌だった。そこで、僕はもっとも外部からの影響が少なく、かつ、「裸」で死の恐怖心に向き合える「戦士」とした。

そして、そもそも自分自身が捕われている「社会的な枠組みの中で構築された自分の殻」の最たるものは、自分自身の存在を規定したアイデンティティ。それが僕のアイデンティティ（自我）であることに気がついた。「戦うために生きる」ということに答えを得た僕の進むべき道を照らし、心の支えとなって、どんなにつらいことも乗り越えることができた。そのような「実績」があるからこそ、そのアイデンティティをいつまでも持ち続けていたいし、それを絶対的なものだと信じて疑わなかった。だが、そのアイデンティティは、はたして「本物」なのだろうか。自分の中から「戦い」がなくなってしまうと、すべてが揺らいでしまうような気がしていた。揺らいでしまうほどのものであれば、本物ではない。アイデンティティにすがり続けるかぎり、「裸」で死と向き合うことはできないからだ。

僕が踏み入りたい場は、戦場だった。手ぶらで戦地に向かって自分の身に迫る死と対峙した時に、あっさり殺されて社会的に何の意義もなさなかったなら、僕は自分自身を無駄死にだと思うだろう。一方で、全力で戦った結果死ぬのであれば、たとえ社会的に意義をなさなくとも、自己の完成とともに、社会的に良い影響を与えようと「最善を尽くした」結果だと納得できる。

そうは言っても、いつまでも自分のアイデンティティに執着していては進歩がない。僕は、戦士として戦うことで死の恐怖を完全に乗り越え、道を極めることで「自己」を手放し、さらに上のステージに向かいたいと思った。

究極の「職業選択の自由」

日本ではなく外国に行くという選択肢についても、「なぜわざわざそんなところに行くのか？」と問われることも多かった。ただ、僕の中では、外国の戦場に行き、そこで戦うという選択は、日本に暮らす者でも持ちうるような職業選択のうちの一つであるという思いがあった。

２０１３年、「就職活動の失敗」を理由に自殺した若者の数は１０４人にのぼり、07年の60人から大幅に増加しているというデータがある。(1) 就職活動の時しか使わないリクルートスーツに身を包み、それほど思い入れのない会社に何十通も手書きのエントリーシートを送る。どれだけの時間をそれに割かねばならないのか。やっとの思いで入った会社が倒産したり、自分と合わない会社である可能性は往々にしてある。日本では、終身雇用制が崩壊してグローバル化が進行しており、もはや「会社に尽くして、会社と自分の運命を共にする」という時代ではない。そのような社会の中で、はたして「内定」を獲得することにどれほどの価値があるのだろうか。

「職業」とは、「社会」に何かしらの価値（社会が求めるもの）を提供して対価（お金だけではない）を得るものであると、僕は思っている。生活に関わる複数の人と人のつながりによって成り立つものを「社会」と呼べるだろう。そうすると、「社会」はこの地球上や日本の中にも幾重もあり、

「社会」ごとに文化や習慣、求めるものが違う。そして就職とは、そのような多様な社会と自分とのマッチングを図る活動のことだと考えている。

その時の自分に合った社会と付き合っていくことで、より豊かな人生が送れるのではないだろうか。何も一つの社会の中に居続けることを否定するつもりはない。その社会から出ることよりも、その社会に自分を合わせることのほうがよい、あるいは、その社会が自分にぴったり合っている、という人もいるだろう。どちらがよいか、それは各人が選択すればよいと思う。

僕の場合は大変な欲張りで、とにかく我《が》が強い。確かにその「欲」を抑圧していけば、一つの社会だけでも適合できるのかもしれないが、大きな欲に蓋をするのは大変な苦労がいる。それに、蓋をしていけばしていくほどに、何が楽しくて何が退屈なのかわからなくなってしまう。感情を消し去って鬱々とした日々を送ることは、僕にとって最大の不幸であるように思えた。蓋をするよりもむしろ、その欲を思いっきり引き出すほうが自分にとっても、そして社会にとってもよいように思う。

実際に、「日本の農業のために野菜販売をする」という気持ちで販売するよりも、「美味しいものを食べたいし、食べてほしいから販売をする」と、自分の欲を優先したほうが楽しかったし、結果的にそのほうが事業も順調だった。だから僕はいつでも自分の気持ち（欲）に正直であることで、自分だけでなく社会も幸せになってほしかった。欲に素直になるほうが楽しいし、楽しいからこそ得られる学びも大きい。

そして、常に自分に正直であり続けるためには、社会とゆるやかな関係性を保ちながら自分が提供したいものを喜んで受け入れてくれる社会を選ぶことが最適だと思えたのだ。

紛争や災害、貧困などの事情で保険医療サービスを受けられない人々に医療活動を行なう「国境なき医師団」のスタッフも、求められている社会を選んでいる人の例だろう。あまり知られていないが、フランスの正規軍であるフランス外人部隊には現在、30人ほどの日本人がいるといわれている。多くの人が戦いを求めて所属しているというが、これも彼らが、「フランス社会」とのマッチングを行なった結果だろう。

目的地は「シリア」

「戦い」に向けて準備を進める中で、最も重要なのは「どこへ戦いに行くか」だった。当時、候補地として考えていたのは3カ国あった。ソマリアと南スーダン、そしてシリアだった。選んだ理由は単純で、どこも激しい内戦を行なっていたからだ。こうした場所には、虐げられ生命をも脅かされる人々がいる。虐げられる人々の側に立って戦うことで、自分が少しでも役に立つことができるのではないかと考えた。

3カ国を比較してみた。誘拐ビジネスが横行しているソマリアに行けば、戦う前に誘拐されて世間に多大な迷惑をかけそうだ。南スーダンは情報があまりないから状況がわからない。一方、シリアには海外のジャーナリストも多く入っており、3カ国の中では最も情報を得やすい。しかも、政府の秘密警察が市民を弾圧しているうえに、政府軍による市街地への無差別砲爆撃などによって多くの市民が虐殺されている。反政府軍に入って政府軍と戦うことで、市民の犠牲を減らすことにもつながるだろう。シリアの反政府軍には、海外から多くの義勇兵が加わっており、戦う人間が求められているのではないかとも考えた。

こうして、「戦いを通して不変の価値観を築き上げたい僕」と、戦う者を求めている「シリア反政府軍」という社会とのマッチングを図ることにした。

目的地はシリアと定めた。あとは予防接種と訓練、そしてアラビア語の習得だ。事業を譲ったあと半年間かけて狂犬病、A型肝炎、B型肝炎、腸チフス、髄膜炎、破傷風などの予防接種をひと通り受けた。その合間に海外にも行き、5000発もの実弾を使い実戦を想定した訓練を約2週間行なった（具体的な場所と内容は関係者への影響を考慮して明かさないでおきたい）。肝心の現地語（アラビア語）は、〈商談に行くわけではないのだから多くは必要ないだろう〉と考え、戦いや日常生活で使いそうな「戦車」や「弾」「トイレ」「ご飯」といったごく簡単なものだけを習得した。あとは英語やフィーリングで何とかなると楽観していた（実際に何とかなった）。

シリア入りに向けて着々と準備が整っていったが、実際にどこからどうやって入国するかが問題だった。シリアは11年3月から始まったアサド政権に対する民衆デモが全土に飛び火し、政府軍と反政府軍との間での激しい内戦がシリア繰り広げられているという状況だ。シリアへは、トルコ、イラク、ヨルダンなどから入国するルートがあったが、敵となる「政府軍」側に接触すれば戦う前からアウト。確実に反政府軍とコンタクトできるルートを選択しなければならない。

そこで、僕は、トルコからシリア北部へ入るルートを選択した。トルコとシリアが国境を接する一帯はシリア反政府軍が大半を支配しているため、彼らと最も接触しやすいと考えたからだ。

シリアに戦いに行くといっても、日本とトルコの出入国審査官にも気をつけなければならない。「危険人物」として疑いの目を向けられれば、事情聴取を受けたり、拘束されたりしてしまって計画通りに事が進まないこともあるからだ。また、戦うためにシリアに入国するにはトルコでの出国審査を受けずに、夜間に国境警備隊の目を掻い潜って行くのが一般的という情報を得る一方で、出入国審査を受けて怪しまれなければ、国境検問所を通ってそのままシリア入りすることができるという情報もあった。

そこで僕はベージュ色のチノパン（厚手のコットン生地のズボン）に灰色の防水パーカー、登山用の黒い靴、そして真っ青なバックパックという、ありふれた旅行者の出で立ちにした。バックパックの中は、戦術本やナイフ、暗視ゴーグルなど、「それらしいもの」は何も入れていない。戦闘で使うために持って行ったものは耳栓、サングラス、革の手袋の3点だけで、どこでも買えるものだった。

そして2013年4月3日。計画通りに日本での出国手続を無事に終えた僕は、成田を飛び立つ飛行機に乗り込み、トルコ最大の都市・イスタンブルに向かった。

イスタンブルに到着すると、真っ先にシリアに入国経験のあるジャーナリストと接触し、シリアへ入国するための最後の情報収集を行なった。数日間インターネットでもシリアの情報をチェックしていたが、戦況は大きく変わっておらず、シリア北部一帯は従来通り、反政府軍が支配しているようであった。

〈よし、問題なさそうだ。行こう〉

僕はシリアに面するトルコ国境の町、キリスへと向かうため、長距離バスに乗り込んだ。

（1）　警察庁統計「平成18年中における自殺の概要資料」、同「平成25年中における自殺の状況付録」（https://www.npa.go.jp/toukei/index.htm）より。

バトルフィールド〈シリア2〉

政府軍の無差別爆撃に対する市民と部隊の合同デモ

実戦

戦場見学

紆余曲折を経て日本からシリアに渡り、反政府軍であるサラフィ・ジハード主義の「ムハンマド軍」に合流した。しかし、イスラムの教えに敬虔な彼らは、改宗したばかりの僕をムハンマド軍が運営している教育施設へ送り込んだ。そこで2週間が経とうとしたある日、司令官が僕を教育施設から「卒業」させ、もとの拠点に連れ帰った。

次のステップの訓練キャンプにはいつ行くことになるのだろう——窓から差し込んでくる西日に目をやりながらそう考えていた時に、司令官アボベイダの部屋に呼ばれた。電気の点かない薄暗い部屋にはテーブルひとつなく、司令官と部隊の仲間たち5人が円を描くように壁にもたれて座り、真剣に何かを話し合っていた。何があるのかわからないまま、とりあえず僕は空いているところに腰を下ろした。しばらく彼らの会話の行方を見守っていると、司令官が僕に向かって「お前、今晩一緒に戦場に行くか」と聞いた。

あまりに唐突だったので驚いた。教育施設の後はトレーニングキャンプだと聞いていたから、戦場に行くまで、もう数週間は待たなければならないと考えていたところだ。しかし、戦うためにシリアに来た僕にとっては、願ってもない誘いだった。

「もちろんです。行きます」

興奮を抑え切れない僕の気持ちを察してか、アボベイダは「ただし、見るだけな」と釘を刺した。たしかに、イスラム教の教育が終わったその日に、さっそく実戦などありえない。だが、戦いの場に少しでも近づけるのであれば大歓迎だった。

護身用にということで、山積みにされていたAK47ライフルの中から1丁が手渡された。金属のずっしりとした重さ。3キログラムはあったろうか。ずいぶんと使い込まれているようで、木製部分のニスは剝《は》がれ落ち、多くの年月を経てきたであろうことを感じさせた。

銃を受け取った僕は、今まで欠けていた大切なものをやっと手にしたような感覚になった。仕事道具がなければ何も始まらない。大工には金槌、料理人には包丁、そして戦士には「銃」だ。

「すぐに出るぞ。急いで準備しろ」というアボベイダの言葉で部屋にかけ戻ると、ライフルの点検をする間もなく、耳栓と手袋だけ持って戻った。

太陽はすでに西方の山の向こうへと姿を消し、夜の帳《とばり》が下りてきている。通りに出ると一台のボロいワゴン車があり、アボベイダと副司令官、それに武装した仲間たち5、6人とともに乗り込んだ。「司令官の車」といっても、高級外車でも防弾車でもない。政府軍に狙われないように、あえて目立たなくしているのかもしれない。一緒にいた仲間たちは皆、リラックスしていたように思えた。

この夜向かったのは、部隊から車で15分ほどのところにあるミナク空軍基地だった。ここから飛び立つ政府軍の爆撃機が連日、周辺の街を無差別に爆撃していた。反政府軍にとっては重要な攻略目標となり、ムハンマド軍や自由シリア軍など、複数の部隊が空港を包囲して攻撃をしかけていた。しかし、身を隠す場所もないだだっ広い空港のうえ、政府軍は戦車や装甲車（兵士を運ぶ武装した車両）などを多数配備していた。そのため攻略が難しく、「難攻不落の空港」と目されていた。そのような状況の中、反政府軍は3日前から攻略をめざした大規模な攻撃をしかけており、この日はちょうど攻略の最終日の夜ということだった。

アボベイダが運転する車は、街の中を走り抜けた。郊外に出るとライトを消し、星明かりだけを頼りに空港へと続く直線道路を猛スピードで突っ走る。政府軍のスナイパーや砲撃を避けるためだ。それにしても、政府軍の砲撃で道がボコボコになっているため、車がとにかく揺れた。車が弾むたびに僕の体も浮かび、天井に頭を打ち付けそうになる。運転席をそっとのぞくとスピードメーターは80キロメートルを指している。だが、座席にシートベルトなどない。しかし、運転するアボベイダは平然としている。〈このまま事故に遭ったら、スナイパーに撃たれる前に死んでしまう……〉僕は、天井に頭をぶつけないように必死に頭を下げ続けた。

戦う前からビクビクしている僕を乗せた車は無事、空港手前にある市街地に到着した。車から降りると、そこに広がっていたのは、今まで見てきたシリアの風景とはまったくの別世界だった。周囲には、シリア特有の白い石でできた家々が点在している。ここまでは特段変わったところはない。しかし、本来であればそこに多少なりともあるはずの「何か」がない。

そこに絶対的に欠けていたもの。それは、「人」の気配だった。戦闘の激化にともない、本来そこに住んでいるはずの人々が消え去っていた。草木が生い茂ったような廃墟ならまだしも、まだきれいな家がたくさんある。それにもかかわらず、僕たち以外の人の気配や物音がまったくない。「人類だけが死滅した街」――そんな異様な雰囲気だった。

作戦会議

星明かりを頼りに1、2分歩くと、砲爆撃で破壊され粉々になった家や、壁しか残っていない家も多々あった。ここで激しい戦闘が行なわれたことは容易に想像できた。

「ここが戦場か」と思うと、待ち焦がれていた戦場にとうとう来たという興奮と、今にもどこかから政府軍が攻撃してくるのではないかという恐怖心が複雑に絡み合い、体が強ばった。体の各所に力が入り、歩くことさえぎこちなくなく感じる。しかし、自分の身は自分で守るしかない。恐怖心に押しつぶされないように、AK47ライフルを握る手に力を込めて深呼吸をした。

アボベイダはそんな僕の気持ちを知ってか知らずか、お構いなしにどんどんと進んでいった。

〈さすが、場数を踏んできた人間は違う……〉

僕はまるでアヒルの雛《ひな》のように、アボベイダの後ろを必死についていった。

闇に沈んだ無人の街をしばらく進むと、テニスコートほどの広さの敷地に入った。もとは家の中庭として使われていたのだろう。そこでは30〜40人ほどが装備のチェックをしたり、ターバンを結び直したりしていた。出撃するムハンマド軍の仲間たちだ。政府軍のようにヘルメットや防弾ベストを着けるのではなく、軽装が反政府軍の特徴だった。政府軍から鹵獲《ろかく》したヘルメットや防弾チョッキなどもあったが、それを着けている者を見たことがなかった。「人の生死（寿命）はすべてアッラーによってあらかじめ決められており、死ぬと決められている人間はどうあがいても死ぬ」と彼らはよく語っていた。たとえ防弾チョッキやヘルメットをつけていたとしても死ぬ時は死ぬ、アッラーには抗《あらが》えないということで、彼らは軽装なのかもしれない。

アボベイダは民家に入ると一番奥の部屋に向かい、僕もそれに続いた。8畳ほどの部屋の中にすり切れた絨毯が敷かれ、オレンジ色をしたろうそくの炎が部屋の真ん中でゆらめいていた。その明かりに吸い寄せられるように3、4人の30歳前後の分隊長（1個分隊は約10人）が集まってきて靴を脱ぎ、絨毯の上に車座になった。僕も、絨毯の空いているところにそっと腰をおろした。どの顔にも緊張の色が窺《うかが》え、雑談をするような和やかさはなかった。

民家の一室は戦士の作戦会議の場となっていたのだ。闇が支配する小部屋で、ろうそくの明かりを頼りに秘密の話をする様子は、薄ら笑いこそないもののテレビで観た時代劇の「お代官様」と「越後屋」が密談している雰囲気に似ていた。

ミナク空軍基地全体が映し出された航空写真と政府軍陣地の録画映像をもとにして、作戦会議が行なわれた。さすが今の時代、「イスラム過激派」といえども偵察機や偵察ロボットを持っているのだ——というのは冗談。航空写真はアメリカのインターネットサービスであるグーグル（Google）マップで検索しプリントアウトしたもので、政府軍陣地の録画映像は日本のパナソニック製のビデオカメラを使って空港周囲にある建物の屋上から撮影した、とのことだった。通常の軍隊は「自前ですべてを賄う」というスタンスで、このような民間サービスを使うことはあまりない。民間のものを使えば軍事機密や作戦などの大切な情報が漏れたり、システム障害などでダウンした時に対処しようがないなどの危険もあるからだ。しかし僕は、「使えるものは敵のものでも使う」という彼らのスタンスを好ましく思った。彼らが独自の情報技術を持ち合わせていないということもあったのだろう。

涙の祈り

作戦会議が終わってアボベイダや分隊長とともに中庭に戻ってみると、政府軍と味方を判別する目印となる白い布切れが皆に配られていた。彼らはお互いの腕に白布を結びあっていた。その姿に、古くは中国の新朝時代、農民中心の反乱軍が政府軍と区別するために眉を赤く染めたという故事を連想した。

〈生身の人間が彼我を区別する方法は、2000年以上の時を経てもあまり変化しないんだな〉

そんな僕の感慨をよそに、中庭にはピリッと緊張した空気が漂っていた。泣きごとを言ったり、うつむいている者はいなかった。多くは20歳前後の者たちだが、若いながらも勇ましく頼もしい戦士たちだと感じた。

白布を結んだ後、アボベイダをぐるりと取り囲むように彼らは整列した。そして皆が両手のひらを上に向けて胸のあたりにかざすと、目をつぶり始めた。出撃前の祈りだ。

戦闘がある時は、普段のお祈りとは異なる「ドゥアー」と呼ばれる祈りを行なう。地面にひれ伏すような礼拝とは異なり、立ったまま目を閉じて祈りを捧げる。ドゥアーが始まると、とても厳かな空気が流れた。そんな彼らの様子を、僕はじっと見ているだけだった。

暗闇の中に、アボベイダの低く重みのある祈りの声が静かに響いていった。僕がわかったのはその祈り声のつなぎ目に、戦士たちが「……アーミン[1]、……アーミン」という言葉を唱えていたことだけだった。

次第にアボベイダの声がかすれ、すすり泣きに変わっていった。〈あの司令官がすすり泣きをするのか〉と驚いていたら、やがて皆が一緒になってすすり泣きを始めた。中には激しく声を上げて泣き始める者もいる。皆、自分の感情をむき出しにして涙を流していた。

目の前で繰り広げられている光景に、僕はひどく戸惑った。僕が今まで抱いていた彼らに対するイメージと、目の前にいる彼らの実際の姿とが、あまりにもかけ離れていたからだ。

日本でテレビを見るかぎり、黒ずくめの覆面を被り、いかにも「悪い」雰囲気を醸《かも》し出している「イスラム過激派」。市民を巻き添えにした自爆攻撃も行なうので、「冷酷なテロリスト」というイメージしかなかった。ムハンマド軍に来てからも、彼らは笑いながら「ジハードで死んで天国に行く」と話していた。だから僕は彼らに対して、実は、「死を恐れないどころか、市民を戦闘に巻き込むことに良心の呵責《かしゃく》も感じない冷血な奴ら」という印象を持っていた。

しかし、いま僕の目の前ですすり泣いている彼らは、そんな血も涙もない「テロリスト」のイメージとはほど遠く、ただの弱い人間に見えた。

〈いくら「宗教のために殉じたい」と言っても、人間はロボットではない。感情がある。皆、それぞれに家族がいて、好きな女性もいて、帰りたい故郷があって……。それらを手放してジハードへ向かうことと葛藤している。思い悩むことがないように見える人でも、心の底から死を望んで来ている人はそうそういないだろう……〉そう思うと、スッと納得がいった。「戦って死にたい」という理念と、「生きたい」という本能的な気持ち。コーランの教えと人間的な感情の狭間で揺れ動く想い。彼らのそんな素顔を目の当たりにしているような気がした。

実戦の恐怖

5分ほどで短い祈りを終えると、彼らは涙を拭って表情を引き締めた。そして、10人前後のグループに分かれて整列し、小走りでそれぞれ暗闇の中に消えていった。最後の仲間を見送った後、アボベイダと僕は彼らとは逆の方向に移動した。この民家から200〜300メートルほど後方にある指揮所に向かうのだ。歩き始めて数分後、彼らが消えていった方向から機関銃の低い連続発射音、そして甲高いAK47ライフルの音が聞こえてきた。〈……始まった!〉
続いて「バァァン」という爆発音が聞こえた。政府軍戦車の砲撃音だろう。距離はそれなりに離れているはずなのだが、恐怖を掻き立てられるほどの音に思わず尻込みしそうになった。距離が離れていてもこれだけ恐怖を感じるのだから、政府軍に向かっていった仲間たちは僕の比ではないほど怖いはずだ。

時間が経過するほどに機関銃やライフル、戦車砲の音が折り重なるように激しさを増し、ひっきりなしに音が聞こえるようになった。あまりに激しい音に、攻撃に行った仲間たちは次々とやられてしまったのではないかと本気で心配した。

〈これが実戦か……。もしも僕が今日、戦いに出ていたら……〉と考えたとたん、体が恐怖に支配されて重たくなった。「戦士として戦う」ためにシリアに来たが、いざ実戦を目の前にするとやはり怖い。これは、どんなにリアルに作られた映画や体験記とも違う。耳をつんざくような音、肌に感じる圧迫感、目に飛び込んでくる光景、鼻に届く硝煙《しょうえん》の匂い。それらは映画や体験記では、決して伝わってくることがない。

自衛官時代にも、機関銃の銃撃音や戦車の砲撃音などを近くで聞いたことがあった。しかしここで感じた恐怖は、それとも比較にならないほど大きく、まるで違うものだった。そもそも、「死」のない訓練と「死」のある実戦とでは、前提から異なる。同じ銃撃音であっても、実戦には「殺意」が込められ、僕の命を脅かしてくる。それを察知した瞬間、五感を通して死の恐怖が僕に襲いかかり、足がすくんだ。

しかしそんな僕にやはり構うことなく、アボベイダは歩き馴れた自宅の庭のように暗闇の中を進んでいった。アボベイダに必死に付いていって5分ほど経った時、3階建ての大きな民家に到着した。それから屋上に上り、1キロメートルほど離れた軍用空港を眺めた。

彼方では機関銃の曳光弾が赤いレーザービームのように飛んでいき、壁や岩などに当たると赤い光が四方に飛び散っていた。不謹慎だが、花火のようにきれいだった。政府軍陣地から放たれたミサイルが空に向かって飛んでいくさまも、光の玉が空に昇っていくかのように見えた。

屋上から3階の司令室に行った。「司令室」といっても、8畳ほどのリビングキッチンだ。民家を指揮所に使わせてもらっているのか、食器類が棚に入っていた。アボベイダは副司令官と共にソファに座り、無線機と向き合った。ふだんは何があっても動じない様子でどっしりと構えているアボベイダだったが、この時は神妙な面持ちで、両手で強く無線機を握りしめていた。時折、無線機から聞こえる絶叫に近い仲間からの連絡が戦闘の激しさを物語っていた。

無線機から大きな爆発音が聞こえてくると、司令官は目を閉じて何かブツブツと言っていた。「無事でいてくれ」との想いを込めてなのだろうか、アッラーに祈りの言葉を捧げているのだろうか。いくら場数を踏んだ司令官ともいえども、仲間たちの命が危険にさらされていると思うと気が気ではないのだろう。

殉教者

戦いが始まってから1時間ほどが経った頃だろうか。僕は一人、建物の外に出た。すると戦場から激しいエンジン音と、けたたましいクラクション音が聞こえてきた。次第にその音が大きくなってきたかと思うと、1台のワゴン車が通りの先に姿を現し、僕のほうに向かってものすごい勢いで突っ込んできた。周囲にいた他の部隊の仲間たちは怒声に近い大声を上げた。

〈……やばい、政府軍の自爆攻撃か。こんなところでやられたら間違いなく死ぬ〉

だが、車はそんな心配をする僕を通り過ぎ、十数メートル先にある野戦病院の前で急停止した。大声を上げていた仲間たちはいっせいに車に駆け寄った。皆が見守るなかドアが開くと、のろのろと力なく人が降りてきた。ミイラを思わせるほど大量の包帯が、男の顔一面に巻かれていた。僕は息をのみ、動揺した。〈負傷兵だ……〉顔に砲弾の破片を受けたのだろう。包帯は滲み出る血で真っ赤に染まり、生気を感じさせないほどのっそりとした動きで、男は病院に入っていった。

その後も激しいクラクション音とともに、救急車や傷だらけのピックアップトラックで負傷者がひっきりなしに運ばれてきた。激しい砲撃や銃撃を見たあと顔面ミイラのような負傷者を最初に見たために、他の者も目を背けたくなるほどひどい傷を負っているのではないかと心配したが、多くは脚を機関銃で撃たれたぐらいで命に別条なかった。しかし、やられたのは体だけかと言えばそうではない。錯乱して、車から降りたとたんに怒鳴り散らす者もいた。僕のように恐怖で体が縮こまるような人間もいれば、精神がぶっ飛んでしまう者もいるのだろう。

またしばらくして、1台のピックアップトラックが今度は静かにやってきた。そして、野戦病院の手前で止まった。仲間たちが駆け寄るが、様子がおかしい。近づいてみると、荷台に人が横たわっていた。しかし、誰も運ぼうとしない。

かつて人であった「それ」は助けを求める意志もない、ただの「物質」としてそこに横たわっていた。頭にあいた穴とそこから流れ出る血が、「機関銃で撃たれた」という無言のメッセージを伝えていた。年齢は20代前半だろうか。苦しみも、死に向かう恐怖も感じることもなく、一瞬で死んでいったのだろう。戦っていた者とは思えないほど、とても安らかな死に顔をしていた。

皆は携帯電話を取り出し、死者の写真を代わる代わる撮った。フラッシュが死者の顔を照らし出し、シャッター音が降り注いだ。イスラムでは殉教者は「天国に行った者」[2]として、顔を写真に納める慣習があるようだ。僕もよく、携帯電話に保存された殉教者の「死体」の写真を、仲間から「良いもの」として見せられていた。

僕はアボベイダのもとに戻ると無線から流れてくる戦場の様子に耳を傾け、戦いの行方を見守った。午前1時になっていたが、興奮の連続で僕の目は冴えきっていた。時おり大きな爆発音とともに部屋が激しく揺れることがあった。僕はそのたびに政府軍の攻撃かと驚いていたが、アボベイダたちは平静を保ったままだった。どうやら政府軍戦車からの砲撃の衝撃波が伝わり、家が揺れているようだった。

〈かなり離れているのにこれだけの衝撃。僕がもしも今日戦いに行っていたら……〉そう思うと再び恐怖心が生じ、戦うことが怖くなった。〈こんな状況で実際に自分は戦えるのだろうか〉と先行きが不安になった。こんなに怯えて身動きもままならないのであれば、ベストを尽くして戦えるわけがない。なんとしてもこの恐怖心を乗り越えなければならなかった。

午前2時頃、最前線にいる部隊長から空港の大部分を制圧したとの無線報告が入り、アボベイダの顔に安堵の表情が浮かんだ。アボベイダは部屋にいた2人の副司令官と僕に、「ここで少し寝ろ」と指示をした。しばらくすると、ブランド物のメガネをかけてきれいなシャツを着た30～40代ぐらいの男性が布団を持ってきてくれた。アボベイダと和やかに話をしている様子を見ると、この家の持ち主は彼で、好意で部隊に貸してくれているようだ。何の仕事をしているのかわからないが、それなりに儲けのある仕事をしていそうなビジネスマンの風貌と住まいだった。

2時間ほど眠って目が覚めると、周囲はうっすらと明るくなっていた。砲撃音も遠くのほうから散発的に響いてくるだけだった。「終わったんだな」とホッとした気分でいるところに、最前線にいた部隊の幹部らしき人物が2人、司令室に入ってきた。泥まみれになった彼らの戦闘服とライフルが、つい数時間前まで戦っていたということを生々しく語っていた。それなのに、彼らの顔には恐怖の色など微塵《みじん》もない。それどころか、まだ余力があるようにも思えた。

2人によると、空港の大部分を制圧したが、まだ空港内の一部の建物に政府軍が残っているとのことだった。引き続き周囲を包囲しつつも、今回の作戦はここで終了。アボベイダと僕は、日が昇ってから帰路についた。車窓から周囲を眺めると、前夜に感じたような不気味さは薄まってはいたものの、やはりそこにあるのは人気のない建物と、粉々に壊された民家だった。

翌朝、郊外の墓場で戦死者の葬式が営まれた。墓地は住民や兵士を分けることなく共同で使われ、幼い子どもの墓もいくつかあった。内戦が始まってから政府軍の空爆で犠牲になった者たちの墓石だろうか、比較的新しいものもあった。100柱ほどの墓標が並ぶそれほど大きくない墓場だったが、内戦による死者の増加に伴い、周囲の畑を徐々に侵食しているのが見て取れた。

墓場にはアボベイダや、死者にゆかりのある仲間が集まっていた。死者に敬意を表して弔うのは、イスラムでも同じだ。「あれだけの戦闘だ。いったい何人の仲間が死んだのだろう」と心配になったが、ムハンマド軍の部隊の死者は奇跡的に一人だけだった。イスラム式の土葬で、人形と化した仲間が埋められていく様子を僕は皆から離れて見守った。名前も知らない人の死であるからか、大きく動揺するような感情はこの時は生まれてこなかった。

トレーニングキャンプを拒否

ミナク空軍基地での戦闘から3日、シリアに来てから約2週間が経った。部隊ではその後、大きな動きはなく、僕はまたマットレスの上に寝そべって退屈な日々を過ごしていた。空港で感じた恐怖は今までに経験したことがないほど大きなものだったが、「全力で戦いたい」という気持ちはそれよりもさらに大きく強かった。空港から戻ると、せっかく手にしたAK47ライフルも没収されてしまったし、同じ部屋にいたボスニア人たちも退屈そうに過ごしていた。

〈いったい、いつになったら戦いに行けるのだろう〉

ゴロゴロしていると部屋の外から、「ハムザ、司令官が呼んでいるから来い」という声が聞こえてきた。いつも何の前触れもなく声がかかる。

「ハムザ、もう少ししたらトレーニングキャンプに行け」

司令官の部屋に入ると、アボベイダが言った。

〈トレーニングキャンプ……〉

郊外にある墓地。戦士のみならず、子どもの墓もある。どれもまだ新しい。

部隊には、ボスニア紛争[3]で戦っていたなどという強者もいたが、そういった実戦経験がある者たちは1割程度だった。大半は、軍隊経験はおろか銃すら触ったことがない初心者だったのだ。そこで、部隊は戦いの基礎を教えるトレーニングキャンプも設けていた。

しかし、トレーニングキャンプでの訓練期間はわずか14日間。のんびり訓練をしている暇もないのかもしれないが、軍隊のそれと比べれば非常に限られた時間でしかない。その中で教えられるのは、体力づくりのための基礎的なトレーニングや銃の基本的な扱い方など、ごく簡単なものだ。実際にトレーニングキャンプに行った者が撮った動画を見たり体験談を聞いたかぎりでも、それは間違いないようだった。十分な訓練を受けてきたとはいえないものの、僕は、自衛官時代には基礎的な射撃訓練などをした。また、実戦的な訓練も渡航前に受けた。今さら銃の扱い方云々《うんぬん》といわれても、時間の無駄でしかない。実戦を通して必要な技術と精神力を身につけていきたいというスタンスだった僕は、トレーニングキャンプを「必要ない」と断った。

「そうか……。では、銃を構えてみろ」

少し時間をおいて、アボベイダが僕に指示した。僕は仲間の一人が持っていたライフルを借りると、その場で腹を地面について銃を撃つ「伏撃ち」、膝を立てて座って撃つ「膝撃ち」といった基本姿勢から、市街地戦用の銃を逆手の左手で構えたり、赤ちゃんのように丸まって車の下から撃つような少し特殊な姿勢まで、部屋の中でひと通り構えてみせた。

「よし、いけそうだな。お前はトレーニングなしで実戦に行かせる」

借りたライフルを仲間に返すと、アボベイダが別のライフルを手渡しながら言った。

〈これでやっと実戦に行ける〉

気持ちの高まりを感じつつも、冷静にライフルのチェックをした。もらった武器が不良品だったら戦いでベストを尽くすことができない。ざっとチェックすると、持ち手が少し欠けていた。

「壊れている。他の銃に交換してくれ」

持ち手を指差して言うと、アボベイダは少し顔をしかめた。渡された銃に文句をつける者はあまりいないのだろう。その証拠に、そのあと武器を受け取った者の中には銃床（銃を安定して撃つのに必須の肩あて）がない者もいたが、文句を言う様子はなかった。

十分な武器がないムハンマド軍では、そのようなポンコツが往々にしてあった。そんな不良品を渡されようものなら僕は、泣きわめいて別のものに変えてもらうか、金を渡して別のものを買ってきてもらうかしただろう。日常での宗教的な作法などにはおとなしく従うが、戦いのことに関しては妥協したくない。それは相手が司令官であっても同じだ。

交換してもらったAK47ライフルと5つの弾を入れるための弾倉、弾倉を入れるポーチを手にして部屋に戻り、早速それらを分解して掃除を始めた。実戦に行く日が決まっていたわけではないが、いつどこで戦いが起きても全力で戦えるように、万全の態勢を整えておきたかった。そのためにできることはしておきたかったのだ。銃のメンテナンスを怠ったことが原因で弾が詰まり、そのせいで政府軍にやられようものなら、死んでも死に切れない。また、一度分解して掃除をすれば、部品の損傷などの不具合を見つけることができるというメリットもあった。

同じ部屋にいたボスニア人たちも、銃を受け取ったようだ。肝心の銃床がついてない銃や、持ち手が欠けている銃を受け取った者もいた。まともな銃を要求して得た僕は、彼らから少々恨めしい目で見られた。しかし、他の者との仲間意識がこの頃はまだ希薄だったため、「自分のものさえ良ければいい」という気持ちを持っていた。

銃の掃除と点検が終わると、僕は部屋の中で弾倉を抜き差ししたり、構えて空撃ちをしたりして、銃の特性を体に覚えさせた。空撃ちは「銃が傷む」という理由でムハンマド軍では敬遠されていたが、自衛隊では「射撃スキルが上がる」という理由で積極的にやらせてもらえた。実弾を使わないと言っても、姿勢の取り方や呼吸、引き金の引き方などは変わらないため練習にもなる。また、工業製品といっても一丁一丁それぞれにクセがあり、引き金の引き方や弾倉の入れ方など個々の銃の特性に応じて微妙に加減しなければならない。しかし、ムハンマド軍は訓練期間の短さや、弾薬や部品が豊富にないこともあってか、そこまで高度な射撃スキルを求めず、とりあえず相手のほうに向かって撃てれば良し、としていたのだろう。

空撃ちをしてAK47ライフルの個性を知るほどにライフルが僕の体に馴染んでいき、自分の体の一部になっていくような感覚があった。スポーツや仕事でも道具を使うものは何でもそうだが、この道具との一体感が僕はたまらなく好きだった（一方、ライフルのことばかり考えていて、一緒に戦う仲間たちのことは思いやっていなかった）。

アルカイダ系組織「ヌスラ戦線」

「ハムザ、行くぞ」

4月20日頃のことだ。AK47ライフルを手に入れた翌日の昼頃、部隊の仲間が僕を呼ぶ声が聞こえた。その声に緊迫した様子はなかったが、みんな戦闘用のベストを身につけAK47ライフルを持っている。前線に向かうことは間違いない。

〈いよいよ自分も戦えるのか。これでやっと退屈な生活が終わる〉

解放感に包まれながら急いで荷物をまとめ、AK47ライフルとともに日本製の大きなバンに乗り込んだ。バンの中は少し窮屈そうだったが、10人ほどの戦士が買い物にでも行くように気楽な感じで乗っていた。今回が初めての実戦という20歳そこそこのチュニジア人の青年もいれば、ボスニア紛争で何年も戦ってきたという40歳~50歳のボスニア人の猛者《もさ》もいた。

車に乗って数時間揺られると、岩肌ばかりの山の景色になった。周囲が薄暗くなってきた頃に、一つの施設の前で車が止まった。今日はここで一泊させてもらうらしい。

そこは、同じ反政府勢力である「ヌスラ戦線」というアルカイダ系の組織の施設だった。ヌスラ戦線も僕がいたムハンマド軍と同様、「イスラム法に基づいたカリフ制国家を設立するため」に戦っているサラフィー・ジハード主義の組織で、シリア人を中心に構成されている。ちなみにシリアは「打倒アサド」の旗の下に、数百、数千の反政府グループが共闘している。

アメリカは「世界の主要テロリストグループ」として16団体を指定しているが、そのうちの一つがこのヌスラ戦線だ。アメリカから「お墨付き」までいただく生粋の「テロリスト」で、構成員は約1万人。勢力もムハンマド軍とは雲泥の差だ（ムハンマド軍は250人）。実は、シリア入りする前に知人ジャーナリストの伝《つて》で、このヌスラ戦線を紹介してもらえる話があった。しかし、宗教色の強い組織とは関わりたくなかった僕はそれを断った（シリアに来て結局、同じサラフィー・ジハード主義のムハンマド軍に入ることになったが）。狂信的な指導者から自爆攻撃を無理矢理やらされようものならたまったものではないし、正直怖気《おじけ》づいたからだ。

しかし、彼らの行動を見ていると、「狂信的」というイメージは、僕の勝手な想像だったことに気づかされた。彼らの実際の印象はすごくよかったのだ。会社でも軍隊でも、「イケてる」組織や人には凛《りん》とした雰囲気としなやかさがある。心に隙《すき》がないと言えばよいだろうか。ここで会ったヌスラ戦線は、まさしくそんな雰囲気の組織だった。

施設に到着してからの出迎えから宿泊部屋への案内、食事やお茶、風呂の対応まで、とにかく細かなところにまで気がきく。まるでホテルマンやフライトアテンダントだ。「やってほしい」と言われる前に相手が望むものを自ら考えて率先して行動する、驚きのホスピタリティだった。掃除も行き届き、どこを見てもきれいだ。食事もとても美味しかった。

「そんな細かいことがどうした」と思われるかもしれないが、僕はそんな細かいことに注意を払うことが重要だと思っている。「大事の前の小事」（大きなことを成し遂げようとする時には、小さなことを軽んじてはならない。ちょっとした油断が失敗を招くという意味）とはよくいうが、まさしく戦争がそのいい例だ。些細なことでもそれを怠ったために起きた小さなミスが命取りになる。靴紐がほどけていたためにつまずいて転んだところを撃たれる、ボケッとして頭を出したところを撃たれる等々だ。

自衛隊でも、整理整頓、靴や武器の手入れなど、細かいところを厳しく指導された。当時はその意味を深く理解していなかったが、身の回りにあるすべてのものに意識を向けて不安要素を可能なかぎり排除していくことが戦場で生き残る確率を上げることにつながるのだと気付いた。しかもこれは、実戦で意識すればすぐにできるようなものではない。常日頃から気配りの「鍛錬」をすることで身についていく。それに、「言われてからやる」のではなく、自分の頭で考えて行動し続けることができれば、たとえ指揮官が倒れても、各人が考えて動くこともできるだろう。

数多くある反政府軍の中でも「ヌスラ戦線は強い」と一目置かれていた。行き届いた掃除や高いホスピタリティは、彼らの内面の強さの現れだろう。翌朝、ヌスラ戦線の戦士たちに見送られながら目的地に向けて出発した。

偵察

昼前に偵察任務の拠点となる施設に到着した。6畳ほどの部屋が3つと12畳ほどのリビングがある少し広めの民家で、家具が無造作に置かれていた。内戦の激化に伴って一家で避難したのだろう、住人の衣類は見当たらなかった。家具の上に積もった埃が、長らく誰も住んでいないことを窺わせた。リビングの白い壁の一角には、親子が戦闘機や戦車に殺される絵がデカデカと描かれていた。子どもが描いたもののように見えた。内戦は、子どもにとっても身近なものなのだと改めて思い知らされた。

ひと通り家の中を確認した後すべての部屋の掃除を行ない、持参した毛布や食料などを運び入れた。それから銃を持って再び車に乗り込み舗装された道路を5分ほど走ると、続く山あいの斜面を登っていった。山の中腹で車を止め、そこから先は徒歩だ。標高はそれほどないが傾斜がきつく、直径数メートルもある大きな岩がゴロゴロと転がる険しい山だった。

この山を頂上まで登りきると、政府軍の占拠する街が見えるとのことだった。一歩一歩進むごとに、確実に政府軍に近づいているという実感があった。

〈もしかしたら、このどこかの岩陰に、政府軍が待ち伏せしているかもしれない……〉

そう思うと、恐怖心が急に増大した。それを少しでも払拭するため、僕はいつどこから政府軍が現れても対応できるような心構えで歩いた。銃もセーフティ（安全装置）に指をかけて、解除すればすぐに撃てる状態にしておいた。そんな僕を尻目に、仲間たちはまるでハイキングでもしているかのように、リラックスしたムードで進んでいった。

そうして10分ほど山の斜面を登っていくと、平野を一望できる箇所に着いた。岩陰に身を隠しながら周囲を見渡すと、東側の1〜1・5キロメートル先に一つの集落が見えた。持参した双眼鏡でのぞくと、集落の中心部には戦車が1台見えた。政府軍の占拠している集落らしい。攻撃をしかける前に、このような偵察活動を数十日繰り返して政府軍の戦車や装甲車などの数を把握するらしかった。

しばらく偵察しているうちに、太陽が沈み始めた。完全に日が落ちると何も見えなくなってしまうので、急いで帰らねばならない。夕日に追われるようにして僕たちは帰路についた。

偵察任務2日目、昼食を摂っている時に10人ほどの地元の少年たちが僕たちの施設にやってきた。施設は反政府軍の物置き場としての役割も果たしており、地元のシリア人戦闘員たちも直径

40センチメートルほどの大きさの手製の仕掛け爆弾を施設に置いていた。ムハンマド軍は地域住民とも緩やかな繋がりを持っていたので、この少年たちも気軽に入ってこられたのだろう。

まだ高校生くらいの少年たちだった。彼らが言うには、イスラムの教育を受けるためではなく、自分たちの意志で戦うためにやってきた、とのこと。もちろん実戦経験はないが、みんな決まって「バッシャール（アサド大統領）を倒したい」と意気揚々と言う。

〈……勇ましいのはいいが、なぜこんなに幼い子どもたちが戦いを望むのだろう。両親が政府軍に殺されでもしたのだろうか〉

子どもたちの原動力は肉親を殺された怒りや憎しみにあるのかと思って聞いてみたが、彼らの両親は生きているとのことだった。もちろん、強制的に彼らを部隊に連れてきたということでもない。彼らのキラキラと輝く瞳を見れば、それはすぐにわかった。他の仲間たちにもいえることだが、市民が政府軍の砲爆撃で日々虐殺されている中で、そのような人々を助けたいという愛情に近い同情心が彼らを戦いに駆り立てるのではないかと思った。

部隊にいた少年たち。「ジハードで戦いたい」と言うが、その顔には少年らしさが残る。

2011年に東日本大震災が起きた時、僕はいても

立ってもいられず、震災から1週間後には現地に向かった。ボランティア活動が盛んになる前のことだ。

震災から数日後、僕は知人からあるNPO法人を紹介された。そのNPOには全国から支援物資が山のように届いていたが、現地の情報も支援物資を運ぶ車もないという状況だった。僕は情報収集を兼ねた支援物資の輸送要員として名乗りを上げ、当時行なっていた野菜販売用の車に支援物資を積み込み、最も被害の大きかった岩手県陸前高田市と宮城県石巻市に向かった。

現地で出会う人々から情報収集をしながら、孤立した人々はいないかと回っていると、一つの家や寺に複数の家族が避難していたり、ホームセンターの屋上駐車場で共同生活を送っているという人々がいた。だが、そうした場所は「公式」の避難所ではないために、支援物資がまったく届けられておらず、僕が東京から運んだ支援物資は大いに喜んでもらえた。そうした「小さな」支援はテレビ東京の情報番組「ガイアの夜明け」でも取り上げられ、わずかな力しかない僕でも「行ってよかった」と心から感じたできごとだった。

「わずかな力でも、困っている人の役に立ちたい」――少年たちの思いはきっと、震災時の僕の気持ちに近かったのかもしれない。加えて、「強さ」や「正義」に対する純粋な憧れもあったと思う。

とはいえそれから数日間は、近隣住民と地元の戦闘員とで、お茶会ばかりする退屈な生活が続いた。地元の住民や戦闘員たちは、アラビア語のわからない僕に、「馬鹿」とか「盗人」とか変な言葉を教えては、爆笑していた。そこにムハンマド軍の仲間がやってくると、「ハムザ、変な言葉を覚えるな！」。お茶会はそこでお開きになった。サラフィー・ジハード主義の部隊の仲間たちは、スラング（汚い言葉）を使うことを快く思わないのだ。

少年兵の死

そんなある日の夕方、一部の仲間たちと地元の少年たちがピックアップトラックに乗り込み、夜の警備に出かける準備をしていた。政府軍から砲爆撃などを受けることはなかったものの、襲撃に備えるために、施設や街の中など警備をする箇所をいくつか設けており、毎晩どこかで警備を行なっていたのだ。

僕はこの日、施設の警備を担当していた。街の警備に出かけていく仲間や少年たちがいつも以上に凛々《りり》しい顔をして活発に何かをしゃべっていたので、やけに意気込んでいるなと感じた。だが、いつもと同じように特に声をかけることなくピックアップトラックに乗った彼らを見送り、僕は深夜2時から3時までの警備の順番が回ってくるのを待つため仮眠を取ることにした。

「ハムザ、ハムザ！」

肩を叩かれ、僕は目を覚ました。時計を見ると午前0時を回った頃で、まだ僕の警備の時間ではない。しかも僕を起こしに来たのは、ピックアップトラックに乗って街に出かけたはずのチュニジア人青年のアブウサマだった。なぜこの時間に、その日の施設の警備担当ではない彼に起こされたのかまったくわからない。だが、いつも鼻歌を歌っている陽気な彼がやけに殺気だち、「アブザイド！　ホデイファ！」と、一緒に来た部隊の仲間の名前をしきりに発していた。

　眠い目をこすりながら彼に急かされるように外に出ると、1台のピックアップトラックが止まっていた。仲間たちは表情を強ばらせ、ピックアップトラックを無言で取り囲んでいた。僕はそれを見た瞬間、眠気が一気に吹き飛んだ。先日、ミナク空軍基地で戦闘を見た時の「嫌な空気」を感じたのだ。急いでトラックに駆け寄った。

　荷台には、警備に出かけた仲間たちが物言わぬ人形となり折り重なっていた。そのほとんどは、意気揚々と出かけていったシリア人少年たちだ。

　荷台の奥にある顔を確認するため体を乗り出すと、僕の顔のすぐ下にも別の少年の顔があることがわかりギョッとした。荷台の後方に回ってみると、ある少年の足は靴が脱げて足首の肉が完全に飛び散り、筋だけで脛《すね》と足がつながっている状態であった。ライフルや機関銃で撃たれただけではここまでひどくはやられない。もっと強力な武器でやられたであろうことが容易に想像できた。

　車で一緒に来た部隊の仲間からも、二人の死者が出た。一人はボスニア紛争を戦っていたボスニア人のアブザイド。年齢は40～50歳で、白と黒が混じったモノトーンの髪と長い髭、そしてこれまでの経験を物語るような厚みのある表情が印象的だった。イスラム教に改宗した僕を見て、満面の笑みで「マーシャアッラー（素晴らしい）、マーシャアッラー」と言うのが口癖だった。彼は強力な23ミリ機関砲(4)を膝《ひざ》に受けて足がへし曲がった後、さらに腹部も被弾して絶命したということだった。

もう一人は、英語もフランス語も堪能なフランス国籍の若いアルジェリア人、メディア担当者ホデイファ。髪のないツルツル頭と鮮やかなブルーの瞳が印象的で、この日の昼には見事な空手と日本語も披露してくれた。彼は、後頭部に1発、スナイパーからの銃撃を受けて死亡したとのことだ。頭を持ち上げるとトロトロとした真っ赤な脳漿《のうしょう》が地面にこぼれ落ちた。

つい夕方まで普通に言葉を交わしていたのに、いま僕の目の前に横たわっている彼らを見ると、そんな僕の記憶そのものがむしろ偽りのように感じられた。

〈ミナク空軍基地での激しい戦闘でも死者は1人だったのに、今回は8人。いったいどれほど激しい戦闘が行なわれたのだろう〉

僕を起こしにきたアブウサマに尋ねると、彼は興奮冷めやらぬ顔でノートに図を描き、簡単なアラビア語で説明してくれた。説明によれば、この日の夜の作戦は、山間の狭い道に爆弾を仕掛けて政府軍の車列に攻撃を行なうというものだった。しかし、仕掛けた爆弾がうまく爆発しなかったために失敗。山陰へと退却する時に政府軍に見つかり、正面と側面から反撃を受けた、とのことだった。装甲車や戦車からの砲撃など、身を隠した岩が削り取られるほどの強力な反撃で、アブウサマ自身も命からがら撤退したのだという。

部隊の中で唯一英語のできるホデイファが死んでしまったため、それ以上詳しいことを聞けなかった。アラブ世界の中でエジプトに次ぐ軍事大国であるシリアの政府軍は、戦車や装甲車をふんだんに持っている。そんな政府軍とまともに戦えば、豆鉄砲のように脆弱な武器しか持っていない反政府軍はひとたまりもない。

〈とはいえ、夜間で隠れる岩もたくさんあって、しかも有利な待ち伏せ攻撃にもかかわらず、これほどの死傷者が出るとは……〉

今回は少年たちが多く犠牲になった。戦場では新兵の死傷率が圧倒的に高いと言われている。実戦経験がないために、何が危険で何が危険でないか、どこで動くべきか否かなどをわかっていないからだろう。そもそも、部隊の仲間も少年たちも、まともな訓練を受けてきたとは思えない。おそらく、むやみやたらに射撃を行なったために政府軍に自分たちの位置を知られてしまったり、恐怖に足がすくんで退却できずにいたところをめった撃ちにされたのだろう。

しかし僕は、多くの仲間が亡くなったものの、政府軍への怒りや憎しみは感じなかった。今回は、武器を持たない無抵抗な少年や大人たちが虐殺されたわけではないからだ。戦闘において、人は武器を手にした瞬間から人を殺し、殺される覚悟を持たなければならないと思う。そして今回はお互いに武器を持った者同士の戦いの結果だった。

2人の仲間の遺体を下ろすと、ピックアップトラックは少年たちの遺体を載せたまま走り去った。家族のもとか、埋葬するために近くの墓地に向かったのだろう。


――それから2日後。

地元の戦闘員たちが再び行なった待ち伏せ攻撃で政府軍の輸送トラックを爆破、政府軍兵士8人が死亡したとのこと。「これで五分五分だ」と彼らは言った。

〈政府軍を殺したところで、味方の死者が生き返るわけでもない……〉

少年たちが施設にやってきた時の顔を、僕は思い浮かべていた。これから新しい国をつくっていくという希望とエネルギー、そして少年らしい笑顔に満ち溢れていた彼ら。僕のことを「シェイフ」（「宗教的な指導者」の意）と呼んで慕ってくれた。それを思うと、僕はまるで自分の後輩や教え子を死なせてしまったような、居た堪らない気持ちになった。

僕が寝ている間に戦いが行なわれ、多くの戦死者が出た。仮に作戦があることを知って同行していたとしても戦車や装甲車が相手では、銃一丁の僕にはどうすることもできなかっただろう。だが、「むやみやたらに射撃をしてはいけない」などのアドバイスを事前に僕ができていたなら、少年たちを救うことができたかもしれない。それを考えると、やり切れない気持ちになった。

その後、他の部隊が数度待ち伏せ攻撃をしかけたために、政府軍に宿営地の場所を知られて襲撃されるおそれがあること、戦力差が大きく政府軍が支配している街の攻略がまだ難しいとのことで、偵察任務はいったん終了した。部隊は2〜3時間ほど車で移動し、激戦地となっているシリア第二の都市、アレッポからほど近い前線の施設に移り、そこで数日過ごした。

アレッポ中央刑務所

5月初め、朝晩の厳しい冷え込みが穏やかになり、時々雨を降らせていた雨雲もどこかへ行ってしまい、一日中過ごしやすくなった。僕たちは再び日本製のバンに乗り込み、30分ほど移動して激戦地アレッポ郊外にある拠点に移った。アレッポ北部の多くの地域は反政府軍の勢力下にあったが、大規模施設のいくつかは戦車や装甲車などによって要塞化され、依然として政府軍の勢力下にあった。その中の一つがアレッポ中央刑務所だった。刑務所の周囲の建物までを反政府軍が占拠して政府軍を包囲しているものの、攻略するまでには至っていないという状況だった。

アレッポ中央刑務所から500メートルほど離れたところに、僕たちが拠点としている集落があった。集落には20メートル四方程度の広さの石造りの家々が建ち、その半分くらいの広さの小さな庭がついていた。大半は平屋の家で、戦闘で破壊された形跡は見られないが、やはり人が住んでいる気配はなかった。

僕たちの部隊は集落の家を3戸ばかり拝借して30人ほどが寝泊まりしていた。イスラムには、盗みでなければ他人の物は必要な範囲内で使ってもよい、という考え方がある。「減らないものはいくらでも使っていいだろう」という考え方からか、僕もサンダルや携帯電話の充電器などを無断で使われることは日常茶飯事だった。最初はイライラしていたが、そのうち「そんなものか」と思うようになっていった。

さて、今回の任務は主に二つある。一つは、刑務所に立て籠っている政府軍を排除するとともに、そこに捕らえられている4000人の「囚人」（そのうち約半数が政治犯）を解放すること。もう一つは、解放作戦を行なうまでの間に政府軍から襲撃を受けて陣地を奪われないよう、刑務所と隣接した最前線の陣地であるビルの夜間警備にあたることだった。

施設に到着した初日、ビルの警備に向かう前に、追加の弾薬と手榴弾が部隊の皆に配られた。弾薬は一人につき、30発入りの弾倉が5本と予備のバラ弾が約20発、計170発ほどだ。弾倉に弾を込めて周囲を見ると、戸惑っている者が一人いた。教育施設でコーランの輪読指導を行なっていたエジプト人のアボホセインだ。

〈太り過ぎているし覇気も感じられないから戦闘向きではないと思っていたが、まともに弾を込めることもできないとは……。これでは先が思いやられるな〉

僕はアボホセインの隣に座り、弾の込め方を教えた。

「あ、ありがとう、ハムザ」と言い、アボホセインは少し申し訳なさそうな顔をして僕を見つめた。戦闘における基本中の基本であるが、「靴紐の結び目も引っかかって転ぶから、靴の中に入れておけ」と、ついでにアドバイスをした。偵察任務では、少年たちに何もアドバイスができなかった。そのこともあり、少しでも生き残る可能性を上げるためのアドバイスをしようと無意識のうちに思ったのかもしれない。

それから装具の点検や食事などをしていると、太陽がだんだんと傾き始めた。後は、出撃前の礼拝を終えるだけだ。

〈いよいよ、政府軍が目と鼻の先にいる最前線に向かうのか〉

アレッポ中央刑務所遠景（Facebook より）

心地よい緊張感と高揚感が僕の体を包み込んだ。シリアに来てからも首がキリンになるのではないかというほどに待ちわびていた「戦士として全力で戦う」。それが今やっと、現実になろうとしている。

ＡＫ47ライフルと装備のチェックをすませた後、家の前の庭で出撃前の礼拝を行なった。毎日５回も行なう礼拝だが、この時の礼拝は今までにないくらい気持ちが入った。といっても、神様に頼って不安な気持ちを払拭しようとしたのではない。雑念を取り除いて目の前のことに集中し、死の恐怖心に臆することも死に急ぐこともなく、ベストを尽くせるように精神統一を図ったのだ。

これからやって来る長い闇夜の静寂を予感させるように、厳《おごそ》かな雰囲気だった。

あと少しで礼拝が終わるかどうかというちょうどその時、「ボン！」という鈍くて低い爆発音が遠くのほうから聞こえた。この時は特に何とも思わなかったが、音が聞こえてから３〜５秒後に「ヒィン！」という飛翔音が聞こえた。

本能的に恐怖を感じ、咄嗟に地面に伏せた。それとほぼ同時に「バン！」。耳元で巨大な風船が破裂したかのような激しい炸裂音がし、鼓膜を激しく震わせた。僕たちが礼拝をしていたところから10メートルも離れていない場所に、ＲＰＧ７のロケット弾が着弾したのだ。

ＲＰＧ７とは旧ソ連製の対戦車用のロケット兵器で、安価で取り扱いも簡単なことから、ＡＫ47ライフルとともに世界中の紛争地で使われている有名な武器の一つだ。もともと戦車を攻撃するために使われる兵器とあって、その威力はライフル弾とは比較にならないほど凄まじい。直撃を受ければ脚の１本や２本は容易に吹っ飛ぶであろう。

政府軍から受けた初めての攻撃に、僕の心臓の鼓動は一瞬にして最高レベルにまで達した。

〈前線に向かう前だというのに。それも、アレッポに到着した初日にこれだ。政府軍に僕たちの位置が知られているのだろうか。とにかく、ここにいると危険だ。早く移動しなければ……〉

仲間も同じことを考えていたのだろう。民家を壁にして急いで移動を始めた。そして100メートルくらい移動したあたりでまた低い爆発音がし、数秒の間をおいて空気を切り裂くような飛翔音。反射的にその場に身を伏せた。

「ヒィン……、バンッ！」

飛翔音は僕たちの頭上を大きく越え、100メートルほど後方で爆発音に変わった。

RPG7ロケット弾といえば、米軍のソマリア紛争を描いた映画『ブラックホーク・ダウン』（リドリー・スコット監督、01年、アメリカ）が有名だろう。劇中では飛んでくるロケット弾の軌跡を見て着弾を避けるような描写があるが、実際にそんな行動をとることは不可能。飛翔音が聞こえたと思った次の瞬間には爆発しているくらいの速さで飛んでくるのだ。その場に身を伏せる以外、できることなどなかった。

幸いにもロケット弾攻撃による死傷者は出なかったようだ。しかし、先ほど礼拝した場所から100メートルほど移動したにもかかわらず、ロケット弾は見事に移動した方向に飛んできた。まるで僕たちの動きをどこかで監視しているかのように……。

〈ここの場所も政府軍に知られているとしたら、移動しなければただの的になるだけだ。だが、もしも政府軍が待ち伏せしている場所に誘導されているとしたら、移動するほうがむしろ危険で

はないだろうか。どうしよう〉

くり返し必死に考えたが、答えは見つからなかった。2メートルほどの高さの民家の外壁に挟まれた3メートルほどの幅の狭い通りを30人ほどで進んでいたために、政府軍が待ち伏せしていようものならまさしく「袋のねずみ」だ。水を飲んだばかりにもかかわらず、口の中はカラカラになった。今まで経験したことがないほどの激しい渇きだった。

〈……とにかく、仲間についていくしかない〉

引き続き最前線へと向かう仲間たちの後をついていった。情けない話だが、僕が先頭でないだけまだマシだと思えた。「政府軍がここから出てきたら銃をこう上げて、照準を定めて、引き金を引いて……」と、待ち伏せされても対応できるようシミュレーションを行ないながら、全神経を使って周囲に気を配りながら前進した。

死の全力疾走

そのまま狭い通りをしばらく進むと、壁の切れた先に開けた道路があるのが見えた。先頭を行くチュニジア人の副隊長アボハジャルが壁の切れる手前で部隊の全員に「止まれ」と右手を上げて合図を送り、壁の切れ目から通りの向こう側をそっとのぞいた。

どうやらこの道路は、刑務所の入り口からまっすぐにのびているようだ。目的地である最前線の陣地に行くためには、政府軍に発見されるのを覚悟でこの通りを突っ切るほかない。道路の幅は約50メートル、刑務所と僕たちの距離は400～500メートルほどだろうか。撃つ側としては難しいが、当たらない距離というわけでもない。

アボハジャルが上に伸ばした手を前に倒して「行け」と合図を送ると、仲間が3、4人ずつ全速力で通りを渡った。僕の前に並んでいる仲間たちがどんどん少なくなっていく。今のところ政府軍からの銃撃はないが、自分の番が近づくにつれて「僕の時になって撃たれないだろうか」と不安に駆られた。まるでロシアンルーレットでもやるような気分だった。

〈……でも、やるしかない〉

ふだんは両手で持つAK47ライフルを片手に持ち替えると、とにかく速く走ることに全意識を集中させた。そうでもしなければ足がすくんでしまいそうだったからだ。

「行け」というアボハジャルの合図とともに、前だけを向いて無我夢中で腕を振りとにかく走った。そして、先に通りを渡り終えた仲間を少し追い越して、ようやくスピードを緩めた。幸いなことに、政府軍からの銃撃はなかった。50メートルほどの短い距離だったが、こんなに必死になって走ったことは今までなかっただろう。

そこから、2～3メートルほどの高さの小さな木がまばらに生える中を、身を屈めて周囲に気を配りながら100メートルほど進むと、大きな建物の前に到着した。先に到着した20人ほどの仲間たちが一カ所に集まっている。どうやらここが、この日の夜に警備する反政府軍の施設らしい。もとは会社か何かとして使われていたのだろうか。壁で囲まれた敷地の中に3階建ての大きな建物がいくつかあった。この時は暗くて周囲の状況が摑めずあとから知ったのだが、雑草がまばらに生える平原を300メートルほど挟んだ先にアレッポ中央刑務所があった。

「政府軍との距離が300メートル離れている」といっても、今ひとつイメージが湧かないかもしれない。昼間、ライフルでしっかり狙い定めて撃てば当たるか、外すか、というギリギリの距離だ。別の言い方をすれば、やみくもに撃ったり、夜間に暗視スコープなしで撃っても、まず当たらない距離。暗視スコープは隊長が持っている1台だけで、贅沢品だった。一方の政府軍兵士は、暗視スコープを持っている者が少なくないだろう。刑務所と施設の間を遮るものが何もないという地理的な要素も含めて考えれば、政府軍に近づけるギリギリの距離だといえる。

隊長のアボタルハが各自の名前を呼び、この夜の警備箇所を指示していった。

「政府軍のほうを見る時は頭を高く出しすぎるな。撃たれるぞ。柱の脇から少しだけ、それもゆっくりと出して見るんだ」

アボタルハの助言を胸に刻み込み、各々、持ち場に向けて散っていった。

（1）「アーミン」はキリスト教の「アーメン」と同意で、「その通りだ」という意味。
（2）イスラム教では死後すぐに天国に行くのではなく、アッラーが定める「最後の審判の日」によって人類が一斉に天国と地獄に振り分けられるが、戦いによって亡くなった殉教者は最後の審判の日を待たずして天国に行けるとされている。
（3）1992～95年。ユーゴスラビアから独立したボスニア・ヘルツェゴビナで民族間の対立から起きた内戦。
（4）大口径の弾を連続発射する武器。通常は戦闘機や車両などに対して用いられるが、対人用にも使用される。家屋の壁を貫通するほどの破壊力がある。

イスラムの戦士たち

相方アボオマル

アレッポ中央刑務所初日、刑務所から300メートルほど離れた施設の夜間警備で、僕が指示された場所は施設南側にある開けた草地だった。施設を囲む高さ1・5メートルほどの外壁を盾として、刑務所へと続く平原を警戒するのだ。しかし、周囲を照らすのは星の光だけ。十数メートル先にある白い岩の輪郭が少し浮かび上がって見える以外、ほとんど何も見えなかった。これでは政府軍がひそかに攻め込んできても、直前まで気がつかないだろう。通常の軍隊であれば暗視装置や照明弾などがあるので夜間でも問題ないが、反政府軍ではそうはいかない。

だが、無い物ねだりをしても仕方がない。いま使えるものだけで最善を尽くすしかない。いまここにあるのは自分の眼と耳、鼻、そして直感だけ。五感を研ぎ澄ませ、ネズミ一匹逃さない気持ちで周囲の状況を把握するように努めた。

　この時一緒にいたのは、背は高いがガリガリに痩せていて、どう見ても頼りなさそうなシリア人アボオマルだ。彼はスウェーデンで数年間仕事をしていた経験があり、かなり英語が流暢だった。隊長からの指示で彼は今後、僕の相方としてしばらく一緒にいることになった。

　警備から10分ほどすると隊長からの伝令がやってきて、アボオマルに指示をするとすぐに戻っていった。アボオマルが指示の内容を僕に通訳した。

「いいか、ハムザ。政府軍がここに攻めてきたら、この場で政府軍を撃ち続けるんだ。決して逃げるんじゃないぞ」

〈なに、逃げずに撃ち続けろだと。僕たちは捨て駒扱いなのか〉

目を大きく見開き、不適な笑みを浮かべたアボオマルは続けた。

「ハッハッハ、ここで一緒に死のうな、ハムザ」

〈来ていきなりこれか。それで喜ぶアボオマルもアボオマルだ。この狂信者め。……クソ、わけのわからない日本人と、貧弱なシリア人は使い捨てということか〉

　地団駄を踏みたい気分になった。しかし伝令が来たということは、政府軍がこの場所に攻め込んでくる兆候があったのだろうか。政府軍が本気でここに攻めてくれば、数人しかいない僕たちが全滅するのは想像に難くない。

　暗闇で周囲の状況がまったくわからないうえに、政府軍が来ても逃げられないことが、「いまだ見ぬ政府軍」への恐怖心をさらに増幅させた。少しでも気を抜いたら一気に押しつぶされてしまうほどの恐怖心だった。だが、戦場で不安に囚われたからといって状況が好転するわけでもない。それにまさしく、この恐怖心を乗り越えるために、僕はここにいるのだ。

〈戦場で状況を変えられるのは自分の行動のみ。的確に状況を判断して全力で行動していくこと以外に、状況を打開できるものはない……〉

僕は気持ちを落ち着かせるために目をつぶり、すべての意識を両手で握ったAK47ライフルに向けた。そして「すー、ふうぅ……」と大きく深呼吸をすると、体とライフルとが一体となり、全身がセンサーになったかのような感覚になった。

相方のシリア人アボオマル

〈……僕は誰よりも訓練を積んできた「最強の戦士」だ。たとえ政府軍に取り囲まれようとも一撃で倒すし、政府軍の銃弾にも決して当たることはない……〉
自分自身に暗示をかけるように、言葉を何度も復唱した。もちろん実戦経験もないし、訓練も十分とは言い難い僕に、そんな根拠や裏付けなどまったくない。しかし、そんなことはどうでもよかった。今ここにある恐怖心を克服できる言葉なら、なんでも。
それでも、大きすぎる恐怖心を克服するには十分ではなかった。そこで僕は、意識をさらに目の前のことに集中させることで、恐怖心を克服しようと試みた。

〈こちらから銃撃されたらどうやって対処するか。あちらからの壁が爆破されたら……〉

体の動かし方や銃を構えてから撃つまでのイメージも含めて、考えうるありとあらゆる状況を想定して、最善の対処法を事前に考えた。「想定しうるすべての状況に対処するために」といえば体裁がよいが、実は、あまりの恐怖心のために体が硬直していた。そこまでイメージしておかなければ、政府軍が来てもまともに動けないと思ったからだ。「最善を尽くした」と言える戦いができなければ、死んでも死に切れない。僕は戦いの時はつねに全力でありたかった。

そうして意識を研ぎすましながら警備を行ない、1時間くらい経っただろうか。静寂は突如として破られた。

「バババン！」。赤い閃光と同時に激しい銃撃音が響き渡った。僕たちの警備箇所から30メートルほど先の、仲間がいる場所からだった。

〈フルオート射撃（連射）！　そんなに政府軍が近いのか〉

まったく想定もしていなかった状況に、心臓が一気に高鳴った。通常、フルオートでの射撃は著しく命中率が落ちる。そのため、屋外では緊急の時以外、めったに使わない。

〈それを使ったということは、何か不測の事態が起きたのだろうか。政府軍が目前まで迫っているということか。はたまた、射撃は政府軍からのもので、すでに僕たちがいる施設の敷地内に政府軍が侵入しているということか〉

どちらにせよ、好ましい状況ではない。僕は草むらに伏せて身を隠すと、セーフティ（安全装置）を解除して銃を構えた。

〈……来るなら来い！〉

だが、数十秒経過してもその後の動きがない。

〈先ほどの射撃音は政府軍の陽動作戦で、別の方向から攻めてくるのだろうか。それとも、僕がしびれをきらして動き出すのを待っているのだろうか。周囲が暗いから、まったく状況がつかめない〉

アボオマルも右往左往しながら動揺し、「ハムザ、何が起きたのか仲間のところに行って聞いてこい」と震える声で言った。

「何《なん》で僕が行くんだ、アラビア語がわかんないからお前が行けよ」

「……わ、わかった」

しぶしぶ納得したアボオマルは、身を屈めながらそろりそろりと銃撃音が聞こえた方向に歩き始めた。自分が行かなくてホッとした、というのが正直な気持ちだった。1、2分ほどするとアボオマルが戻ってきた。「いったい何があった」と聞くと、アボオマルは首を横に振り、「何もなかったようだ」と答えた。

「えっ」

まったく予想もしていなかった返答に、僕は唖《あ》然とした。仲間が何かと政府軍を見間違えてぶっ放したらしい。フルオートで撃ったのも政府軍が差し迫っていたのではなく、単なるミスだったとのこと。極度の緊張からセーフティレバー〔セーフティ〔安全装置〕・セミオート〔単発〕・フルオート〔連発〕を切り替える装置〕をきちんと確認せずフルオートで撃ってしまったのだろう。そして、その仲間とは、出撃前に弾を込められなかったエジプト人のアボホセイン。僕は内心毒づいた。

〈やはりやらかした……、紛《まぎ》らわしいことするなよ、バカヤロー！〉

戦場では極度の緊張から、こうしたミスが往々にして起こるらしい。日頃から実戦を意識しながら訓練をすることが重要ということだ。とはいえ、「政府軍の攻撃ではなくてよかった」と安堵もしていた。

それから数十分後、突然「バーン！」という大きな音が響き渡った。手榴弾が炸裂したのだ。それも先ほど銃撃があった辺り。「今度こそ政府軍か」と再び伏せて銃を構えた。しかしやはり数十秒経っても何も動きがない。再びアボオマルが状況を聞きに向かうと、慌てて戻ってきた。

「ハムザ、俺が撃った後に撃て！」

「え、撃てって……政府軍はどこだよ」

「わからない！」

政府軍の居場所すらわからないのに撃っても弾の無駄だ。かりに居場所がわかったとしても夜なので、狙いを定める照準機はまともに見えないし、目の前には高い壁があってまともに銃も構えられない。つまり、この状況ではどんなに頑張ったところで、まず当たらない。第一、むやみやたらに撃っては政府軍に自分の位置を教えるだけだ。

「いいから俺に従え、ハムザ！」

そこまで強く言うのだからきっと何かあるのだろう。セーフティを解除すると、壁の下で立て膝をつき、アボオマルが射撃するのを待った。

……5秒、10秒、15秒と時が過ぎた。しかし、いくら待てどもアボオマルの射撃音が聞こえてこない。

「……どうした、アボオマル」

「撃てないんだ！」

アボオマルは構えた銃を下ろすと、弾倉を外してごそごそといじり始めた。どうやら銃がトラブルを起こしたようだ。

「ハムザ、今度は大丈夫だ」

気を取り直してもう一度。改めて射撃準備をしてアボオマルが射撃するのを待った。しかし、再び5秒、10秒、15秒経っても、やはり発砲音が聞こえない。

「……どうした、アボオマル」

「撃てないんだ！」

〈……アホか〉

結局、アボオマルの銃が不調だったために射撃することなく終わった。弾の無駄遣いをしなくてよかったが、実戦の前に試射しておかないと、こういうことになる。

再び暗闇の中に静寂が訪れた。気を取り直して再び周囲の状況変化に神経を研ぎすませて数十分が経過した時だ。数メートル後ろの草がガサッと揺れ、小さな黒い影が見えた。政府軍の手榴弾攻撃かと思い、とっさに数メートル走って伏せた。

〈爆発する！〉

……しかし、何も起こらない。

〈……不発か〉

結局その物音と黒い影が何だったのかはわからなかった。ネコやネズミなどの小動物だったのかもしれない。気を取り直し、再び周囲の警戒に戻った。

〈「三度目の正直」で、今度こそ、政府軍の攻撃があるかもしれない〉

神経を使うことばかり起きたが疲労は感じず、僕はさらに神経を研ぎ澄ませた。……と、アボオマルが突然地面に銃を置くと、背筋を伸ばして正座をした。今度はいったい何だと見ていると、目を閉じてぶつぶつ何かを言い、礼拝を始めたのだ。

〈こんな状況の時になんだ、本気で狂っているのか〉

アボオマルは黙々と礼拝を続けひと通り終えると、今度は僕に「やれ」と言ってきた。

〈そんなアホな……〉

周辺を警戒しながら僕はしぶしぶと礼拝を行なった。郷に入れば郷に従えだ。彼らはアッラーのために戦っており、アッラーは命や戦いよりも大切なもの。僕も一応はイスラム教徒だ。戦闘中の礼拝には納得はいかないが、戦いに支障のない範囲内で従おうと思った。

無事に礼拝を終わらせると、再び隊長の伝令がやってきて「ここで仮眠を取れ」と指示をしていった。

「ハムザ、順番に仮眠を取るぞ。まずはお前が先に寝ろ」

〈こんな時に、しかも最前線になっている壁の下で寝るなんて、絶対に嫌だ！〉

「俺は眠くない。ずっと起きているからお前が寝ろ」

「ハムザ、俺の言うことを聞け！　寝ろ！」

「嫌だ！」

そんなやり取りを数回繰り返し、結局アボオマルが折れた。礼拝なら百歩譲ってまだよいとしても、寝るのは嫌だった。毛布を被って横になった「戦力外」のアボオマルを脇に置き、一人で臨戦態勢を取ったまま数時間が経過したがその後は何も起きず、次第に空が明るくなり始めた。目覚めたアボオマルと朝の礼拝をすませると、伝令が来た。集合の知らせだ。当初の集合地点に戻ると、すでに何人か仲間が集まっていた。幸いなことに死傷者はいなかった。

隊長のアボタルハは全員の無事を確認すると、宿営地に向かってずんずんと歩き始めた。しかし、ここに来るまでの間にロケット弾攻撃を受けたように、政府軍がどこで待ち伏せしていないともかぎらない。安心した時が一番危ないし、僕は気を抜くことができなかった。

無事に宿営地までたどり着き、民家の壁に背をもたせ、固くしばった靴紐を緩めながら、長かった夜を振り返った。見えない政府軍からのロケット弾攻撃、突然の銃撃音や爆発音、周囲の状況を把握できない暗闇、そして理解できないアラビア語。「わからない」ということはこれほどまでに恐怖心を増幅させるものなのかと強く感じた一日だった。

生きるか死ぬかの圧倒的な緊張感から解放されたその朝、昇ったばかりの真っ赤な太陽と清々しい朝の空気に、いつも以上に心身が清められるような心地よさを感じた。……しかし、変に緊張していたのか体の節々が妙に痛い。部屋に入り銃を置いて戦闘ベストを脱ぐとマットレスに転がり、毛布に包まれて眠りについた。

「神様がセキュリティ」

警備の最中にもっとも身の危険を感じたのは礼拝だ。夜間警備を行なう最前線の施設で、隊長や副隊長ら数人と野外でまとまって礼拝をしていた時のことだ。突然、「ドン！」という爆発音が刑務所のほうから聞こえたかと思うと、「ヒョーン！」という空気を引き裂くような大きな音が聞こえてきた。僕たちの頭上を通過した音は、数百メートル後方で「バリバリバリ……！」と何かを引き裂くような音に変わった。政府軍陣地から放たれた迫撃砲弾だった。もちろん、近くに着弾すれば怪我だけではすまないので僕はすぐに伏せたが、皆はいっさい動じずに礼拝を続けた。僕の行動を咎《とが》められたことはない。「入信したばかりで信仰心が薄いから仕方がない」と思われていたのかもしれない。

礼拝中に怖い思いをした経験は他にもある。最前線となっているビルの中で集団礼拝を行なった時のことだ。モンテネグロ出身のアボマルデイヤが礼拝場所を選んだ。身長は180センチメートルを優に超え、細身の彼は、模範的なイスラム教徒のごとく赤っぽい茶色の髪を丸刈りにし、その髪とは対照的に胸のあたりまで長く伸ばした髭を毎日、櫛でとかして手入れしていた。

彼は、ヨーロッパで武装闘争をしていたためか、インターポール（国際刑事警察機構）に「国際テロリスト」として指名手配されていると、別の仲間が言っていた（実際に武装闘争をしていたのかどうかは定かではない）。しかし彼は「テロリスト」という暴力的な「肩書き」とは裏腹に、モンテネグロに5人の子どもがいる父親でもあり、とても温厚な性格だった。

そんなアボマルデイヤが選んだ礼拝場所は、政府軍側に面している広い部屋だった。夜間だったからまだよいが、政府軍に見つかれば確実に狙撃される。また、戦車砲やロケット弾でもぶち込まれようものならみんなそろって仲良くあの世行きだ。一緒に礼拝をしなければならない僕は、実は、礼拝が早く終わるように祈っていた。神様どころではなかったのだが、みんな僕とは感覚が違うのだろう。

「人がいつ死ぬのかは、すべてアッラーによって決められている。死ぬと決められている人はたとえ、どうあがいても死ぬし、生きると決められている人はどんな状況でも生きる」

宗教指導者のアボムジャヘッドはそう言っていた。彼らの落ち着きはそんな考えからきているように思う。だが、そうした信仰心が戦場で身を守ってくれるかと言えば、そんなことはない。その後の他の部隊でのことだ。まさに集団礼拝をしていたところに、政府軍の迫撃砲弾が着弾し、指揮官を含めその場にいた全員が死傷するという事態が起きた、という話を仲間たちから聞いた。それも、一度のみならず二度も。「戦闘地域では、一カ所に固まると皆まとめて死ぬから距離を取れ」とはよく言われるものだが、その理由がよくわかる事例だろう。

ピックアップトラックの荷台に乗っている時にタイヤが裂けて野菜畑に突っ込んだこともある。

車は横転し、荷台にいた僕と他の仲間が投げ出された。車の下敷きになった者はおらず、柔らかい畑の土がクッションになって怪我をした者はいなかったが、一瞬、何が起きたのかわからなかった。他の皆も唖然としていた。

以後、荷台以外で車に乗る時はシートベルトを付けようとしたのだが、「アッラーがセキュリティだ」と仲間にシートベルトを外されてしまった。最初は抵抗していたが、そのうちに僕は抵抗をやめて運を天に任せるようになった。

例を挙げればきりがないのだが、彼らはこのように「危険」に対する意識が薄く、実際に、そのために誰かが死傷するということが非常に多かった。もっと現実的に考えて危機管理をすれば、さらに強い部隊になると思うのだが……。

多すぎる生活費

ある日、仲間に呼ばれて1つの部屋に入ると、部隊の者が勢揃いして車座になっていた。いつものお茶会かと思ったが、どこにもお茶はない。

皆の視線の先には隊長のアボタルハがいた。アボタルハは数百枚以上の大量の札束を握ると、それをバラバラとめくって数えていた。そして脇にある名簿らしきものに目をやりながら一人ひとり名前を呼び、札束の中から何枚かを抜き出して手渡していった。僕の名前も呼ばれたのでアボタルハのもとに向かうと、5000シリアンリラ（日本円で約2500円）のお金がスッと手渡された。その時は部隊に来てまだ間もないということで、この金額だった。翌月には

1万2000シリアンリラ（約6000円）をもらった。どうやらこれは、シリアでの「生活費」とのことだった。

僕は疑問に思った。生活費といっても、部隊で普通に生活するだけならお金は一切かからない。食事は料理担当の仲間が作ったものを無料で食べさせてもらっているし、寝る場所も寝具もある。新品の衣類でさえ無料でもらえるのだ。買い物といえば、支給されたものだけでは納得のいかない戦闘用具や日用品などを買う時だが、シリアでは、たとえば戦闘ベストは日本円で1000円、靴は700円ほどで買えた。週に1回程度の外食も200〜500円ほど。物価の高い日本で暮らしていた僕からすれば、微々たる額だった。

ひと月ごとに支給してもらった生活費。写真は日本円で約6000円。シリアの部隊で生活していくにはこれでも十分。

また、部隊として「戦い」のことだけを考えれば、戦闘員たちにお金など配らずに武器を買ったほうがはるかによい。十分な武器や弾薬があるとは言いがたい状況でもあったからだ。同じ反政府軍でも、民主化を求める自由シリア軍にはアメリカなどの西側諸国から武器や資金が提供される。だが、ムハンマド軍のようなサラフィー・ジハード主義の部隊にはそうした支援はない。理念に共感したサウジアラビアなど中東諸国からの資金提供はあるのかもしれないが、武器支援はなかった。ミナク空軍基地や偵察任務などのように、政府軍の戦車や装甲車に対抗する兵器がなく苦戦させられていたのは、それがない証拠であろう。

しかし、部隊には僕のような独り身ではなく、家族を母国に残してきたり、シリアで一緒に暮らしているという者も多くいた。イスラム教では、「同胞のために侵略者に対して武器を手に取って戦う」ことは男性の義務とされているらしいのだが、その一方で女性の社会進出が進んでいないために、お金を稼ぐ役目はもっぱら男性が担っている。そんな肝心要《かなめ》の一家の大黒柱が義勇兵として「ボランティア」で戦いに行ってしまっては、稼ぐ者がいなくなって家庭が成り立たない。衣食住や必要な装備のほかに「生活費」として余分にお金を配るのは、彼らの家族や彼ら自身の息抜きを考えてのことなのだろう。

生贄の豪邸

僕たちが宿営地としていたアレッポ中央刑務所周辺の家々は、家主が避難したためにもぬけの殻になっていた。しかし、荒らされた形跡はほとんどなかった。どの家も、主《あるじ》がいなくなる前の生活の様子をそのまま留めていた。村人だけが忽如《こつじょ》として消失したかのような奇妙さを感じさせたが、それは、無秩序な略奪などをしないという部隊の規律が保たれている証拠でもあった。「イスラム過激派」と呼ばれているが、ムハンマド軍のような部隊では、コーランに書かれていることが何よりも優先された。もちろん盗みも御法度。暴力がすべてを支配すると思われるような戦争状況下にあっても、それは変わらない。

実際、アレッポにやってきた時にも、「宿営地としている家以外には入るな」と隊長のアボタルハからお達しがあった。もちろん部隊の仲間たちは敬虔なイスラム教徒だったので、「盗みなどしないのが当たり前」であり、軽く言われた程度だったが。もちろんこれらは、僕の経験した範囲内のことだ。

しかし、そんなコーランの教えは、「敵」に対してはまったく逆だった。対象が「敵」であればその所有物はすべて「戦利品」扱いで、いくら奪っても「盗み」にはならないようだ。

宿営地としていた家から100メートルほど離れたところに、「敵」となっている政府軍の軍人の自宅があった。「ハムザ、あそこの家の物は好きなだけ持っていっていいからな」と宗教指導者のアボムジャヘッドから直々《じきじき》にお許しを頂いた僕は、まるでこれから探検にでも出かけるようなワクワクした気持ちで家のほうに歩いていった。

家の敷地に入ってみると、その広さに驚いた。周囲の一般的な家と比べると4倍ほどの広さだ。周囲は平屋の家がほとんどなのにこの家は3階建てで、たくさんの部屋があった。キッチンとバスルームはそれぞれ2つあり、広いリビングにはパーティ用の豪華な食器類がいくつもあった。一般家庭にはない、嗜好品のアイスクリーム用の冷凍庫も1つや2つではない。少し見ただけでも、かなり裕福な生活をしていたであろうことが想像できた。政府軍の中でも、おそらくかなり位の高い幹部の家だったのだろう。

富が集約されたような家だったが、家の中のものを自由に、「合法的」に持っていってよいということになっていたため、その荒らされようは尋常でなかった。金目のものがありそうな夫妻の寝室は、ベッドがマットレスからひっくり返されていた。クローゼットの扉は外され中のものはすべて床にぶちまけられており、足の踏み場がないほどだった。3階の書斎も同様で、棚や机の引き出しはすべて物色されていた。この家だけ荒くれ者の窃盗集団が入ったかのような散々なありさまだった。子どもたちの部屋は比較的そのまま残されていたことから、あからさまに金品を狙っていたことが容易に想像できた。

しかし、そんな家の中でも唯一、コーランだけは大事に棚の上に置かれたままになっていたのが印象に残った。いくら「敵」といえども、やはりコーランは大切にしなければならないということなのだろうか。ここに住んでいた人たちもイスラム教徒で、僕たちと同じように礼拝もしていたのだろうと思うと、なんだか切ない気持ちにもなった。とはいえ僕も、石鹸やシャンプーなど細かな日用品や、武器の手入れに使う綿棒や布切れ、照準器調整のための距離を測るメジャー、弾倉を入れるベストを補修するための糸と針などを頂戴して帰った。

それからも、さまざまな反政府軍の部隊の者が「合法的な盗み」ができるその家に出入りしていった。日が経つにつれて家の中はさらに荒らされていった。平時であろうが戦時であろうが、イスラム教徒は厳しく定められた戒律を守らなければならない。彼らの抑圧された欲求や「敵」への憎悪が、この家ですべて発散されているように思えた。まさにスケープゴート《いけにえ》。「一般人のものは盗ってはだめだが、敵のものだったら盗っていい」とメリハリをつけることによって、社会の規律をある程度保つことができていたのだと思う。そういう意味で、イスラム教は大衆の心を的確に摑んでおり、現実的に社会秩序を維持している宗教であると感じた。

戻らなかった狙撃銃

ある日のアレッポ宿営地でのことだ。「ハムザ、お前、射撃は得意か」と、隊長アボタルハから聞かれた。それなりに射撃トレーニングを行なってきており自信はあった。

「はい、得意です」と答えると、アボタルハは「では、あそこを撃ってみろ」と１００メートルほど先にある電柱を指差した。高さは十数メートル、横幅が20センチほどで、ちゃんと狙えば当たるが、気を抜けば外すくらいの絶妙な「的」だった。

その場に伏せ撃ちの姿勢をとると、銃を構えて電柱に照準を合わせた。呼吸で銃が上下に動かないように息を止めると、すべての意識を指先に向けた。引き金の鉄の質感と重さをすべて人差し指で感じ尽くすかのように、指を徐々に絞る。

「……バン！」

発砲音とほぼ同時に、電柱から煙が上がった。〈……よっし、当たった！〉

「アッラーフアクバァル！」

僕の後ろで見ていた仲間たちも、興奮して声をあげた。そのあとアボタルハも同様に射撃を行なったが外れてしまった。少々優越感に浸っていたところ、アボタルハが隣の家を指差した。

「ハムザ、あそこに狙撃銃があるから受け取ってこい」

〈え、狙撃銃？　うぉほ！　まじで？〉

まったく予期していなかった「戦利品」に大きな興奮を覚えつつ隣の家に向かうと、「受け取れ」と仲間に狙撃銃を手渡された。自分で言うのもなんだが、その狙撃銃は長い間、まるで自分にふさわしい主人（つまり、僕）をずっと待ちわびていたかのように感じた。

受け取った狙撃銃はロシア生まれの有名なドラグノフ狙撃銃。シリアにあるポピュラーな狙撃銃で、全長約1・2メートルとかなり長い。精巧な狙撃銃に比べると命中精度は少し劣るらしいが、僕が持っているAK47ライフルと同様、劣悪な環境下でも故障が少ないタフな狙撃銃らしい。

2日後、まとめて空き時間ができたのでドラグノフを分解し、念入りに掃除を行なった。長い間、手入れされなかったのだろう、火薬と泥でものすごく汚れていた。3～4時間かけて細かいところまで掃除をし、かなりきれいになった。再び部品を組み合わせ、最後の部品をはめ込もうとしていたちょうどその時、他の部隊の者がやってきた。そして、「政府軍の狙撃兵を倒すために必要だから貸してくれ」と言い、掃除して組み立てたばかりのドラグノフを持って行かれた。

「ハッハッハ。ハムザ、せっかく頑張って掃除していたのに残念だったな。大丈夫、すぐに戻ってくるさ」

落ち込む僕を仲間たちは慰めてくれたが、しかし、彼らのその言葉は信用してはいけないのだ。彼らにものを貸したら最後、いつ戻ってくるかわかりゃしない。彼らに悪気があるわけではなく、所有の概念が日本に比べると非常に薄いのだ。予想した通り、それからドラグノフが戻ってくることはなかった。

「戦って死にたい」

ムハンマド軍の僕がいた部隊には、シリアやエジプトなどの中東系の国々の者以外にも、ヨーロッパや北アフリカ出身の者も多くいた。僕が所属したムハンマド軍に所属する外国人メンバーは、ここにくる前からすでに熱心なイスラム教徒がほとんどだ。出身国の割合はチュニジアが3割、エジプトが2割、シリアが2割、ヨーロッパ諸国が2割、その他が1割といった具合だった。

理解しにくいのは、シリアよりもはるかに恵まれた環境で生活を送っていると思われるヨーロッパ諸国の人たちだ。なぜ多くの人がジハードのためにわざわざやってきて、サラフィー・ジハード主義と呼ばれる組織に加わるのだろうか。その理由が気になり、十数人の仲間たちに聞いた。

僕が実際に話を聞いたかぎり、家族関係は良好で仕事もあり、他者を思いやる気持ちもある「普通の人」（あるいは、人格者）が多かった。皆に共通していたのは、はじめからイスラム教徒であったこと、今の欧米主導の資本主義社会の中で物質的な豊かさを享受しつつも、そこでは精神的な豊かさを感じることができなかった、ということだ。享楽的な生活を送るうちに虚しさを感じ、自分の人生の意義を問い、イスラム教に規範を求めて熱心に信仰するようになった。その結果、「神の道に則った生活を送ることで死後、よりよい人生を送るため」「よりよい社会を作るため」という前向きな思考でシリアに来ている、とのことだった。イスラム教を熱心に信仰する厳格なサラフィー・ジハーディストの人からしてみれば、現代の欧米社会は、髪や顔、肌などを露出した女性が多かったり、サラフィー・ジハード主義で禁じられている楽器を使った音楽があちこちで流れていたりと、とても過ごしづらい。そのため戒律的な生活を送るためにシリアなどのアラブ社会にやってくるということも、理由の一つとしてあるようだ。

僕の部隊では、ヨーロッパの中でも特に、ボスニアやモンテネグロなど東ヨーロッパから来ている者が多かった。コソボから来ていたアルバニア人の戦士も、その一人だった。ブルーの瞳を持ち、ワイルドで精悍《せいかん》な顔つきをしていた。

コソボはバルカン半島中部に位置し、住民の90％がアルバニア人でそのほとんどがイスラム教を信仰している。したがって、彼も生まれた時からイスラム教徒だった。コソボの小学校で子どもたちに英語を教え妻子もいたが、酒色に溺れていたという。もちろんイスラム教では飲酒も浮気も禁じている。しかし、そんな規範のない怠惰な生活にいつしか虚しさを感じるようになった彼は、人生の指針をイスラム教に見出し、熱心に信仰するようになったのだという。彼はひと月ほど戦っては家族に会いにトルコを経由してコソボへ戻るということを繰り返し、今回が3度目のシリアとのことだった。

「これが私の娘だ。可愛いだろう」と、携帯電話に保存してあった小さな娘さんの画像を見せてくれた。6歳くらいだろうか、色の白い肌、ぷっくりとした頬、ブロンズ色の髪をしていた。まるで西洋人形のように可愛い娘さんだった。

〈そんなに大切な家族がいるにもかかわらず、なぜ彼は何度もシリアに戦いに来るのだろうか〉

そう思った僕は、その疑問をそのまま投げかけると、「ジハードで戦って死にたいんだ。昨日、僕が戦って死ぬ夢を見たよ」。彼の顔は素直に嬉しそうだった。コーランではジハードで戦って死ねば、必ず天国に行けると述べられているらしい。イスラム教徒にとって現世はあくまでテストをされている仮の人生であり、その結果によって、死後に本来の生が始まる——彼もそれを信じているようだった。

しかし、彼の妻や子どもは、彼がジハードで戦って死ぬことに納得しているのだろうか。僕は、自分で選べない両親はともかくとして、自分で選んだ妻と子どもを残してまでは戦いに来たくはないと思っていた。それもそのまま問いかけてみると、「ああ、理解してくれているよ」とのことだった。これも、多くの妻子持ちの仲間たちと共通した意見だった。夫がジハードで戦うことを理解してこそ、真のイスラム教徒の妻というわけだ。

妻や子どもたちに直接会って聞かなければ本心はわからないが、彼女たちも「夫がジハードで死ぬことはすばらしい」とする建前の信仰心と、「生きて帰ってきてほしい」という本音との間で葛藤を抱えているのではないかと推測している。また、イスラム教徒は「国家」ではなく「宗教」という枠組みでまとまっているので、シリアの人々が虐げられているのを見ると、まるで自分の国にいる人々が虐げられているような、いたたまれない気持ちになるのかもしれない。それであれば、妻子を残して戦いに来るのも納得できる。

それにしても、両親と自分は別世界の人間のように思っていた僕とは違って、ムハンマド軍の仲間たちは残してきた家族のことを本当に大切にしていた。携帯電話で母国の両親と頻繁に連絡を取っている者も多かった。その時の彼らは気心の知れた友人と話しているかのように楽しそうだった。僕にも、「お前は両親に連絡しなくていいのか」と言ってくることがよくあった。「両親は死んだ」というストーリーで通していた僕は引っ込みがつかなくなり、そのたびに「両親はもうぃない」と答えていた。すると、彼らは決まって押し黙り、僕に深い同情の目を向けてくるのだった。嘘をついたのが申し訳なくなってしまうくらいに。

彼らの姿を見て、僕も家族のことをふと考えることもあったが、しかし、連絡を取ろうという気持ちまでは湧いてこなかった。

サラフィー・ジハード主義組織に入ってくる者の事情は、北アフリカや中東諸国など、地域や国、また個々人によっても異なり、実に多様であるとも聞く（差別や生活の困窮、シリアよりさらに酷い地域から避難してきた、など）。僕もすべての仲間に理由を聞いたわけではないため、ここで紹介したのも「事実の一端」でしかない。

72　人の美女

イスラム教では、男女関係や性に対して厳しい戒律が設けられている。それに従うなら、一般的なところでは、女性は顔と髪を隠すために、目の部分だけあいたニカーブを着用しなければならないし、男性は街でそんな黒衣を被った女性がいてもじろじろと見てはいけない。既婚者の仲間の家に招かれて食事をする時でも、女性は表に出て男性の客人に姿を見せることがない。食堂やモスクでも、徹底的に男女の分離が図られる。学校も、シリアでは中学校（シリアの教育制度は日本と同じ6・3・3制で、小学校の6年間が義務教育）から男女別々だ。そうした状況のために、僕はシリアにいた間に女性と会話をしたことがなかった。また、結婚前の性行為は禁止で、結婚後に浮気をすることも許されない。それをしようものなら鞭打ちや石打ち（死刑）が待っている。

同性愛も御法度だ。

このような彼らの女性観は、部隊の日常生活でも垣間みることができた。一番面白かったのは、皆でテレビを観ている時だった。一日の中で電気がくる数時間だけは、一台のテレビの前に十数人の仲間たちが集まってニュースを見ていた。まるで昔、教科書で見た昭和の時代の、白黒テレビの前に近所の子どもたちがたくさん集まって見ているかのような光景だった。

イスラム圏のテレビ番組ではあるが、カタール・ドーハにあるテレビ局アルジャジーラでは、女性ニュースキャスターは全身を覆うブルカではなく、普通の洋服を着て顔も出している。「まぁテレビだし、そのくらいは仕方ないか」と思ったら、とんでもない。肌と髪を露出させた女性キャスターが画面に映ると、テレビリモコンを持った「係の者」がニュースの画面に設定画面をデカデカと表示させてキャスターを隠してしまった。女性キャスターと一緒にシリアの戦況図が映っていようがお構いなしだ。

〈なんだよ、見えないじゃんか〉

心の中で叫ぶものの、まるで、それが「当然だ」とばかりに文句を言う者は誰一人としていなかった。その時の彼らの一体感は何ともいえず面白かった。

「女性を徹底的に隠す」といえば、偵察任務で戦死したフランス国籍のアルジェリア人ホディファが所持していたアラビア語の単語帳もそうだった。単語の横には挿絵もついていたが、「お姉さん」や「お母さん」など女性の絵は、露出した顔や髪を片っ端から黒く塗りつぶしてお手製の「ニカーブ」を着させていた。そこまですると挿絵付きのただの単語帳が、逆にエロ本のように卑猥《ひわい》なものに思えてしまう。しかし、ここまで徹底しているのもすごいと感心した。

女性をこのように隠すのは、とにかく「臭い物には蓋をしろ」（失礼！）という発想からだ。イスラム教が人間は弱い生き物であるという前提をとっているからだ。理性を惑わせたり欲望を起こさせたりするようなものは徹底的に排除するというスタンスである。

女性に対してこのように非常に厳格な態度を持つ彼らではあったが、では女性に対して無欲なのかといえば、決してそうではない。20代前半の彼らが女性に興味を持つのは自然なこと。だが、さすが「世界の三大宗教」と呼ばれるイスラム教。そこにも抜け目なく、「対策」がきちんとされていた。それは、ジハードに身を投じて死んだ者は、天国で72人の美女に囲まれて官能的な生活を送れるという教えだ。

20代前半の若い戦士たちは女性経験がなさそうな者がほとんどだった。（2013年時点で）29歳になるという相方のシリア人アボオマルも、かたくなに童貞を守り通している者の一人だった。痩せてはいたが彼の容姿は洗練されていて、仕事のため数年間いたスウェーデンでは女性から誘われることも何度かあったとのこと。しかし、そこで思い悩んで指導者に教えを乞うた結果、「それは良くないことだ」と言われ、誘いを断り続けてきたらしい。

そこまでして厳格に貞操を守っていても、「死んでしまったら意味がない」と思われるかもしれない。しかし彼らはあくまで現世を、天国に行くための「修行の場」としてとらえていたし、「72人の美女たち」に対しては普段あまり口にはしないものの、実際にはそれなりにモチベーションを感じているようだった。僕が面白がって、彼らの抑圧された部分をわざと刺激するように、「ホーリヤ、ジャミーラ、キャシィール（美しい、天女、たくさん）」と囲まれた美女たちにチュッチュとキスするようなマネを大げさにすると、やけにウケた。さすがに2回も続けてやると、理性を取り戻した彼らに「はしたない」と怪訝《けげん》な顔をされてしまったが。

そもそも部隊の仲間たちは、「イスラム法に則ったカリフ制国家を創る」という目標があったことで「性」のエネルギーを昇華していたようにも思う。

他方で、結婚すればいくらでもセックスをしてもいいということからかどうかわからないが、近くの難民キャンプに嫁捜しに行っている者もいるという噂を聞いたことがある。僕も「嫁がほしかったら難民キャンプから連れてきていいからな」と言われたことがある。もちろん、ただ力ずくで連れてくるというわけではなく、あくまでも口説いてこいという意味である。残念なことに、イスラムの戦士は「すぐに死んでしまうから」という理由でまったくモテないらしく、また、口説いて結婚した人がいるという事例も聞かなかったが……。

絶体絶命

出撃命令

アレッポに来てから1週間が過ぎた。ほぼ毎日、日中は宿営地へのロケット弾攻撃、夜間警備の際は爆撃や戦車砲からの砲撃、狙撃などを受けていたが、幸いにも負傷者は一人だけだった。政府軍とて、しっかり狙って撃たなければ当てられないのだ。

そして迎えた5月14日の午後。隊長アボタルハから突如、集合命令がかかった。3日ほど前に包囲している政府軍に降伏勧告を行なったものの降伏する様子がまったくない、そこで本日総攻撃をする、とのことだった。

皆が注視する中で、アボタルハは紙に建物や戦車、装甲車などの数や位置などを書いた。そして僕たちは、どこからどうやって攻め入るかなどの具体的な手順等を説明され、暗号なども伝えられた。

　作戦は次の通りだ。

　まず、アレッポ中央刑務所への進入路を確保するために外壁の3カ所に爆弾を積んだ車が自爆攻撃をしかけ、外壁に穴をあける。そして、共闘している別の反政府組織の部隊とともに3方向から同時に敷地内に進入し、それぞれに割り振られた建物を順次占拠していく、という流れだ。生還の見込みがない自爆攻撃を部隊の作戦で使うところがいかにもサラフィー・ジハーディストの部隊らしい。「自爆攻撃」を行なうのは基本的には信仰熱心なサラフィー・ジハーディストの部隊だ。政府軍やムハンマド軍と同じ反政府軍であっても、世俗的な自由シリア軍は自爆攻撃を行なわない。

　刑務所には、女性の囚人が収容されている建物もあった。僕がそこに駆け込んでいくジェスチャーをすると「ハムザ、ハラーム（宗教的に禁止されている、という意味）」と言って皆が爆笑した。「ハムザ、やっていいのは4人までだぞ」と副隊長のアボハジャルがさらに冗談を被せてきた。イスラム教では金銭的な余裕がある人は4人まで妻を持つことができるが、レイプは厳しく禁じられている。レイプどころか同意のうえでも婚前交渉は御法度なので、もちろんこれらは冗談である。

「お前はイスラムのことをあまり知らないから、英語ができる彼から詳しく教えてもらえ」

　作戦会議が終わると部隊幹部の一人が、たまたま通りかかった他の部隊のドイツ人スナイパーを僕に紹介した。彼は快く引き受け、僕は夕方まで彼の拠点で「特別講座」を受ける羽目になった。

〈戦いに向けて、銃や装備のチェックをしたいんだけど……〉

そう思ったが断るわけにもいかず、黙って彼についていった。彼の拠点は、政府軍が陣取る刑務所から300メートルほど離れたビルの屋上にあった。そこから彼はスコープをのぞいて敵の動きを監視しつつ、引き金を引くチャンスを常にうかがっているのだ。

イスラムで大切にされていることやアッラーとは何かなど、イスラム教の基本的なことを英語で1時間ほどかけて、ドイツ人スナイパーは僕にていねいに教えてくれた。太陽がだんだんと傾き始めると仲間たちが迎えに来て、特別講座は終了。

帰り際に窓からそっと顔を出して刑務所をのぞくと、4000人もの人々を収容する巨大な施設の屋上に政府軍が支配していることを示すシリアの国旗がなびいていた。

指導者の涙

夕方、出撃前の礼拝の後、宗教指導者のアボムジャヘッドが皆に向けてイスラム教の話を始めた。この日はジハードと天国のことがテーマだった。いつもは冗談を交えながら話すアボムジャヘッドだが、この日は神妙な面持ちだった。

話し始めてから10分ほど経っただろうか。説教をするアボムジャヘッドの声が急にかすれ始めた。そして彼の顔はくちゃくちゃになり、目から大粒の涙が一気に溢れてきた。説教をする声は嗚咽《おえつ》へと変わり、瞬く間に周囲に伝染していった。あちこちで皆がすすり泣き、嗚咽の声も大きくなっていった。

「人の生死はすべてアッラーが決める。『死ぬのが嫌だ』と思っても、それがアッラーの意志ならば何があっても必ず死ぬ。しかし、死ぬ時の痛みなどほんの一瞬だ。だから死を恐れることはない」と、アボムジャヘッドは普段何気なしに、僕に微笑みながら言っていた。そんな彼の様子からは、死に対する恐怖や悲しさなど感じられなかった。こうして僕の目の前で大粒の涙を流しながら説教する姿など、想像できようか。

「ジハードで戦うことはすばらしいことだ」というイスラムの教えからくる信仰心と、「まだ生きたい」という人間の本能との間で激しく揺れ動く感情。いくらコーランに「アッラーの道のために戦うことは素晴らしい」と書かれているからといって、自分から望んで死にたい人などまずいない。戦時中の日本でも、「お国のために戦って散ることは素晴らしい」と喧伝《けんでん》される一方で、それぞれ家族や恋人など「生きる」ことへの思い入れがあり、生死の狭間で激しい葛藤があっただろう。日本兵やアメリカ兵、サラフィー・ジハーディストであろうと、同じだ。みんな同じように父がいて、母がいて、妻がいて、子どもがいて、故郷がある。だから生と死の葛藤があるし、涙も流す。いつの時代、どんな国であっても、それは「戦う者」には共通していると思う。

では、僕自身はどうだろうか。ミナク空軍基地での大規模作戦を見学した時にも、司令官アボベイダを筆頭にみんな涙を流していた。その時とまったく同じ光景が、いま僕の目の前で繰り広げられている。そして、今度は僕も「見学者」ではなくて「当事者」の側にいる。

だが、空港で感じた時の足がすくむような恐怖心や、死（現世との別れ）を意識して涙を流すような気持ちはなかった。それは戦いに慣れてきたり、僕の家族観が希薄だったということもあるが、それ以上に、「死」を意識する余裕がないほど本気になっていたからだと思う。

〈端《はな》から死ぬ（諦める）つもりはない。「人事を『尽くし』て天命を待つ」だけだ。知力、体力、精神力、技能……そうした自分のすべてをかけて、ベストを尽くし続ける。それだけだ。その結果、死ぬにしても生きるにしてもやることには変わりないのだから〉

自爆攻撃

星の光を頼りに腕時計の針を見ると、午後8時を回っていた。これから大規模な作戦があるというのに、仲間たちはリラックスして宿営地にしている民家の白い壁にもたれ、白砂糖が山のように入ったシャイを飲んでいる。

その中でひときわ落ち着いていたのが、インターポールに指名手配されているというアボマルデイヤだった。彼は僕の隣にあぐらを組んで座り、シャイを味わっていた。そして、僕と目が合うと、「いいね」と言いながら、穏やかな表情で微笑んでいた。その言葉は、3日前に僕が教えた日本語だった。

しかし、こうした平穏は長くは続かなかった。星々が輝いていた夜空が突如、夕焼けのように真っ赤に染まった。続いて、500メートルほど離れた政府軍陣地であるアレッポ中央刑務所のほうで真っ赤な巨大な火の玉が地上から空に向かって吹き上がったかと思うと、小さな火の粉になって四方八方に散りながらゆっくりと落ちていった。少し遅れて「ボーン！」という巨大な爆発音が聞こえたかと思うと、「ボフッ」と空気の塊が体全体にぶつかってきた。

仲間の自爆攻撃だ。爆薬を車に満載して刑務所の外壁のところで自爆したのだ。

〈これだけ距離があっても爆風が伝わってくるのだから、近くにいたらひとたまりもないだろう……〉

アボマルデイヤ（Facebookより）

「……アッラー、フアクバル……」

まるで神が目の前に舞い降りてきたかのように、驚嘆したような表情で仲間が呟く。リラックスして壁にもたれかかっていた仲間たちも、神妙な面持ちで立ち上がると横一列に並び、白いタイルの上に土下座をするような形でひれ伏し始めた。殉教した者に畏敬の念を示し、アッラーに祈りを捧げるのだ。

「殉教」といっても、銃撃戦の末に死ぬ者と自爆攻撃のように自ら死を選ぶ者とでは、扱いはまるで別だった。いくら「アッラーのために戦っている」というサラフィー・ジハーディストの戦士にとっても、簡単にできることではない。「同胞が攻撃されたら戦うことが男の義務」というイスラム教の思想を持っていても、ジハードで戦地に戦いに行くことすら簡単なことではない。戦わないで普通に暮らしている者も大勢いるのだ。それが100%死ぬ、「必死」の自爆攻撃ともなると、実行することがどれほど難しいことか。

こうした自爆攻撃をする要員は、「命令されて無理矢理やらされているのだろう」と思われるかもしれないが、あくまでも志願である。命令であれば、経験の浅い少年兵や僕のようなわけのわからない日本人が真っ先に指名されるだろう。爆弾を積んで突っ込めばいいだけの話だから。しかし、そうした場面に出くわしたことも、自爆の提案をされたこともない。これは、「アッラーの下に皆平等であって、信仰は他者に強要するものではないし、個々が個々の思うようなレベルの（非暴力的なものも含めた）『ジハード』を行なえばいい」という発想からだ。

要塞へ突入

「ヤッラ、エホワ、エクテハーン（おい、お前ら、行くぞ）！」

隊長のアボタルハが仲間たちに向かって叫ぶと、「待ってました」とばかりに皆いそいそと整列した。それぞれの顔には、いよいよ待ちわびていた大きな戦闘だという興奮と、死への不安が入り交じっていた。

他の部隊と合流するために、昇ってきた月の明りを頼りに荒野を歩いた。宿営地から300メートルほど離れたところにある空き地には、ターバンと戦闘ベスト（弾倉などを入れるポケットがついたベスト）を身に付けた「晴れ姿」の戦士たちがひしめき合っていた。戦士たちを満載したピックアップトラックも、頻繁に出入りしていた。

部隊の食事は野菜中心でヘルシーだった。

建物のそばに腰をおろすと、太巻き寿司のような形のボリュームのあるアラブ式のサンドイッチが配られた。攻撃前の腹ごしらえだ。サンドイッチの具はローストチキンやトマトやタマネギなどで、塩とニンニクが利いたヨーグルトソースがかけられていた。シリアの肥沃な大地で育てられた素材の味はどれも際立っており、シンプルだがとても旨い。みな無言で貪《むさぼ》りついた。これが文字どおり「最後の晩餐」になる者もいるのだろう。しかし、僕は半分も食べきれず残りを紙で包み、戦闘ベストの背中のポケットに入れた。戦闘前のあまりの緊張から食事が喉を通らなかった……のではない。実は、一人ですでに食べていたからだ。

政府軍の陣地に乗り込むのだから、いつどこで何が起こるかなど想像できない。食事も基地で提供されるかどうかもわからなかった。そこで、少しでも戦いが有利になるようにできるかぎりのことをしておこうと、宿営地の台所にあった残り物の煮込み料理を腹の中に放り込んだばかりだった（残り物は自由に食べることができた）。しかし、それも無用の心配だった。「腹が減っては戦はできぬ」は万国共通だ。

食事が終わると、アボタルハは反政府軍共通の合言葉をささやくような声で皆に告げた。合言葉は建物の中で入り乱れて戦闘になった時に、同士討ちを防ぐために使用するものだ。月明かりだけが頼りの夜間である。光が届かない建物の中では、すべてのものが闇の中におぼろに浮かび上がる黒い影としてしか見えない。人も、政府軍の人間なのか反政府軍の仲間なのか判別できない。同士討ちは十分にありうることなのだろう。

うっかり気を抜けば、合言葉を忘れてしまいそうだ。覚えていたとしても、激しい戦闘にもなれば瞬時に思い出すことができないかもしれない。合言葉をかけられた時に答えられなければ、アウト。いくら死を覚悟して戦いにきたといっても、仲間から撃たれて死ぬなんてまっぴらごめんだ。条件反射的に口から発せられるように、頭の中でその言葉を何度も繰り返した。

準備を整えた僕たちは、アレッポ中央刑務所に向けて前線基地を出発した。前線基地からぞろぞろと続く黒い影の一団は、死んだバッタをめがけて黙々と行進するアリの行列を彷彿させる。ざっと見ただけでも200人以上はいるだろうか。

民家が密集する集落に入ってさらに進むと、開けた敷地に辿りついた。十数メートル先には、刑務所の外壁と僕たちとを隔てる民家の外壁があった。刑務所の敷地内に入るためには、刑務所の外壁に加えて民家の外壁も破壊する必要がある。そこで、自爆攻撃により刑務所の外壁を爆破した後に、続けて民家の壁を爆破し、僕らが刑務所の敷地内に侵入する手はずになっていた。

他の部隊の者が携帯電話を取り出し、これから行なわれる自爆攻撃の動画を撮り始めた。

アボタルハは口を大きく開けてみせた。「口を開けろ」というのだ。口を開けるのは巨大な爆発音で鼓膜が破れないようにするためだ。僕は衝撃に備えて地面にうつ伏せになると、耳栓をはめ直して民家の外壁を注視しながら口を開けて身構えた。

しばらくして再び空が赤く染まり、直後、「バァァン！」と、宿営地で聞いた爆発音よりも何倍も激しい炸裂音。耳栓をしていなかったら確実に内耳にダメージを受け、耳鳴りに冒されただろう。少し遅れて衝撃波が伝わり、ドラム缶はガタガタと揺れ、木々の葉はざわめいた。

「アッラー、ファクバァール！」

興奮めいた仲間の声が響く。自爆攻撃に興奮して叫んでいるようだ。

「政府軍にバレるから静かにしろ」

抑えた声でアボタルハが興奮する仲間を制止し、にらみつけた。

少しして、近くでまた炸裂音がした。先ほど爆破した刑務所の外壁に続けて、民家の壁を爆破した音だ。道は開けた。前進だ。部隊の仲間とともに一斉に立ち上がり、腰を屈めながら破壊された家の外壁を乗り越え、通りに出て線路を越えると、刑務所の外壁に辿りついた。

あたりは銃撃戦だけの時とは比べものにならないほど、火薬の匂いが充満していた。外壁の脇にはめちゃくちゃにひしゃげた金属フレームが転がっていた。自爆攻撃を行なった車のものだろう。殉教者はどうなったのだろうとそっと周囲に目をやったが、肉片や死体は確認できなかった。大量の爆薬もろともに粉々に吹き飛ばされてしまったのだろう。

外壁の一角は粉々に砕け散り、3メートルほどの巨大な穴があいていた。殉教者が自らの命と引き換えにあけた穴だ。そして、この穴の向こう側には、約200人の政府軍兵士と複数の戦車や装甲車が待ち構えている。

〈穴を超えた瞬間から、猛烈な銃撃を浴びるのだろうか。地雷がたくさん仕掛けられているのだろうか〉

いろんな不安が頭をよぎる。エイリアンの巣窟となった建物に踏み入っていくかのような感覚である。そして自分よりも強大な力を持った「未知なる者」に対しては、対話よりも向かっていくほうがよほど簡単なことに思われた。しかし、それでも恐怖心を消し去ることはできなかった。

〈……大丈夫、お前は最強の戦士。常に最善を尽くすのみだ〉

再度自分に言い聞かせて覚悟を決めると、腹が据わった。散乱した外壁の瓦礫《がれき》を踏み越えて、大きくあいた穴を抜けて刑務所の敷地内へと突入した。

月の光に照らし出されて、膝丈くらいの草がまばらに生えた平原が広がって見えた。そして250メートルほど先には、人口的な直線を描く巨大な建造物。

〈あそこが政府軍の立てこもる刑務所か……〉

そこに広がる光景はさして珍しくもないようなシリアの風景の一つにすぎなかったが、僕が見てきた今までのそれとはまるで別の「異次元空間」であった。そこに広がる「空間」そのものが、僕の命を奪いにくるもののように思えたからだ。

3回も自爆攻撃が行なわれたにもかかわらず、政府軍は攻撃してこない。月の明かりがあるとはいえ、刑務所内部の政府軍の動きまでは察知できず、すべてのものが寝静まっているかのように、僕たち以外のあらゆるものが静止していた。それがまた、不気味であった。

建物に向かって身を屈めながら100メートルほど進むと、脱走者を防ぐための2メートルほどの高さの鉄のフェンスがあった。フェンスの下方は切り取られている。先に行った者が進入路を作ってくれていたのだろう。仲間の一人がそれを50センチほど持ち上げ、進入路を確保してくれた。フェンスをかいくぐりさらに前進し、3メートルほどの高さのぶ厚い内壁にたどり着いた。内壁は、刑務所の建物をぐるりと取り囲んでいる。

外壁もフェンスも内壁も、本来は囚人の脱走を防ぐために作られたものだったのだろう。しかし今は、外部からの侵入者の防御壁として機能していた。僕たちが通ってきた敷地も、脱走者が隠れることができるのは、10メートルほど後ろにある高さ1メートル程度の盛り土しかなかった。盛り土は凸凹になった刑務所の敷地を整備するためにあったのだと思うが、もしかすると、反政府軍をそこに誘い込むためにあえて作った罠《わな》だったのかもしれない。いずれにせよ、政府軍の弾を防ぐために僕たちが身を隠すことができるのは、この内壁と盛り土だけだ。たまたま銃撃を受けなかったことが幸運だった。機関銃で撃たれでもしていたらひとたまりもなかっただろう。刑務所という施設が本来の役目を超えて、これほど防御に適した施設になるとは。まさに「要塞」だった。

戦闘開始

「バババババン！」

静寂を破る爆音が鳴り響いた。振り返ると、盛り土の上から火花が散っている。戦闘は反政府軍の機関銃射撃によって幕を開けた。数百メートル離れた反政府軍の建物の2階部分からも、赤い光線がアレッポ中央刑務所めがけて延びていった。すると少し遅れて、刑務所からも光の線が戻っていった。双方激しい撃ち合いが行なわれているのだ。

周囲で仲間たちが援護してくれていると思うと心強い。目の前にある内壁さえ壊すことができれば、刑務所の建物まで行くことができるのだ。

「ヤッラヤッラ（こっちに来い）！」

仲間が円柱状の爆薬を担いだ者を手招きする。そして壁に穴をあけるため、小さな爆薬を壁にセットすると「姿勢を低くして口を開けろ」と手の平を下に向けて上下させ、口を開けて合図してきた。その後、「バン！」と爆音が鳴り響く。漂う煙とともにいよいよ突入……と思ったが、誰も動く気配はない。壁を見ると、どこにも穴はあいていなかった。爆薬が足らず、爆破は失敗したようだった。その後、同様に何度か爆破を試みるものの、やはり穴があく気配はなかった。

そうこうしながら10分ほど時間が経つと、仲間の一人が叫んだ。

「ダッバーバ（戦車だ）！」

内壁の脇道から戦車がこっちに向かって近づいてきたのだ。

ここで固まっていて砲撃を受ければ、内壁もろとも吹き飛ばされてしまうだろう。ライフルごときでは戦車相手に太刀打ちできない。僕たちは戦車と距離を取るために、10メートルほど後方の盛り土まで後退した。幸いにも戦車はその後砲撃をすることなく引き返していった。

盛り土の後ろにも、十数人の仲間たちが肩と肩が触れるか触れないかほどの間隔で身を潜めていた。盛り土の高さは1メートル、横幅は5メートルほどしかなく、内壁にいた僕たちがそこに撤退したので定員ギリギリ。体勢を立て直し、仲間たちは交互に盛り土から身を乗り出して射撃を始めた。

しかし、狙いを定めずにやたらに撃つのが口惜しかった。映画『ランボー』（テッド・コッチェフ監督、1982年、アメリカ）では銃を撃ちまくって敵を倒すシーンがあるが、実戦ではきちんと狙いを定めなければ何発撃とうが当たらないし、こちらの居場所を敵に教えるだけだ。彼らのやみくもな攻撃を横目に、いまだ政府軍兵士の姿を確認できなかった僕は射撃を行なわなかった。

「あー！」

ふいに、僕の隣にいたアボマルデイヤが絶叫し顔をしかめて横たわった。太ももを撃たれたようだ。戦いの前の落ち着いた表情とはうって変わり、苦しそうに顔をしかめていた。

僕は背中のポーチからペットボトルを取り出して水を飲ませたが、シワを寄せた顔には脂汗が浮かび、呻《うめ》き声をあげていた。他の仲間が、止血剤と痛みを和らげるためのモルヒネを与えていた。幸いにも命に別状はなさそうで、自力で脱出するため、アボマルデイヤは匍匐《ほふく》前進しながら来た道を戻るようにして戦線を離脱していった。

しかしその後も、盛り土から大きく乗り出して射撃をする度に負傷者が増えていった。

〈体を出しすぎるから撃たれるんだ。相手の位置を確認してから体を最小限に出して射撃すれば、撃たれることはない〉

そう思って相手の位置を確認するために盛り土をずりずりと上り、そっと頭を出そうとすると、副隊長のアボハジャルが「ハムザ、下がれ！　撃たれるぞ！」と制止した。

盛り土に体を押しあて身を隠すと、上からパラパラと灰色の破片が落ちてきた。僕のすぐ隣にあった電柱が、政府軍の銃撃によって削り取られたのだ。

その時はっきりと自覚した。政府軍は僕たちがここに固まっていることを知り、集中砲火を浴びせかけてきているのだ。目の前の巨大な建物にあるすべての窓、壁にあけられた小さな穴という穴から、政府軍の銃口が、この小さな盛り土に向けられているような気持ちになった。

反撃のためには、広い刑務所に無数にある窓や、壁にあけられた銃撃用の小さな穴の先に潜んだ政府軍兵士を見つけなければならない。しかし、政府軍兵士を見つけるため盛り土から体を露出させたとたんに集中砲火を浴びる。事実、体を露出させた者は必ずと言ってよいほど被弾していた。2回も弾を受けた者もいた。

相手を見つけるどころか、見つけるために頭を出すことすら難しい状況だ。僕らがいる場所は政府軍の庭の中。僕たちがどこに身を潜めるかなど、手に取るようにわかっているだろう。隠れる場所が限られているということは、そこにだけ狙いを定めて撃ち続けていればよい。身を隠す場所が無数にあり居場所を判別されにくく、しかも高いところから見通しが利く政府軍と僕たちとでは、雲泥の差だった。

前進しようにも、目の前には爆破に失敗した分厚い内壁。撤退しようにも、後方には身を隠せるものがない。射撃をしようにも、盛り土から身を出せば集中砲火を浴びる。完全にどん詰まりの状況になった。仲間たちがライフルやマシンガンだけを頭の上にかざして刑務所に向かって射撃したり、手榴弾を思いっきり放り投げてはいたが、気休めと弾の無駄遣いにしかならなかった。

作戦失敗

実戦経験豊富な隊長アボタルハも眉間に大きなシワを寄せて押し黙っていた。作戦は失敗――アボタルハの顔はそう語っているように見えた。まさに絶体絶命。

夜はすっかり明けたが、依然として戦況は膠着《こうちゃく》したままだった。

「うぅ……、あぁ……」

後ろの草むらから呻き声が聞こえてきた。見ると、草がガサガサと揺れてアボマルデイヤが這いずり出てきた。じわりじわりともがくように、少しずつこちらに進んでくる。アボマルデイヤの目は大きく見開かれ、撤退した時よりもはるかにつらそうな表情を浮かべていた。おそらく撤退中に迫撃砲か何かで再度負傷し、自力で外壁の向こうへ脱出できず戻ってきたのだろう。

盛り土まで10メートル足らずの距離だった。しかし深手を負った彼にとってその距離はどんなに遠かっただろう。その間に政府軍に見つかれば、「のろま」な彼は「いい的」になる。

アボマルデイヤに一番近いところにいた僕が取るべき行動は決まっていた。隣にいた別の部隊の仲間と目が合った。彼の目が「同じ部隊の仲間だろう。助けてやれよ」と訴えかけてきた。

〈いま助けに行って政府軍に見つかれば、確実に僕が撃たれる。……しかし、目の前には助けを待つ仲間がいる。……どうしよう〉僕は迷った。

〈……でも、このくらいの距離なら一人で来られるだろう〉

「正当」な理由を見出してしまった。恐怖心も大きかったのだ。そして、「早く時間が過ぎ去ってほしい」と僕は思っていた。その間にアボマルデイヤがこちらに来れば、このモヤモヤした気持ちとの葛藤も終わる。だが、そんな勝手な「期待」は見事に打ち砕かれた。

「お前が行かないなら俺が行く」と、目で訴えてきた仲間が立ち上がった。そしてアボマルデイヤの元まで駆け寄ると、彼をずるずるとひきずって運んできた。あっと言う間だった。負傷したアボマルデイヤが草むらから姿を現し運ばれてくるまで、15秒と経っていない。しかし僕は、このわずかな時間がまるで10分にも20分にも感じられた。

頭ではわかってはいた、僕がそうするべきだったということを。しかし、体がとっさに動かなかった。イスラムの人々は宗教によって互いに深く結び付けられているが、この局面で、僕と彼らとの決定的な差を見せ付けられた。僕はまだ、彼らと「仲間」としての一体感を見出せていなかったのだ。

自責の念に駆られ、アボマルデイヤの手当てをするために傷を確認した。最初に被弾した太ももからは血が溢れ出て、ズボンはビチャビチャに濡れている。シャツをめくると、腹部の数カ所から真っ赤な血が流れ出ていた。迫撃砲の破片を内臓に受けたのだろう。アボマルデイヤは苦しそうにずっと唸っていた。仲間の一人から止血剤とモルヒネを渡されて処置をしてみるものの、気休めにしかならないことは僕にもわかった。処置が終わると、ひとまず少しでも敵から離れた位置にいてもらおうと、数名の負傷者とともに数メートル後方に移動させた。

しばらくすると「グワン、グワン」というディーゼル音が左にある建物のほうから聞こえてきた。政府軍装甲車のエンジン音だ（この時は戦車だと思っていた）。姿は見えないが、１５０メートルほど離れているだろうか。エンジン音が聞こえた建物は、僕たちが身を隠していた盛り土からほぼ真横に近い位置にあった。

僕は、盛り土に背中を沿わせ、音のする方向を注視した。しかし、まだ何も見えない。だんだんと大きくなる機械音に続き、「ババババババン！」と機関銃の射撃音も聞こえてきた。だが、まだ装甲車の姿を確認できないし、弾がこちらに飛んでくる様子もなかった。

〈仮にこちらを攻撃されたら逃げる場所も身を守るものもない。……でも、大丈夫。装甲車は別方向にいる部隊を攻撃していて、僕たちにはまだ気付いていない……〉

そう考えていた。ディーゼル音がさらに大きくなり、建物からオリーブ色の車体が姿を現し始めたかと思うと、突然、それが「ピカッ」と黄色く光った。丸く黄色く光るそれは、まるで満月のように美しく見えた。そして、一瞬にしてそれは何倍もの大きさになった。装甲車からの砲撃だった。

「えっ……嘘だろう」

心臓が高鳴る間もなく、僕の体は宙を舞った。


「死」

メラメラと燃え上がる炎は、脆弱で抵抗する術《すべ》を持たない僕たちの肉体を容赦なく呑み込んでいった。あたりには白い煙が立ち込め、火薬の匂いが鼻をついた。強烈な耳鳴りとともに視界は白くぼやけ、黒いアメーバが視界の中で蠢《うごめ》いている。揺らめく炎は僕の体をゆっくりと炭へと変えていっているが、不思議と熱さや痛みはなく、むしろ穏やかで、どこか温かいものに包み込まれていくようであった。

「……ラァー……イラーハ、イッラァ……ラー……（アッラーは唯一神なり……）」

うめき声のようなものが聞こえた。仰向けに倒れた機関銃手が、絞り出すようにして最後の言葉をつぶやいていた。

僕から3メートルほど離れたところにいたアボマルデイヤは仰向けに倒れている。魚のように丸く大きく見開かれた目を僕に向け続けているが、その目は既に何も語りかけてこなかった。アボマルデイヤとともに集められていた2～3人の負傷者たちも、折り重なって倒れてピクリとも動かない。彼らも完全に息を引き取ったようだ。

たかだか1発の砲弾ではあったが、僕らを殺し尽くすことはそれほど難しいことではなかった。政府軍は相手が対抗手段を持たない生身の人間であろうがなかろうが、手加減などしてくれない。いや、これはシリア政府軍にかぎらないだろう。戦争とは、正義か悪かとか、ヒューマニズムとか愛国心といった気持ちをどれほど持っているかではなく、「結果」がすべてなのだ。「力のある者が生き、力のない者は死ぬ」。実にシンプルな法則だ。そして僕もその法則に従って、最後の時を迎えようとしていた。

〈終わった。何もかもが終わった……〉

全力で「生きる」

　強烈な耳鳴りとともに、視界は白くぼやけて黒いアメーバが視界の中で蠢《うごめ》いている。もはや痛みはなく、僕の体を焼く炎をぼんやりと眺めていた。どこか温かいものに包み込まれるような心地よさすらあった。「死ぬ」こととはこんなにも呆気なく簡単なものなのか。これまでに味わったことのないような激しい痛みと底知れぬ恐怖心に襲わるのではないかと思っていたが、むしろそこにあったのはすべてを包み込んでくれるような温かい、ある種の「優しさ」であった。目の前で繰り広げられている激しい戦闘も、過去の過ちや今の悩みも、すべて受け入れて包みこんでくれるかのように、「死」は穏やかな顔をしていた。

〈しかし、このまま意識がなくなる前に、せめて、僕がどこでどうやって死んだのか、戦場とは一体どういったものだったのか、「イスラム過激派」の素顔はどのようなものだったのか、その状況を少しでも……伝えたい〉

　そう思った僕は戦闘用ベストのポケットからデジタルカメラを取り出すと、片手でシャッターを押して手の動かせる範囲内ですべてのものを写真に納めた。死ぬ直前の自分の顔、周囲で亡くなっている仲間たち、僕の横で難しい顔を浮かべる隊長のアボタルハ……。ひと通りの写真を撮り終えると、再びカメラをしまった。

〈……これで死んで後悔するものもなくなった。しかし、幸か不幸か、まだ意識はある〉

　膝下の感覚がない右脚のことが気になった。惨たらしい状況になっていることは容易に想像ができたが、それよりも、砲弾を受けて負傷した人間の脚はどのようになるのかという好奇心のほうが勝った。傷を確認するため、視線を腰から下へと徐々にずらしていった。右脚の太もも内股が十数センチ、アケビのようにパックリと割れ、そこから真っ赤な筋肉をのぞかせている。

〈膝下は感覚がないし、きっと吹き飛ばされている。この比ではないくらいグロテスクなのだろう。……どうせこのまま死ぬのだから、傷がどうなっていようと問題ではないや〉

自分でも不思議なくらいに冷静に、しかし半ば諦めて、僕は視線をさらに脚の下へゆっくりとずらしていった。

〈！　……ある、残っている！　……足が残っている！　ふくらはぎも、脛《すね》も、足首も、指先も、全部！〉

確実に吹き飛ばされたと思っていた足が残っていた。それも、つま先の指まで失うこともなく、すべてそのままの形で。どうやら、太ももに受けた破片のせいで膝から下の感覚がなくなっているだけらしかった。

〈……いける、いける！　まだいける！〉

気力が湧き上がってきた。

〈まだ生きられるならばどうしようか。最後に政府軍に向かって突撃するか。それとも生き延びて次の機会を得ようか〉

自分でも不思議なくらい冷静に、2つの選択肢が頭をよぎった。普通に考えれば、「生き延びる」選択をするのが当然だろう。しかしこの時の僕は、生きても死んでもどちらでもいいと思っていた。なぜならば、砲撃を受けて「確実に死ぬ」と死をすでに受け入れていたところだったからだ。「なくなる」とばかり思っていたものが「あった」。ポケットから転がり出てきた、すっかり忘れていた100円玉のような命だったからだ。

この時純粋に、「どうすれば『生』を悔いなく100%やり切れるか」を考えていた。今は進路も退路も確保ができず、完全に煮詰まって膠着している状況だ。戦局が一気に変わる自動車爆弾で突っ込むのならまだしも、僕一人がライフル一丁で突撃したからといって、この状況が打開できるわけでもない。この盛り土から身を出したとたんに呆気なく処理されて犬死にするのがオチだ。それならば、今回はとにかく仲間たちが助けに来てくれるまで、体力を温存して生きのびることが最善の選択肢だ。生きて傷が癒えればまたリベンジもできる。

〈そうと決まれば、今はとにかく生き残ることに全力を尽くすのみ〉

まずは傷の手当てだ。だが、この場にいる他の仲間たちはほとんどが死傷していた。自分自身の手でやるしかない。視界一面を覆っていた黒いアメーバと白い靄《もや》が少なくなってきたところで、まずどこが負傷しているか、体全体をチェックした。目の下や鼻に触れると、手に血がついた。肩や肘、両太腿《もも》、両ふくらはぎなどからも出血していたが、致命傷になりそうなのは先ほどのパックリ割れた右太ももの傷くらいだろう。持参した十徳ナイフでズボンを切り裂いてさらに確認を行なうと、まるで解体されたばかりの鹿肉のように、真っ赤な筋張った筋肉が顔を覗かせていた。幸いなことに動脈は切れていないようだ。足を切断するリスクを覚悟で行なうほどの強い止血は必要なく、傷口を圧迫する一般的な止血を行なえばよさそうだった（冷静に判断できたのは、自衛官時代に基本的な救護法を学ばせてもらっていたからだ）。

止血道具は支給されていなかったので、死亡した仲間のリュックを物色した。運良く止血剤と止血帯があった。まずは内股の剝きだしになった赤い筋肉に、片栗粉をまぶすかのように止血剤をふりかけた。傷口を止血剤で真っ白に埋めると、それを包み込むようにガーゼを当て、さらに包帯で縛りあげた。止血効果を高めるためにその上にさらにターバンを巻き、傷口をさらに圧迫した。そして、何かあった時に使えるだろうと考えてポーチに入れていた靴紐を使い、傷口の上部を縛った。他に何かできることはないかと思い、持ち合わせていた縫い針と、戦闘ベストの糸をほどいて縫合も試みた。さながら映画『ランボー』の主人公のような気分だった。しかしこれは、足に突き刺さる針が痛すぎて断念した。

最後に仰向けになると、足を盛り土に沿わせて高く上げた。傷口を心臓より高くして血を止めやすくするためだ。これで考えられることはすべてやった。まるで大仕事を一つやり終えたような気分だった。あとは仲間が助けに来てくれるまで、ひたすら体力を温存すればよい。

すると副隊長のアボハジャルが「他の者の手当てもしてやれ」と、僕に包帯を投げてきた。彼は隊長のアボタルハとともに砲撃を逃れ無傷だった。さすが歴戦の戦士は違う。しかし、僕は渡された包帯を、仰向けになったまま動かないでいる仲間の上に投げ出した。他の者の手当てをするまでの精神的、体力的余裕はなかった。せかせか動いて自分の手当てをしていたので、軽い傷だと思われたのだろう。後日わかったのだが、生きていた負傷者の中では僕が一番の重傷だった。

しかし、包帯は投げ出してもAK47ライフルだけは脇に抱えていた。政府軍が攻めてくれれば僕は確実に殺されるだろうが、「生きる」と決めたからには最後まで最善を尽くしたかったのだ。

「全員連れて帰る」

それからはひたすら寝て体力を温存しようと試み、1時間ほどが経過した。戦線は依然として硬直したままだった。時折、隊長アボタルハと副隊長アボハジャル、そして数人の仲間が盛り土から銃だけを出して射撃を行なっていた。

しかし、その射撃をとにかく止めてほしかった。大切な弾を無駄にして、ごていねいに自分たちの「生存報告」をしなくてもいいだろうという理由もあったが、それよりも、射撃の発砲音で傷が耐え難い激痛となり僕の体を打ちのめしたからだ。銃を発砲する時の音は、耳栓をしていても風船が耳元で爆発するようにうるさい。特に自分の耳よりも後ろにある状態で射撃された機銃の音はハンパではなかった。余談になるが、ムハンマド軍には耳栓をしている者がほとんどおらず、皆、耳が悪かった。また、僕が耳栓をしているのをアボタルハに見つかると「耳栓なんかするな」と外されてしまっていた。懲りずに再び着けていたが……。

「ハムザ、お前も撃てるか」

僕がよほど元気に見えたのだろう、アボハジャルが再び僕に問いかけてきた。本気で言われているとは思わなかったので、「撃てるよ。……動かなければね」と、冗談を交えて答えた。両足を負傷し、まともに立って射撃ができるような状態ではなかった。

「ババババン！」

アボタルハが再び、僕の隣で機関銃をぶっ放した。

〈あ～痛《い》ってー、うるせーよ、ハゲ！〉

僕は心の中で思いっきり悪態をついた（ちなみに、彼はハゲではない）。耳栓を深くはめ直すと、射撃をするアボタルハに背中を向けて目を閉じた。

寝ては射撃音で目が覚め、また寝ては射撃音で目が覚め……を何時間繰り返しただろうか。仲間たちが救出にくる様子はまだないが、それも無理はない。隠れる場所がほとんどないアレッポ中央刑務所の敷地。政府軍は僕たちより十数メートルも高い刑務所に陣取り、僕たちの動きを把握できる。太陽が幅を利かせた昼日中に反政府軍がここまで来るのは、自殺行為に等しかった。

突然、50メートルほど右側に離れた刑務所の外壁から、「バァン」と激しい爆発音が聞こえ、噴煙が上がった。

ギクッとして音のした外壁に目をやった。「敵の攻撃か」と思ったが、為す術もない。しばらくして二度目の爆発音が聞こえ見ていると、ボロッと外壁が崩れ落ち10センチメートル程度の穴があいた。さらに、その周りが棒で叩かれているのかボロボロと壊れ、穴の直径はやがて1メートルほどになった。誰かが顔をのぞかせた。

「……あ！」

宗教指導者のアボムジャヘッドだ。僕たちを一番近い場所から救出するために外壁に穴をあけてくれたのだろう。しかし、政府軍も抜け目がない。すかさず穴を目がけて機関銃の弾を雨あられのように降り注ぎ、外壁の周囲から白い煙が上がった。これでは彼が穴から救出にくることも、僕たちが穴から脱出することもできそうにない。一か八か穴まで全力で走ってみようかとも思ったが、負傷した脚でどの程度走れるかわからない。負傷した他の仲間たちを置いて、一人だけ逃げるのも気が引けた。

状況は直接的には好転しなかったものの、気持ち的にはかなり救われた。外壁の向こう側にいる仲間たちが、僕たちを見捨てずに必死に助け出そうとしてくれている。僕は勇気づけられた。〈必ず彼らが助け出してくれる。それまで頑張ろう〉

"No one behind!"（誰も置き去りにするな！）をアメリカ軍は徹底していると、米軍関係者から聞いた。それは、サラフィー・ジハーディストの戦士たちにも共通していた。たとえ「死体」であっても、戦場に仲間を置き去りにしない。自分が負傷して助けられる側になってみて、その意味が初めてよくわかった。「必ず仲間が助けに来てくれる」と思えば負傷を恐れることなく戦えるし、負傷しても気持ちを強く保っていられる。しかし、「仲間は助けに来ない」となれば、傷つき倒れることを恐れ、全力で戦えないだろう。重傷を負った時には、絶望して生きることを諦めてしまうかもしれない。「仲間は一人残らず戦場から連れて帰る」ことは一見、非効率に思える。しかし実は、仲間を信頼し戦いへの意欲を高める効果があることがわかった。これは部隊全体の士気に大きく関わることで、非常に重要なことであると身をもって実感した。

衛生兵の泥水

それからさらに数時間が経過した。前夜からの緊張の連続で、体が渇ききっていた。持ってきた水も、先に負傷した仲間のために使い果たしていた。痛みだけではなく、渇きとも戦わなければばならなくなった。痛みと渇きを紛らわすため目をつぶり、眠りについた。

……目を覚ますと、目の前に見慣れない青年がいた。ブロンズ色の髪とブルーの瞳をした彼の顔はまだ幼く、ヨーロッパの大学生のような雰囲気を漂わせていた（後日聞いたところ、他の部隊のウクライナ人とのことだった）。おそらく衛生兵だろう、他の部隊の負傷した仲間たちを次々に手当てして回っていた。どこから潜入したのだろうか、動けば確実に政府軍の弾が飛んでくるこの状況下でここまでやってくるとは、相当な勇気の持ち主だった。僕のそばに来ると、足の包帯を綺麗に巻き直し、瓶に入った水を手渡してくれた。喉から手が出るほど欲した水だが、見ると、ココア色をしていた。僕が隠れていた盛り土から数メートル離れたところに水たまりがあり、彼はそこにロープでくくった小瓶を投げ入れ、泥水を汲んでくれたのだ。

泥水であろうが何であろうが、その時の僕にはそんなことはどうでもよかった。一刻も早く体に水を入れなければ、体が干涸らびてしまう。僕はご馳走にありつくような勢いで瓶を口に運んだ。

「ゴク、ゴク、ゴク……う、うまい」

ものすごい勢いで泥も一緒に飲んだためか、「上澄みだけ飲め」と別の仲間に止められ、瓶を取り上げられた。しかし、わずかな量ではあったが干涸らびた体を潤すには十分だった。いま思えば二度と飲みたくない汚い水だったが、人生で一番美味しい水だと感じた瞬間だった。

負傷してから10時間以上経った。僕のすぐ脇では、隊長アボタルハと副隊長アボハジャルが政府軍に気づかれないように礼拝を行なっていた。その姿に、もはや感動すら覚えた。

〈敵が目と鼻の先にいるこんなところであっても、欠かさずに礼拝をするのか〉

脚に巻いた白いターバンは、少しずつ流れ出る血で真っ赤に染まっていた。時間とともに体に力が入らなくなった。痛みを和らげるために伸ばした膝を曲げると、すかさず刑務所の中からスナイパーの銃弾が飛んできた。

僕には、ここでさらにもう一昼夜過ごすことが体力的に無理なように思えた。暗くなれば夜陰に乗じて救出部隊が来てくれるかもしれないが、そんな話はまだなかった。

しかし、それでも僕は信じていた。仲間を何よりも大切にする彼らはきっと助けに来てくれる、と。アボムジャヘッドは壁に穴をあけて救出を試みてくれた。衛生兵の青年は危険を犯して手当てに来てくれた。僕は、そうした彼らの仲間を想う「愛情」の中に、希望を見出していた。

〈日没まで耐えるんだ……。暗くなれば、きっと仲間たちが助けに来てくれる〉

西に傾きながら空を真っ赤に染め上げている太陽。普段は美しいと思うはずのそれが、今日ばかりは邪魔者のように憎らしく思えた。

「忍者」たちの救出

夕日を眺めている間に眠ってしまったのか、気がつくと周囲は暗くなっていた。外壁の向こう側では、アレッポ中央刑務所に向けて激しい銃撃が行なわれていた。暗闇の中、昼の間にはいなかった多くの仲間たちが僕の周りに浮かびあがって見えた。政府軍の目を外壁の向こう側へ引きつけてくれている間に、救出部隊が来てくれたのだ。夜陰に乗じて銃火の下をやって来た彼らはまるで「忍者」のように見えた。

〈よかった……これでやっと助かる……〉

「忍者」たちは地面に膝をついて死傷者の確認を行なった。それから隊長のアボタルハと死傷者を運ぶ方法を相談し始めた。

「ハムザ、ハムザ」

僕の名を呼びながら一人の「忍者」が傍に来た。これから僕を匍匐前進で運んでくれるのだ。

〈運んでもらうなら少しでも身を軽くしたほうがいいだろう〉

弾倉やカメラなどが入った戦闘ベストをその場に脱ぎ捨てた。元気な誰かがあとで拾って持ってきてくれるだろうと期待していたが、仲間たちは闇にまぎれて死者や負傷者を運ぶのに精いっぱいで、僕のカメラに注意を払う者など誰もいなかった（後に最前線での写真を収めたカメラをここで捨てたことを激しく後悔した。こうして当時の様子を伝える機会を得たにもかかわらず、肝心の写真がないからだ）。

出口となる外壁の穴まで行くには、草むらの中を150メートルほど進まなければならない。しかし、その間には政府軍の銃撃から僕たちの身を守るものは何もない。「忍者」が僕の後ろに足を伸ばして座り、右腕を僕の背中から腹に回し入れてがっしりと抱きかかえた。そして僕を上向きにしたまま、「忍者」は左ひじと脚を交互に動かしてずるずると後退を始めた。

〈ぐぁー！〉

心の中で絶叫した。脚が地面に引きずられ、尋常ではない激痛が走る。傷をかばうために脚を少し上に持ち上げて体を「く」の字にすると、今度はその姿勢に耐えきれず腹筋が悲鳴を上げた。脚を上げたり下ろしたりしながら、しばらく脚と腹筋の痛みに交互に耐えていた。しかしそれもすぐに限界に達した。

「あー!」

僕は情けない悲鳴をあげて休憩を懇願した。盛り土からは50メートルも進んでいない。しかし出口となる外壁の穴まではまだ100メートル以上ある。走れば十数秒で終わる距離だが、それが今の僕には途方もなく遠く感じた。

「忍者」は5秒ほど休ませてくれたが、すぐに退却を再開した。僕はひたすら痛みに耐えた。しかし、僕があまりに痛そうにしていたせいか、さらに数十メートル進んだところで不意に「忍者」が立ち上がり、僕を肩にかつぎ上げた。いくら援護射撃をして政府軍の注意を引きつけてくれているといっても、刑務所からは200メートルほどしか離れていない。「ピュン! ピュン!」と頭上にも常に銃弾が飛び交っている。そんな状況の中、立ち上がって僕を運ぶことがどれほど危険で勇気のいることか……。仲間の行動に感謝すると同時に、苦しむアボマルデイヤを助けなかった自分を再び激しく嫌悪した。

相変わらず激痛が走ったが、引きずられるより何倍も早く出口に向かうことができた。「忍者」は周囲に散らばる壁の破片をずんずん乗り越え、外壁の外にたどり着いた。外壁の外には死傷者が並べられ、救出部隊がせわしなく動き回っていた。ゆっくりと肩から下ろしてもらい地面に仰向けに寝かせられると、痛みや恐怖心などのあらゆる不快な感覚から解放された。

療養

野戦病院

刑務所の敷地内から救出された僕は、担架の上に寝かせられた。力なくぼんやりと周囲で動き回る仲間たちを眺めていると、遠くのほうから「グワングワン、ギュイーン」というディーゼル音が聞こえてきた。負傷者を運ぶためのブルドーザーか何かだろうかと思って見ると、角を曲がって姿を現したのは装甲車だった。反政府軍がこんなに立派なものを持っているとは思ってもみなかった。おそらく政府軍から奪い取ったものだろう。

装甲車の後ろの扉が開いた。中にはマスクと手術用の帽子とエプロンをつけた医者らしき人が一人乗っていた。そして僕だけが担架から装甲車の中のベッドに移された。

装甲車の中は暗く、赤い光がわずかに灯っていた。銃弾を防ぐことができる装甲車ともいえども、迫撃砲やロケット弾などが命中すればアウトだ。それでも、刑務所の敷地で政府軍に身をさらすよりもはるかに安心感があった。

「ギュイーン」というやかましいディーゼル音が車内に響き、激しい揺れとともに装甲車が動き出した。装甲車は激しく揺れ、傷口が再び激しく痛んだ。怪我人を運ぶための装甲車なのに、弱者へのデリカシーの欠片《かけら》も感じられない。しかし、こうやって痛みを感じたり文句を垂れることができることこそ、「生きている」証であった。
2、3分走ったところで装甲車は止まり、後部のドアが開いた。アレッポ中央刑務所からは1キロメートルくらい離れたのだろうか。装甲車の外には多くの仲間たちが待ちうけていた。僕はバケツリレーのバケツのように装甲車の荷台から下ろされると、今度は救急車に乗せられた。救急車で野戦病院まで運ばれるらしい。救急車の扉が閉められると、2人の男性に付き添われて病院へと向かった。救急車は揺れが少なくて乗り心地がとてもよい。装甲車とは雲泥の差だ。
どのくらい走ったのか定かではないが、とある施設に到着して一つの部屋に運ばれた。6畳ほどの白い部屋の中に簡易ベッドが2つ。ベッド脇にある備え付けの棚の中には、医薬品がまばらに置かれている。それ以外に医療機器などは置かれていなかったので、応急処置をするための野戦病院として民家か何かを使用しているのだろう。
3、4人の医者（だと願いたい男たち）が僕を取り囲み、手術が始まった。彼らはまず、血でずぶ濡れになったズボンとターバン、包帯をカッターで切り取り、局所麻酔を打った。それから各所にできた脚の傷に透明な洗浄液と赤色のヨードチンキをふんだんにかけた。床がビチャビチャに濡れようがお構いなし。その後、大きく裂けた右太ももを縫う医者、筋肉が削《そ》がれた左太ももを縫う医者、焼け爛《ただ》れた脛にクリームを塗る医者といった具合に、分担して処置が行なわれた。手術はほんの十数分で終わり、下半身に負傷部位が集中していた僕は「下半身ミイラ」のようになった。

術後、男4人に手足をそれぞれ抱えられ、10畳ほどの広さの部屋に運ばれた。部屋には布団が所狭しと敷き詰められ、15歳前後のシリア人の少年たちが8人ほどいた。時刻は夜の10時から11時頃だろうか。部屋の中は暗くてよくわからなかったが、怪我人は僕一人のようだった。

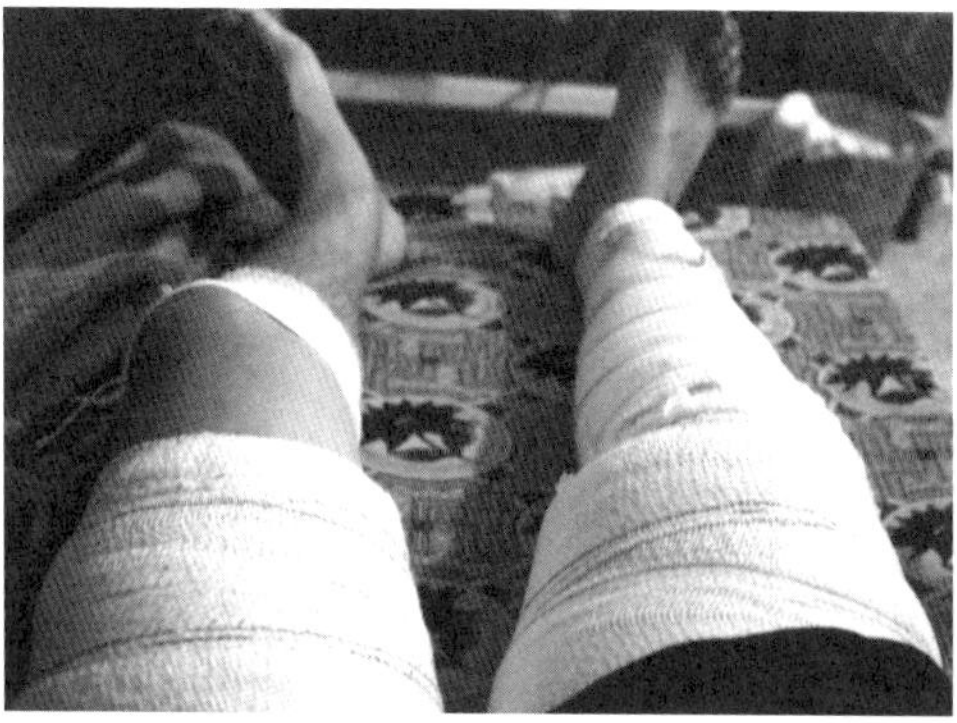
両脚とも包帯でぐるぐる巻きになった。

布団に寝かされた僕は、少年たちを見た。AK47ライフルを持って警備に出ていく少年もいれば、すでに寝ている少年もいた。彼らはこの野戦病院の警備や負傷者の世話をしているのだろう。起きていた少年たちが「東洋の半ミイラ」となった僕に視線を向けた。そして「シェイフ、シェイフ」と僕のことを呼ぶと、サクランボやクッキー、オレンジジュースを手渡してくれた。仰向けになりながらサクランボを口に入れると、ほどよい酸味と甘さが体中に染み渡った。

一段落して気づいたが、30秒か1分の間に1発ぐらいの勢いで、建物の周囲にロケット弾が着弾していた。前線の宿営地でも数時間に1回のペースの着弾だったから、よほど激しい。最前線となっているアレッポ中央刑務所から数キロメートルは離れているにもかかわらず、これほど激しい攻撃を受けているということは、ここが野戦病院として機能していることを政府軍は知っていたのだろう。

ここだけではなく、街の中の病院やミナク空軍基地にあった野戦病院などの病院施設は、常に政府軍から狙われていた。医師や負傷者のいる病院などを狙うことは、ジュネーブ条約など戦時国際法によって禁止されている犯罪行為だ。しかしそれも、民間人のいる市街地も容赦なく砲爆撃するシリア政府軍には無効のようだ。

幸いにもロケット弾は建物には着弾せず、絶え間なく響き渡るその炸裂音を子守唄代わりに、僕はいつしか眠りについた。

「アッラーフアクバル、アッラーフアックバァル！」

礼拝を知らせるアザーンの声で目を覚ました（アザーンはモスクからも流れるが、ムハンマド軍などの施設の中でも誰かが肉声でやっていた）。しらじらと夜が明けていた。ロケット弾は止み、野戦病院は静けさを取り戻していた。

手術後に水をがぶ飲みしたためか、トイレに行きたくて仕方がない。しかし、下半身がまったく言うことをきかない。少しでも下半身を動かすと、両脚に焼け付くような激痛が走った。意識がはっきりしてきたためか、それとも昨夜の手術が原因なのかはわからないが、とにかく尋常ではない痛みだった。

「しかし、ここで漏らすわけにはいかない」と、使命感にも似た義務感に駆られた。部屋の出口までは約3メートル。痛みをこらえ十数分かけて、仰向けになって両肘を使い、ずりずりと這って部屋の外に出ることはできた。しかし、そこからが問題だった。部屋からトイレまで10メートルほどある。ばい菌だらけの廊下を這っていくわけにもいかない。

「……クソ、これくらいの距離がなんだ、うぉりゃー！」

気合いを入れて立ち上がり、片足を上げて数センチ先におろした。それを交互に繰り返しながら少しずつ進もうとしたが、ものの数十センチ進んだだけで激痛に耐え切れず、近くにあった椅子に座り込んでしまった。たかだか10メートルの距離が果てしなく遠く感じる。

廊下を行き来していた青年たちが見かねて、僕の両肩を支えてトイレまで運んでくれた（初めからそうすればよかったのだが……）。無事にトイレまで到着すると、介助を断り「立つくらいならできる」と、一人で立ち小便をした。

やれやれと一息ついた時、突然、左膝がガクッと折れてバランスを崩した。青年たちが慌てて僕の両肩を支えに入った。「一人では小便すらまともにできないとは……」と情けなかったが、後に、この時膝が折れたのは骨の中に砲弾の大きな破片が突き刺さっていたためだとわかった。

何はともあれ、切実で困難な課題をクリアした。再び部屋の布団まで連れていってもらうと、僕はまるで一日の仕事を終えたかのように満ち足りた気分になった。小便をするだけでこんなに充足感を得ることは後にも先にも、もうないだろう（……と、願いたい）。相変わらず傷口が痛んだために、痛み止めを打ってもらって再び眠りについた。

次に目が覚めると、太陽がすっかり昇っていた。再び痛みとの戦いが始まった。絶叫するほどではないが、じっとしてはいられない。布団の上をのたうちまわっていると、またもや見かねた青年たちが僕を医務室に運び入れ、医者が再び麻酔を打ってくれた。おかげでしばらくするとだいぶ痛みが和らいだのだが、こう何度も痛み止めを打っては薬物依存症にならないだろうかと、少々不安にもなった。

献身的な看病

その日の午後、僕は再び救急車に乗せられ、さらに後方の病院へと移動した。今度はしっかりした設備のある病院のようで、着いて早々にレントゲン写真を撮られた。銃弾や砲弾片が骨に直撃して骨折するようなケースが多々あり、僕の場合も骨に異常がないか調べるためだった。

幸いなことに、右太ももがパックリ裂けただけで骨には異常がないようだ（左膝の骨には破片が刺さっていたのだが、この時は最も傷が深い右ももの骨だけがチェックされた）。

そのまま担架で2階にある病室に運ばれると、「ハムザ、ハムザ」と親しげに僕の名前を呼ぶ声が聞こえてきた。

偵察任務の時からずっと一緒だった、陽気なチュニジア人青年のアブウサマだ。アレッポ中央刑務所攻撃作戦も一緒だったが、幸いなことに彼は怪我をしていないようだった。攻撃作戦では彼と別々の場所にいたが、僕が負傷したのを知って駆けつけてくれたらしい。

心配そうな顔で「ハムザ、大丈夫か。何か食べたいものはないか」と聞いてくれたので、その言葉に甘えて僕は「ヨーグルトを食べたい」とリクエストした。

しばらくすると、小さなバケツのような容器に入れられた自家製ヨーグルトとアラブ式のピザのようなもの、そして果物などを買って、アブウサマが戻ってきた。

「……お、おいしい」

僕はそれらを一口一口、噛みしめた。一昼夜以上ほとんど何も食べていなかったので、いつも以上においしく感じた。しかし、2〜3口食べると、大半をアブウサマに返した。それ以上は体が受け付けなかったのだ。

「ハムザ……。食べないと元気にならないぞ……」

眉をしかめて心配そうな顔をするアブウサマ。たくさん買ってきてくれたのに申し訳ない気持ちになったが、今度は耐え切れないほどの眠気に襲われて、僕はそのまま眠りについた。

その後、アブウサマは病室の床に毛布を敷いて仮眠をとりながら、2日間つきっきりで看病をしてくれた。そうした彼の献身的な姿を見て、僕は皿洗いの時のことを思い出していた。

アレッポ中央刑務所の攻撃作戦前のことだ。「今晩、攻撃作戦がある」と仲間から知らせを受けるものの、結局何もせずに終わるという日が続いていた。

警備をするばかりで何も動きがない。「死」の恐怖心に立ち向かうためにした「覚悟」が日々無駄になるごとに、「いったい、いつになったら作戦があるんだ」と僕の不満は大きくなっていった。この頃の僕は、部隊の皆が「ハムザの怒りの原因は自分にある」と謝りに来るほど、部隊の中でも怒りをあらわにしていたのだ。そんな折に、アブウサマと皿洗いをすることになった。

そもそも僕は、彼のことがあまり好きではなかった。一緒に街に買い物に出かけると、「これは高いからだめだ。こっちの安いのを買え」と、自分の意見を押し付けて譲らなかった。自分の金で買うのに口出しされる理由が理解できず、僕は彼のそうした押し付けがましい部分が嫌いだった。そして、皿洗いの時にもうるさいほどに細かく指示をしてきたアブウサマに、僕は溜めに溜めていた不満をぶつけた。アブウサマの指示を無視して乱暴に皿を洗い、洗い終わった桶の水を力任せに庭にぶちまけたのだ。

だが、病院でアブウサマの様子を見ているうちに理解した。彼があれこれ口出しするのは、本気で僕のことを考えてくれていたのだ。どうでもよいと思う相手なら、買い物の時に口出しなどしない。何より病院でここまで献身的な看病はしてくれないだろう。アブウサマへの感謝の気持ちが湧いてくるのに反比例して、彼に当たり散らしてしまった自分を恥ずかしく思った。

治療で絶叫

病院に来てから2日後、さらに別の病院に移送されることになった。この間、アレッポ中央刑務所の攻撃作戦に参加した部隊の他の仲間たちも見舞いに駆けつけてくれたおかげで、僕のズボンのポケットはチョコクッキーやらナツメヤシやらでパンパンに膨れた。

救急車にしばらく揺られて別の病院に到着すると、再び手術が行なわれることになった。パックリと割れた右太ももを全部縫ってしまうと逆に治りが悪くなるため、一部をわざと空《あ》けたまま縫い直すことになったのだ。足付きの担架で手術室に入れられると、眩《まぶ》しい明かりが目に飛び込んできた。この地域も停電していて電気はきていない。しかしこの病院はもともと、停電時の対策としてディーゼル発電機を使って電源を確保しているとのことだった。心電図を取るための機械など、医療器機も充実していた。

「あんた、これだけの怪我をして生きていたのは本当に運がよかったよ。ほんと、アッラーのおかげだよ」

医者がニッコリして言った。確かにそうだ。救出されるまで約15時間。大動脈が傷ついていれば出血多量で間違いなく死んでいただろう。砲弾片が骨に当たっていれば骨折もしていただろう。

医者が僕の腕に注射を打った。まるで氷水が血管に流れ込んできたかのような冷たい感覚が体の中に広がり、僕の意識は急激に遠のいた。それからも約3日おきに全身麻酔を受け、治療を続けていた。

〈なぜ治療のためだけに、わざわざ麻酔をかけて眠らせるのだろう〉

疑問が解けたのは、負傷してから3週間が経ってからだ。「もう麻酔はしなくても大丈夫だろう」と、その日初めて麻酔なしで治療を受けた。処置室のベッドに寝かされて包帯とガーゼが一通り取られると、右太もも内股にできた大きな傷があらわになった。パックリと開いていた十数センチほどの傷のうち8割が縫われ、残りの2割は傷口の治療のために開けられていた。

治療はまず、傷口の洗浄から始まった。医者は生理食塩水の入った容器を手にし、縫合せず開けたままの内股の傷の上でその容器を傾けた。そして、はらわたを取った魚を洗うかのごとく、傷口に生理食塩水をかけた。驚いたことに、内股にかけられているはずの食塩水が、なぜか裏股から流れ出てくる。

〈えっ、なんでここから出てくるの〉

砲弾片は太ももをかすめて切り裂いたのではなく、貫通していたのだ。僕が戸惑っている間にも、医者は左右の人指し指を裏股と内股の両側の穴からズボッと脚の中に差し込んだ。そしてあろうことか、医者はその指をグリグリと容赦なく捻《ひね》り始めた。

「ぐぉー！」

歯を食いしばっても耐え切れないほどの激痛に襲われ、僕は思わず絶叫した。そして、なぜ今まで治療に全身麻酔が必要だったのか、身をもって理解した。

血はいい匂い

シリアの病院では注射や点滴などの医療行為は看護士（ほぼ男）が行なってくれるのだが、体を拭いたり着替えをしたり、トイレに行ったりといったことは付き添いの者が行なう。「困っている仲間の手助けをするのも良きイスラム教徒の務め」ということで、部隊の誰かが入院すると、他の誰かが必ず付き添い、退院するまで世話をするのが基本だった。

僕に付き添って看病してくれたのはボスニア人のおじさんと青年の2人組だった。特に英語を話せるボスニア人青年と仲良くなった。彼の名前はアブドゥッラー。実は、僕が教育施設から部隊に戻ってきたその日に、「お前は俺たちに殺されないようにするためにイスラム教徒になったのか」と啖呵を切ってきた人物だった。僕にとっての彼はヨーロッパの怖いマフィアそのもので、なるべく関わりたくない相手だった。

アブドゥッラーは熱心にイスラム教を信仰するようなメンタリティが影響して、自分が信じたものこそ絶対であると思っているような頭の固さがあり、それが僕にとっては頭痛の種だった。一番印象的だったのは、彼が今では一般的な地動説（地球が宇宙の中を動いている）ではなく、かつて信じられていた天動説（宇宙が地球の周りを動いている）を周囲の者に熱く語っていたことだった。「科学者たちは地動説を唱えているが、アッラーは天動説を唱えている。だから天動説が正しい」という主張だ。ただ、これは他のイスラムの仲間たちと激しく議論していたので、イスラムの中でも一般的なものではないと思う。

しかし、見た目の怖さや頭の固さとは裏腹に、僕が冗談やお礼を言った時に見せるはにかんだ笑顔が印象的だった。アブドゥッラーは僕と同じ病室に寝泊まりして、日用品の買い出しからトイレの世話まで、嫌な顔一つしないでやってくれた。僕が病室で携帯電話をなくした時も、室内をくまなく探しまわってくれた。それでも見つからなかったので僕は「もういいよ」と諦めたが、彼は「過ってゴミ箱の中に落としたのかもしれない」と、集積所に集められた大量のゴミを漁って熱心に探してくれまでもした。

最初の病院で看病してくれたアブウサマもそうだったが、彼らの他者を思いやる気持ちにはいつも平伏させられる思いだった。彼らが大した話もしていない僕のためにここまでしてくれるのも、弱者のことを思いやるイスラムの精神が根底にあるからなのだろう。

ある深夜のこと。救急車のサイレンが慌ただしく鳴り響いたかと思うと、処置を終えた負傷者が次々と病室に運ばれてきた。何事かと、アブドゥッラーは様子を見に病室の外へと出ていった。

「他の部隊のチェチェン人司令官が迫撃砲にやられて死んだようだ。これは彼の血だが、いい匂いがするから、彼は天国へ行ったんだ」

少々神妙な面持ちになって戻ってきたアブドゥッラーは、血の付いたティッシュを嗅いでいる。彼によると、予言者ムハンマドは「死んだ者の血がいい匂いであれば、それは死者が天国に行った証拠だ」と言ったらしい。

〈いくらなんでも、それはないだろう〉

そう思いながら、僕はアブドゥッラーが持っていたティッシュの匂いを嗅がせてもらった。

「……ほんとだ。確かにいい匂いがする」

それは森林の中にいるような、とても爽やかな匂いだった。自分の血の匂いを嗅いだことは何度かあるが、血生臭く、このような匂いはしたことがない。死ぬ間際に出るフェロモンか脳内麻薬か、何かが影響しているのかはわからない。不思議な体験だった。

見舞客ラッシュ

病院には連日、同じ部隊、他の部隊問わずに多くの者が見舞いにやってきた。入院後2週間ほど経った時、隊長のアボタルハも来てくれた。

一番気になっていたアレッポ中央刑務所攻撃作戦のその後の状況をアボタルハに尋ねた。彼によると、僕が負傷した戦闘の翌日に再度総攻撃をかけたものの、攻略できずに終わったという。しかも、政府軍が反政府軍への見せしめのために、収容者を窓から放り投げたりしたという。さらに、収容者に食事を与えず餓死者も出ているという状況だったため、僕たちの部隊は包囲を解いて撤退したとのことだった。作戦失敗の言い訳かもしれないが、他の刑務所でも同様のことがあるとのことで、おそらく正しい情報なのだろう。

僕が負傷をした直後、怪我の手当ての前に写真を撮っていたことが、アボタルハには相当面白かったようだ。その時の様子を、写真を撮るジェスチャーを交えながらさっそく笑い話にして、仲間たちに聞かせていた。作戦が失敗して行き詰まった時の彼の険しい顔からは、今こうして笑える時が来るなど想像だにしなかった。

また、ドイツ人の「宣教師」もやってきた。彼は移民系ではなく生粋のドイツ人イスラム教徒だった。イスラム教のことをあまり知らないシリア人や、僕のように改宗したばかりの者にイスラム教を教えて回っているとのことだった。「日本人であれば日本語で書かれたもののほうがわかりやすいだろう」とのことで、彼からは日本語に訳されたコーランをもらった。わざわざネットで検索し出力してくれたらしい。それまでは英語で説明され、イスラム教を何となく理解していた程度だったが、日本語訳を読むことによって、理解が非常に捗《はかど》った。

ジハードが唱えられているイスラム教というと、コーランには過激な内容ばかり書かれているイメージがあるかもしれないが、「戦いは侵略的であってはならない」「敵をイスラムへ誘う前に武器を手にしてはならない」「相手が武器を捨てればこちらも捨てねばならぬ」「敵側の子どもや女性、そして高齢の人たちに危害を加えてはならない」という内容が書かれている。「戦いは圧政者や侵略者からの防衛のためにのみ許される」という発想があるのだ（そういう意味では、現在のＩＳはまったくコーランに則っていないといえる）。

懐かしい日本語で「ハムザ、大丈夫？」と話しかけてきたのは、僕がシリア入国の初日、自由シリア軍のプレスオフィスで出会ったシリア人ガイドのアライディンだ。心配して見舞いに来てくれたのだ。彼と話をするのはその日以来だった。どこで僕が負傷したことを聞いたのか知らないが、村社会のように情報が行きわたるのだろう。日本人である僕は珍しかったのでなおさらだ。ちなみに他の部隊では、日本人（僕）が死んだことになっていたという。

司令官のアボベイダや部隊の仲間たちなど、他にも多くの人が見舞いにきてくれた。そして皆、来る時には必ず食べ物を差し入れてくれた。旨みがたっぷり詰まったオレンジ、サクランボ、モモ、バナナ、プラムなどの果物に、ローストチキンのサンドイッチやペプシコーラ、ケーキやクッキー……。自然が豊かでさまざまな農作物が採れ、隣国トルコからもいろいろな物資が入ってきていたので、戦時国家とはいえ食にはまったく不自由しなかった。

しかも、イスラムの人々は誰とでも分け隔てなく接してくれる。そのため、同じ病室内の他の患者（他の部隊の者や市民）を見舞う人がいれば、必ず僕にも見舞いの品を持ってきてくれた。ほぼ毎日のように誰かから何かをいただくというような状況だった。入院していれば礼拝も簡素化され、食べ物も頂戴し、退屈なことを除けばなかなかよい状況だった。

やはり「戦いたい」

負傷してから、僕の「戦いたい」という気持ちにも変化があった。

大けがをして入院し、その後意識があまりはっきりしていなかった3日間は、「せっかく助かった命だから無駄にせずに日本に帰ろう……」と思っていた。負傷後も長時間、刑務所の更地にいたことで、体力も精神力も使い果たしていたからだと思う。「恐怖心を乗り越えたい」という気持ちより、恐怖心のほうが大きくなっていた。

日本語が堪能なアライディン

しかし、気力や体力が回復し始めた4日目あたりから、「戦いたい」という闘志が徐々に湧き上がり、1週間もすると、その意志が明確になった。政府軍に思いきりやられたという悔しさもあって、その気持ちは負傷する前よりもさらに強くなっていた。ただし、砲撃してきた砲手への恨みや憎しみはなかった。むしろ、的確な射撃に「敵ながら天晴《あっぱ》れ」と思っていた。

早く復帰したいと思った僕は、今までの入院期間も含めて「1カ月半で戦線に復帰する」という目標をたて、貫通した傷が塞がってきた入院3週目頃からリハビリを開始した。1カ月半で復帰するにはあと3週間しか時間がないが、まずは「立つ」ことからだ。トイレに座る時以外はずっと寝たきりだったため、自力で立ち上がるのも久しぶりのことだった。

上半身を起こして座り、じわりじわりと脚をベッドから床に下ろした。腕の力でベッドから立ち上がり、まずベッドの手すりに腕をついて体を支えた。しかし、砲弾片が貫通した右脚に体重がかかると、脚が張り裂けてしまいそうなほどの激痛が走った。仲間に両腕を支えてもらい、数センチずつ交互に脚を前に進めてみた。何歩か進めたものの、その距離わずか数十センチ。しかし、それまで寝たきりだった僕からすれば、とても大きな一歩であった。

仲間に助けられながら毎日少しずつ歩く距離を延ばしていった結果、数日後には手すりにつかまれば病室の中を一人で行ったり来たりできるようになった。2往復もすれば脚がパンパンになってしまったが、大きな達成感があった。

ベッドから立ち上がってから1週間、負傷してからは1カ月が過ぎた。目標とした1カ月半で前線に復帰するためには、あと半月で走れるまでに回復する必要がある。リハビリのペースを上げる必要があると考えた僕は、歩けなくなる限界まで足を動かそうとした。ゼェゼェと息を切らし病室を往復していると、他の患者や仲間たちの視線が僕に集中した。のんびり療養している彼らの目には、やせ我慢をしてまでリハビリをする僕の姿が、奇異に映ったのだろう。

「ハムザ、もう止めておけ」

しばらくすると仲間の一人が止めに入り、僕を抱きかかえてベッドに運んだ。ベッドに座らされた僕の目から、堰《せき》を切ったように涙が溢れ出してきた。泣き顔を人に見られたくなくて枕に顔を押当てたが、込み上げてくるものを抑えることはできなかった。少しずつ歩けるようになったことに充足感を得る一方で、まだこの程度のことしかできない自分への苛立ち――募らせていた感情が一気に溢れ出し、僕は病室中に声を響かせて泣いた。

泣いたことで気持ちが少し整理できた。気を取り直してさらに1週間ほどリハビリを続けると、病院の周辺を歩けるようになった。喜んでもらえるだろうと思い、僕の手術を担当した医者に声をかけると、険しい顔をして「もっとシャキッと胸を張ってたくさん歩け」と言われた。「容赦ないなぁ」と、僕は思わず苦笑したが悔しくもあり、早く走れるようになって医者を驚かせてやろうと、それからもリハビリに励んだ。

さて、リハビリをする以外は娯楽も何もない入院生活の中で、一日に3度ある食事と午後のおやつタイムが僕の唯一の楽しみになっていた。

病院からは朝10時頃に朝食、夕方6時頃に夕食が出された。朝食では「ホブス」と呼ばれる平たいパンとゆで卵、キュウリ、「ホンモス」という塩とオリーブオイルで味付けされたひよこ豆のペーストなどが出された。夕食にはキュウリをニンニクの利いたヨーグルトソースで和えたものや、ブドウの葉やズッキーニにご飯を詰めてトマトやブイヨンで煮込んだものがよく出てきた。食事は毎回、料理人らしきシリア人が運んできてくれた。食べさせてもらっている身分で文句を言ってはいけないのだが、病院の料理人の腕がイマイチだったために、当たり外れが大きかった。

午後4時頃に、部隊に協力してくれている近所の住民が軽食を差し入れてくれた。トマトソースのマカロニや、塩とオリーブオイルを入れて炊いたご飯などが主だった。こちらのご飯はいつもおいしかった。

病院の前には小さな売店があった。そこでコーヒーとパウンドケーキを買い求め、見舞いの品にする人が多かった。日本円でコーヒー1杯が約50円、20センチメートルほどの長さのパウンドケーキが1本100円程度だった。シリアのコーヒーには「ネスカフェ」と「ターキッシュ」の2種類があり、「ネスカフェ」は商品名がそのまま固有名詞になった普通のインスタントコーヒー。「ターキッシュ」は極細に挽いたコーヒー豆の粉末を水と一緒に沸かして作るトルコ式コーヒーだ。パウンドケーキは隣国トルコからの輸入品でチョコレート味やドライフルーツ入りなどさまざまな種類があった。日本の洋菓子店のものには劣るが、既製品にしてはなかなかの味だった。

削ぎ取られた皮膚

結局、日常生活に支障のないレベルにまで回復して一時退院するまでに1カ月少々の時間を要した。しかし、病院の周りを2〜3周歩けるようになったとはいえ、走れるまでになるにはさらなるリハビリが必要だった。そのうえ、皮膚移植の手術も行なわなければならず、その後はしばらくの安静が必要とのことだった。復帰までまだ時間がかかることがわかり、あせらずにゆっくりやろうと気持ちを切り替えた。

一時退院の日、いつも昼食を届けてくれていた住民の一人が車を出してくれた。彼は食事だけではなく、負傷者の送迎までも請け負ってくれているらしい。車に10分ほど揺られ、約2カ月ぶりに部隊の拠点に戻った。しかし拠点は、僕が留守の間にメンバーが増えたために住宅街にある小さな家から移転していた。新拠点は広大なオリーブ畑の真ん中にそびえ立つ豪邸だった。

門から屋敷までは100メートルほど離れていた。屋敷は3階建てで、10部屋以上もある。バスケットコートよりも少し広い地下室にはミシンがあちこちに置かれ、作業場のようになっていた。家の裏側に回ると、巨大な自家発電機や20メートルほどのプールまであった。もとの持ち主は服飾関係の事業をここで営んでいたが、戦闘の激化に伴って外国に逃げていったのだろう。

新しい部隊拠点。トイレがいくつもあるような大きな家。砲撃で穴があいている。

新居での生活は驚くほど快適だった。季節はすでに6月下旬。2階の西向きの部屋からテラスに出ると周囲には褐色の大地の上に緑色の葉が生えたオリーブの木がどこまでも広がっており、地中海からのカラッとした風が吹き抜けてとても気持ちがよかった。昼間の気温は35度近くあるが、湿度が低いために、エアコンや扇風機などがなくても快適に過ごせた。夕方には、オリーブ畑の向こうに真っ赤な太陽が落ちていく。この景色がまた格別だった。負傷して救出を待っている時には夕日が邪魔なものに思えたのだから、僕という人間はつくづく勝手な生き物だ。仲間が作って持ってきてくれる食事もおいしく、文句のつけどころがない。今まで消毒液くさくて何もない病室に1カ月以上もいたのと比べれば天国だった。

そうした快適な生活の中で唯一不快だったもの――それは政府軍爆撃機だった。ムハンマド軍にはまともな対空火器がなかったために、政府軍爆撃機が昼夜を問わずに「グォー」と轟音を響かせながらわが物顔で飛んでいた。その多くはどこか違う場所に向かって通り過ぎていったが、時には爆弾を落とし、家の数百メートル先に着弾することもあった。250キログラムもの爆弾が直撃すれば部屋の2つ3つは簡単に吹き飛び、僕も呆気なく死ぬ。その恐怖心から、飛行音や爆弾の炸裂音が聞こえると筋肉が強ばり、傷がたまらなく疼《うず》いた。反射的に起こってしまうのは抑えようがなく、この痛みが僕にとって唯一大きな問題だった。

数日後、僕は皮膚移植手術を受けるために病院に戻った。脛に負った火傷《やけど》は痛みがなかったので大したことはないと思っていたのだが、皮膚が炭化し移植手術が必要とのことだった。痛みを感じなかったのもそのせいで、深い火傷を負うと神経も死んでしまうらしい。「移植」というと、ドナーから提供を受けた臓器移植のイメージがあるかもしれない。しかし皮膚移植の場合、感染症を防ぐために自分の皮膚を切り取って移植することが多いそうだ。切り取られた皮膚は1～2週間ほどで再生するというのだから、人間の再生能力には感動させられる。僕は、損傷のない膝上の皮膚を切り取って脛に移植することになった。

手術は、背中から脊髄に注射を打たれて半身麻酔をかけられることから始まった。麻酔が効くと、次は、カンナのような機器が「キュコ、キュコ」と独特な音を響かせながら、右膝上にある約10センチメートル四方の皮膚を削ぎ取った。皮膚を削がれた太ももからジワジワと真っ赤な血がにじみ出た。血はダラダラと滴《したた》り落ちたが、麻酔のおかげで熱いような感じがするだけで、痛みはほとんど感じなかった。削《そ》ぎ取った皮膚は火傷を負った右脛の側面に当てられ、その上から手術用の糸を使って皮膚の縫い付けが始まった。まるで穴の開いた洋服の継《つ》ぎ接《は》ぎ作業を見ているようで、自分の体で行なわれているという実感があまりなかった。

縫い付けが終わると感染予防のために真っ赤な消毒液をかけられ、ガーゼと包帯が巻かれた。そして、移植した皮膚が剝がれないようにするために、脚を固定するギブスをはめられて手術は終わった。時間は全部で30～40分ほどだったろうか。医者も慣れているのか手際がよく、あっという間だった。

1週間ほど入院してから、僕は再び部隊の拠点に戻った。

「おぉハムザ、会いたかったよ」

僕を見つけるやいなや、熱い抱擁とキスの奇襲をしかけてきた人物がいた。戦闘中に壁を壊して救出を試みてくれた宗教指導者のアボムジャヘッドだ。彼とは教育施設にいた時から共に過ごしていたため、もはや「腐れ縁」の仲であったが、負傷してから会うのはこれが初めてだった。部隊に戻ってしばらくの間は、彼に見つかる度に熱い抱擁とキスをされた。つくづくサラフィー・ジハーディストの彼らから愛されているなと思った。

　相方のシリア人、アボオマルにも再会した。「おぉ、ハムザ！」と、満面の笑みを浮かべた様子から、彼も僕との再会を心待ちにしてくれていたようだ。アレッポ中央刑務所の攻撃作戦の時に見かけなかったが、彼は外壁の外側にいたらしい。怖気づいて外壁から中に入ってくることができなかったようだ。

　その後しばらくアボオマルを見かけないなと思っていたら、数日後に手に包帯を巻いてやってきた。政府軍が占拠している空港へ警備に行った際、敵の機関銃弾が当たったという。指の半分くらいがよじれただけで、幸いなことに飛ばされずにそのまくっついていた。

　病院に付き添って行った時、彼は「嫌だ、見たくない」と言って、治療の間ずっと傷から目を背け続けていた。刑務所での警備初日に「ハムザ、一緒に死のうな」と笑いながら言っていたのは一体なんだったのやらとおかしくなった。

この世の天国

　皮膚移植から1週間ほどが過ぎ、やっとギブスが外された。そうなれば次の戦いに向けて、リハビリあるのみだ。戦いに復帰するためには自力で歩け、それなりの距離を全力疾走できなければならない。朝・昼・夕の一日3回、施設から門まで100メートルほどの距離をゆっくり往復することから始め、日に日に歩く距離を増やしていった。

　リハビリ中に、門の前に座って警備を行なう者や、外出する者たちとすれ違った。そのたびに皆、「おぉ、ハムザ。頑張っているなぁ」と声をかけてきた。彼らも次の戦いに向けてトレーニングを行なえばよいのだが、広い庭があったにもかかわらず、そういった者は稀だった。昼寝をしたり、コーランを読んだり、街に出かけたりという者がほとんどだった。

だからといって、皆が並外れた体力や優れた戦闘技能を持っているかといえば、決してそうではない。少し走っただけですぐにバテる。戦闘技能も14日間の短い訓練を受けただけで、決して十分とは言えない。もっとトレーニングして戦闘技術を高めたほうがいいのにと思った。ボスニア紛争やチェチェン紛争[1]で実戦を経験してきた強者も合流しているのだから、その知識や技能を皆で共有しないのはもったいない。

そのくせ彼らの人生観は「現世は試練。天国に行くために、苦しい修行を積まねばならない」という。「『ストイックで禁欲的な生活』がモットーであれば、もっとハードにトレーニングをして自らを律したらいいのにこの脱力感はなんだ……」と、いつも僕は不満に思っていた。世俗的な自由シリア軍の人たちに比べればマシなのかもしれないが……（僕が帰国した数ヵ月後からは、簡単なトレーニングの時間が設けられたことを知った）。

連日のリハビリが功を奏し、1週間ほどで500メートルくらいは休憩なしでゆっくりと歩けるようになった。この頃になると、自由がなく宗教的な戒律で縛られた集団生活をすることに対する不満が溜まるようになっていった。そもそも僕は、決められた時間に、集団で、決められた何かをすることが好きではなかったのだ。そこで、息抜きとリハビリとを兼ねて部隊から2キロメートルほど離れたアザズというトルコとの国境の街へと繰り出すことにした。

家の門を出るとすぐに大きな通りになっており、通りすぎる車をヒッチハイクして街へと向かった。シリアでは、ヒッチハイクをすることは決して珍しいことではない。交差点やロータリーでは、ヒッチハイクをしている人々がそこかしこに立っている。タクシーもあったが、タクシーは高いというのが一般的な感覚だったため、庶民の移動手段はもっぱらヒッチハイクだ。ほとんどの車は止まってくれたし、部隊の仲間が住民を送り届けることも多かった。

アザズに到着し、お礼を言って車を降りた。街は人やバイク、車が道路を所狭しと行き交い、その両側には小さな商店がどこまでも並んでいた。巨大な肉塊や串に突き刺した鶏を丸焼きにして売るケバブ屋、スイカやメロンをうずたかく積んだ果物屋、小さなバケツに入った手作りのヨーグルトやチーズを売る乳製品店……。街中は停電しているにもかかわらず、自家発電を行なって営業しているアイスクリーム屋もあった。

集団生活から解放されて自由を得た僕は、水を得た魚のように、目を輝かせてあちこちに視線を送った。久しぶりに吸う「シャバ」の自由な空気と、好奇心をくすぐる異国の雰囲気が、部隊での退屈な療養生活の中で干涸らびかけていた僕の心を潤していった。

お金を使う喜びも久しぶりに味わった。部隊から支給されたお金で僕が初めて買ったものは、プラムとモモ、そしてサンダルだった。部隊では食事は出ても嗜好品である果物はあまり出なかったし、サンダルは自分専用のものがほしかったからだ（それまで仲間のものを借りていた）。

特に気に入った店は、串に刺した羊や牛などの肉を分厚いグリル板の上で焼くシシケバブレストランだ。肉の串焼きを数本オーダーすると、その付け合わせにヨーグルトドリンク、3種類のサラダ、焼き野菜、アラブ式のパンがテーブルいっぱいに並べられた。サラダやパンのお代わりも自由だった。食べきれないほどの量を出すのがアラブの慣習らしく、それは内戦中であっても変わらなかった。メイン料理のシシケバブは絶品。とても濃厚な味で、肉の臭みもまったくない。

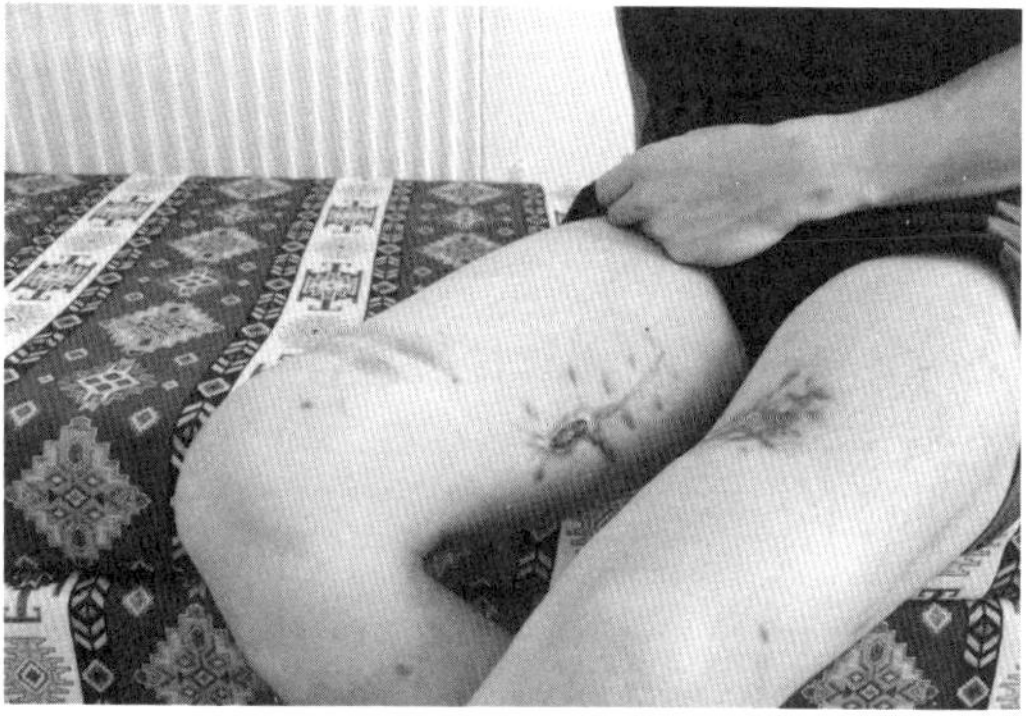
怪我から2カ月後。傷は塞がった。

脂がたっぷり乗った日本の和牛とも、味けのない輸入肉とも違う。自然の中で放牧されて育てられているためだろうか。日本のレストランで食べたら2000〜3000円はするものが、日本円に換算してたったの200〜300円で食べられるのだから、悶絶ものだった。

レストランでお腹を満たした後に必ず寄ったのが、アイスクリーム屋だ。店のアイスはおそらく、隣国トルコから輸入されてくるのだろう。ミルク味やチョコレート味、ブルーベリー味など約8種類ほどのアイスが常時あり、いつも多くの人々で賑わっていた。味もなかなか良く、1カップが50円ほどだったと思う。

そうしてひと通り食べたいものを食べた後は、日用品やミネラルウォーターなどを買って部隊に帰る……というのがいつもの流れだった（水は豊富にあったのだが、水道水でお腹をこわすことが多かったので、極力買うようにしていた）。歩くのはたやすいことではなかったが、リハビリも捗った。

内戦中にもかかわらず、それを感じさせないようなアザズの豊かな状況に、驚く人もいるかもしれない。確かに、シリア南部にある首都ダマスカスでは反政府軍が政府軍に包囲されて物流がストップしてしまっているために、反政府軍の人間は民間人にまぎれて小麦などを運び込んでいると聞いていた。また、北部のアレッポ中央刑務所では、反政府軍が政府軍を包囲していたためにその逆の状況にあった。敵に包囲されてしまうとそのような悲惨な状況になってしまうのだが、アザズは反政府軍の完全な勢力下にあり友好的なトルコと隣接している。そのため多くの日用品や農産物が流入し、食べ物や生活用品に事欠くことはなかった。

遺書

とはいえ、毎日同じ街に出かけるのもやはり、退屈になってきた。また、ちょうどこの頃、ラマダン（断食）の時期に突入した。太陽が出ている間は食事どころか水さえ飲めないのである。これでは街に出かけても美味しいシシケバブが食べられない。それに7月の暑い時期に水が飲めないのはつらかった。

しかし、僕が本当に苦痛に感じたのはお祈りだった。夜になるとラマダン用の「タラウェ」という特別なお祈りをするのだが、これがとにかく長い。やることは普段の礼拝と同じなのだが回数が多く、1～2時間ひたすら礼拝を行なうのだ。一日5回の礼拝も通常通りあるし、暇さえあれば部隊にいる仲間たちがイスラム教を一方的に僕に教えてくる（これは以前からだったが……）。それまでは、「戦うためならば仕方がない」と思っていたものの、今は怪我をして戦うこともできない。昼夜を問わずイスラム教漬けになった生活に、僕はしだいに嫌気がさしていった。

そうした中で僕はトルコへ向かった。イスラム教漬けの生活から抜け出したいという気持ちに加えて、シリアにはない物資を調達したり、内戦の情報収集など、次の戦いに向けた準備もしたかったからだ。また、誘拐される危険があるため夜間は外出ができないシリアとは違って、トルコであれば夜でも外出ができる。名物のトルコアイスやサバサンドなどを求めてほっつき歩いていればリハビリも捗るだろうとも思った。

ムハンマド軍の拠点は国境から車で10分ほどのところにあったため、比較的簡単にトルコと行き来できた。部隊から出ることも司令官に報告さえすれば問題なく、それぞれの母国に一時的または永久的に帰る者も、それなりにいた。当然、罰もなければ尾行もない。「ジハードはあくまで個々の意志でやるものであって、信仰を他の者に強要してはならない」というスタンスを、ムハンマド軍をはじめとするサラフィー・ジハード主義の人たちは持っていたし、コーランにも同じ趣旨のことが書かれてある。「イスラム教を人に勧めるべきではあるが、強要してはならない」という距離感覚だ。ＩＳでは部隊を抜け出そうとした者が処刑されていると聞く。本来のイスラムの教えからするとありえないことだ。

僕は再び国境ゲートを抜けてシリアからトルコに入った。トルコ国境の街キリスからバスに乗ると、信号が灯っていることに驚いた。それにここでは、爆撃を恐れて上空を警戒する必要もない。つかの間の休息だとわかりつつも、なんだかホッとした。

長距離バスに乗り換えた僕は、イスタンブルに住む日本人ジャーナリストの元に向かった。ちょうど空き部屋もあり、しばらくそこを使わせてもらえることになった。部屋で一人になると、心を静かにして自問自答した。日本からも部隊からも離れ、ニュートラルな状況に身を置いた僕は、外部から影響されることなく自分の正直な気持ちと向き合いたかった。

ここに来てもやはり、「戦いたい」という気持ちに揺るぎはなかった。死への恐怖を乗り越えるために全力で戦い尽くしたその先に、僕が追い求める不変の価値観があると思っていたし、それを手に入れたいと思っていた。大けがをして死を意識はしたが、まだまだ、死の恐怖心を乗り越えたとは言えない。中途半端だ。それに、「戦うために生きる」というアイデンティティをも手放すとなると、まだまだ途方もなく道は長い。

〈最後までやり遂げたい。それで死んだとしても、「自分」の人生を全力で生きたのだから後悔はない。それこそが僕にとっての「生きる」こと――〉

そう思うと、すっと腹が据わり、清々しい気持ちがした。

物資の調達や情報収集の他にもう一つ、トルコでどうしてもやっておきたいことがあった。それは、再び戦いに戻る前に、僕がシリアに戦いに来たことや、今まで経験してきたことを「伝える」ことだ。

実際に自分が死ぬことになるとは、本気で意識できていなかった。だから、遺書を残したり友人に伝言を託したりするなど、日本を出る前に「死ぬための準備」など一切してこなかった。それが、実戦に参加して1カ月そこそこで死にかけたのだ。初めて「死」を自分の身に迫るものとして意識した。今回はたまたま生きていたが、次に戦闘に参加すれば僕の命はなくなるだろう。両親にも親しい友人にも何も伝えずに死ぬのは、さすがに申し訳ない。そこで僕はシリアに戻る前にインターネットが使えるトルコで、両親や友人たちに僕の心境や状況を伝えておきたいと思った。再びシリアに戻って死んだとしても、失踪ではなく「納得したうえでシリアに戦いに行った」と考えてくれるだろう。

また、「テロリスト」と言われる仲間たちの素顔や、リアルな戦争体験を何一つ伝えず死んでしまうのはもったいない、とも思っていた。それらを伝えずじまいだと、死に瀕した時にまた後悔することになるだろう。

そこで、シリアに来るまでの過程とシリアでの生活や戦闘の記録を簡単にまとめ、Facebook《フェイスブック》で公開した。これで思い残すことはなかったが、公開してからすぐに、それを見た友人たちから多くの驚きの声が届いた。「自分の思ったことを忠実にやってすごい」と称賛する人もいれば、「とんでもない」と激しく非難する人もいた。心配してくれた方々に感謝をしたものの、しかし、他者からの賛否はすでに僕の決意を揺さぶるものではなかった。

失明の宣告

イスタンブルはシリアの田舎町とは違い、好奇心を刺激するもので溢れていた。特に食材市場は見ているだけでも面白く、毎日足を運んだ。毎日あちこちを歩き回ったために脚はしだいに回復していったが、目の調子が悪くなっていることに気がついた。負傷当初は目が充血していたが、痛みも症状もなかった。充血も徐々に引き、医者からも問題ないと言われていた。それが負傷から2カ月近くが過ぎ、利き目の右目に違和感を感じるようになった。

暗闇で光を見ると視界にピカッと閃光が走ったり、視野が狭くなってきたようだ。もともと視力は矯正手術を受けて1・2ほどあったのだが、利き目が使えなくなったら銃の狙いもつけられず、戦いどころではない。

インターネットで調べてみると、どうやら網膜剝離の前兆症状のようだ。ボクシングや野球などで目に衝撃を受けても起こる。僕の場合は爆風で目に強い衝撃を受けたのが原因だろう。網膜剝離の初期段階であれば、簡単なレーザー手術をすれば問題ないとのことだった。あまり深刻に受け止めず、ひとまず病院で検査をすることにした。必要であれば手術を受ければよい。

眼科専門クリニックで医者の問診に答える時、正直に「シリアで装甲車に撃たれて負傷した」と伝えた。正直に伝えたほうがていねいに診てもらえるだろうし、時折、反政府軍の戦闘員の治療もしてそのあたりの「事情」をわかっているトルコであれば、問題ないと思ったからだ。

医者は「信じられない……」とあきれ顔をしつつ、何度か僕の目の検査を繰り返した。そして、何やら深刻な表情をした。いったん待合室に出され、再び検査室に呼ばれて検査を受けるといったことを2～3度繰り返して目の写真を撮られた後、担当医は他の医者を呼び、長い時間話し込んだ。不安がよぎる。改めて診察室に呼ばれると、衝撃的な事実を告げられた。

「左目の中に砲弾の破片が入っている。右目のほうも直接は見えなかったが、おそらく入っているだろう。今日明日すぐにというわけではないが、急いで手術しないと両目とも失明する」

〈痛みも全然ないのに……間違いじゃないのか〉

医者の英語を聞き間違えたのかと思った。検査で撮った目の写真を医者と一緒に確認すると、確かに破片のようなものが写っている。必要ならば仕方がない、さっさと手術して取ってもらおうと思い、手術にかかる費用を尋ねた。

「片目で4000ドル、両目で8000ドルだ。トルコ人でない君は医療費がとても高くついてしまうんだ」

――日本円にして約80万円。当時の僕には、とうてい払える額ではない。

「数カ月このままにしておいて、それから手術することはできないの」

「放置しておくほどに失明のリスクは高くなる。来月でも遅すぎるくらいだ。それに、眼球を切開して破片を取り除かねばならないので、高度な技術が要求されるとても難しい手術だ。トルコよりも高い技術を持った日本に帰国して手術を受けたほうがいいだろう」

死に損ない

部屋に戻ると、僕はベッド上に力なく倒れ込んだ。そして薄暗い天井を眺め、何度もため息をついた。負傷してから今までの約2カ月の間、「なぜやられたか。今回の作戦や僕のどこに落ち度があったのか。次はどうすればよいか。そのためにどのような準備が必要か」と、戦いのことだけを一心に考え続けてきた。それに「戦いのためであれば」と、つらいリハビリもイスラム社会での抑圧的な生活も我慢してきた。死ぬ覚悟も決めていた。そのために、遺書代わりにFacebookでも情報公開をしたのだから……。

　確かに、死なずに帰れることで、ほっとした気持ちもあった。少しずつ戦闘に慣れてきたとはいえ、やはり戦うことは怖かったからだ。手術は恐怖心を包み隠して帰国するための「よい口実」にもなる。いくら「戦いたい」とはいえ失明するとなると、帰国することに納得せざるをえないからだ。だが、戦士でなくなってしまうことへのショックはその何倍も大きかった。どんな苦しいものでも乗り越えられる僕のアイデンティティ――それが「戦士」だった。

〈いったい何のための覚悟だったんだ。まだまだ戦えるってのに、ちくしょう〉

　やり場のない悔しさとともに、涙が止めどもなく溢れ出してきた。

「失明しようが何だろうが、最後の最後まで戦い抜いて筋を通せ」という意見もあるだろう。それに関しては僕も同意見だし、もっともだと思う。戦い抜いたうえで失明するのであれば、僕も後悔はない。しかし戦争が「日常」になっている世界では、戦闘は生活の中に混在し、24時間365日戦い続けているわけではないのだ。「朝起きて、礼拝をして、食事をして、お茶会をして、時々戦って、そして眠る」――これが、シリアでの戦争が持つ素顔であった。そうとなれば、お茶会をしている間に失明するかもしれない。目は戦士の生命線だ。油断していたがために殺されてしまうのと同じく、のんびりお茶会をしている間に失明して戦えなくなるのはとうてい納得がいかない。

〈「戦いのために常に最善を尽くす」――そのためには、いったん「日本に帰って手術をする」

以外の選択はないのか……〉

　僕は、すべてを失い漆黒の闇の中に放り込まれたような虚無感に襲われた。生きる喜びを呑み込むほどに圧倒的な虚無感。僕は再び、生きる屍になった。トルコに来てからも、イスラム教で最も重要だといわれる礼拝は行なっていた。それがサラフィー・ジハーディストの仲間たちと一緒に戦わせてもらうための最低限の礼儀だと思っていたからだ。しかし、もうそれすらもどうでもよくなった。「戦わなくなった戦士はただのゴミ屑」――絶対的な価値がない世の中でも、唯一それだけは揺るぎない真実であるかのように思えた。

　僕はうつろな目で天井を眺めながら、ため息をついた。いや、有害な二酸化炭素を排出しているぶん、僕はむしろゴミ屑以下の存在に思えた。ひとりの「廃人」とともにあらゆるものが静止している部屋の中で、時計の針だけがせわしなく歩みを進めていた。

（1）　第一次紛争（1994～96年）と第二次紛争（99～09年）がある。第一次紛争は、チェチェン独立派武装勢力と、それを阻止するロシア軍との間で起きた。5年の停戦合意の最中、独立最強行派によるモスクワ市内での「テロ」事件などが発生し、ロシア軍が空爆を再開するなどして第二次紛争が始まったとされるが、事件にチェチェン独立派が関与した証拠はなく、ロシア諜報機関の自作自演との見方もある。

ジャザーカ・アッラー・ホ・ハイラン〈日本2〉

帰国後の2014年、空爆されたムハンマド軍の拠点

帰国

「父親」になった司令官

失明の宣告をされて3〜4日経った頃には、「日本で手術を受けてまたシリアに戻ってくればいい」と楽観的に考えられるようになっていた。手術が遅くなるほどに失明のリスクが高くなるとのことだったので、日本へ一時帰国するため1週間後の飛行機のチケットを予約した。しかし、日本行きの飛行機に乗るまでには少し余裕がある。そこで、一時帰国の旨を部隊に報告するためにイスタンブルから飛行機とバスとタクシーを乗り継ぎ、再びシリアに戻ることにした。

部隊に到着し、世話になった仲間たちにくまなく挨拶するため、「残念だけど、日本に帰って手術を受けなければならないんだ」と、行き合う仲間一人ひとりに声をかけた。

目の写真を見せると、皆が一様に、戸惑ったような表情をした。そして、どこか悲しげな顔を見せるのだった。それが目に破片が入っていることを哀れんでなのか、日本に帰ってしまうことを残念に思ってくれてなのかはわからない。しかしそれだけ僕に「仲間」としての意識をもってくれているからだろう。

司令官アボベイダの部屋に行き、手術のために帰国する旨を報告した。シリアに来て早々に負傷し、面倒を見てもらったにもかかわらず、何の成果も出さないまま帰国することを本当に申し訳ないと思っていた。文字どおりのただの「穀潰し」だった。きっと怪訝《けげん》な顔をして叱責するだろうと思っていた。

「なぜトルコに行くことを言わなかったんだ！」

トルコに行くことは、宗教指導者のアボムジャヘッドとアボベイダにも伝えたが、英語だったせいか、うまく伝わっていなかったようだ。アボベイダは重ねて尋ねた。

「トルコまでかかったと交通費と食費、それと、これから必要な航空券代と手術費用をあわせるといくらになるんだ」

質問の意図を汲み取れないまま、「はっきりとはわからないですが、2000ドル（20万円）くらいです」と答えると、「そうか」とアボベイダは頷き、立ち上がりながら言った。

「では、その費用はこちらで半分出そう」

僕が戸惑っている間に、アボベイダは部屋の奥から札束を持ってくると、その中から10枚の100ドル札（約10万円）を僕に差し出した。渡された紙幣を見て僕はさらに当惑した。

〈戻ってくるかどうかもわかない僕のためになぜ。武器だって十分に買えてないのに……〉

「こんな大金、受け取れないです」

「いいから受け取れ」

　アボベイダは譲らなかった。「申し訳ない」という気持ちはあったが、ここで彼の気持ちを無駄にするのもまた、申し訳ない。差し出されたお金をそっと受け取って財布にしまうと、アボベイダに感謝を込めてお礼を言った。

「ジャザーカ・アッラー・ホ・ハイラン（貴方にもアッラーのお恵みがありますように）」

　サラフィー・ジハーディストの彼らからは、「誰かにお礼を言うときは『シュクラン・ジャズィーラン（どうもありがとう）』ではなく、『ジャザーカ・アッラー・ホ・ハイラン』という言葉を使え」と教えられていた。宗教的な意味をもつこの言葉を、僕はそれまで何の思い入れもなく使っていた。しかしこの時には、心からその言葉を発していた。

「私の息子は、ちょうどお前くらいの歳だ」と言い、アボベイダは微笑んだ。その顔は、険しい「戦士の顔」からは想像もつかないくらい、すっかり優しくなっていた。

　戦死した仲間の葬式の時、アボベイダは決まって険しい顔をしていた。その顔は、若い仲間が死んだために悲しんでいる「人」としての顔なのか、それとも、手持ちの駒を失って戦力が減ってしまったことで難しい顔をしている「司令官」としての顔なのか、僕は判断しかねていた。

　しかし、いま初めてわかった。葬式の時のあの顔は、まぎれもなく仲間の死を悲しむ「人」の顔だったのだ、と。さらにいえば、「父親」の顔であったかもしれない。自分よりもはるかに若い仲間が大勢死んでいく悲しみを、アボベイダは正面から受け止め続けてきた。その悲しみや憤り、苦しみは並大抵のものではなかっただろう。どうしようもなく込み上げてくる感情を表には出さずに部隊をまとめ上げる「司令官アボベイダ」は、やはりただ者ではないと思った。

別れ際、アボベイダが「持って行け」とソーセージや缶詰など大量の食料までくれたうえに、仲間の一人に指示をして国境までバイクで送ってくれることになった。

「何から何まで本当にありがとう。日本に帰ったら必ず、あなた方の真実の姿を伝えるよ」

僕はアボベイダと包容を交わすと、何度も感謝の言葉を述べて部隊を後にした。

はじめは〈「狂信的なテロリスト」の彼らが死のうが生きようが、僕には関係ない。僕は僕の戦いをするだけだ〉と、彼らとは一線を引いていた。しかし結局、僕は最初から最後まで彼らに迷惑をかけ続け、助けられてばかりいた。不機嫌だった僕を気づかい、優しく声をかけてくれた。命をかけて、負傷した僕を銃弾が飛び交う最前線から助け出してくれた。嫌な顔ひとつしないで、僕の看病をしてくれた。帰国後の手術のことまで気を配り、支援してくれた。そして僕は何ひとつ、役に立つことをしていない。

「お前（ハムザ）のためにではない。アッラーのためにやっている」

彼らはきっとそう言うだろう。しかし、彼らの仲間を想う純粋な気持ちに僕は心を打たれ、それまで彼らのことを蔑ろにしていた自分を恥じた。

〈この恩はかならず返す〉

僕はバイクで送ってくれた仲間に別れを告げると、肥沃なシリアの大地を後にした。

「縁を切る」

「ハァ、ハァ、ハァ」……。息が上がる。僕は実家の近くの田舎道を死に物狂いで走っていた。後ろを振り返ると、一人の男が僕を追いかけ、「あいつを捕まえろ！」と指差しながら叫んだ。

男は笑いながら僕を見ている――その笑みは狂気に彩られていた。男の顔をよく見ると、なんと中学校の頃の友だちではないか。

〈な、なぜだ……〉疑問に思いながら、僕は必死になって走り続けた。手に持っているＡＫ47ライフルの弾はすでに撃ち尽くしていた。いくら狙って撃てども、なぜか追っ手には当たらないのだ。追っ手と僕の距離は徐々に縮まる。僕は川に飛び込んで逃走を試みたが、早々に先回りされてしまった。川岸に上がると川を背にして大勢の人間に取り囲まれた。これ以上、逃げ場はない。

「もはやここまでか……」

僕はナイフを抜き、恐怖で震える体に喝を入れ、最後の攻撃をするべく走り始めた。


「ハッ……」

映像が突如切り替わり、僕はベッドの上にいた。すでに夜は明け、ゆっくりと走る車の音と鳥の小さな囀《さえず》りが聞こえてきた。

〈夢か……〉と安堵したものの、心臓は激しく鼓動し、息が荒い――。

〈また、「あちらの世界」に行ってたのか……〉

僕は大きく深呼吸をした。負傷してから、このような戦いの悪夢を頻繁に見た。上空をヘリコプターや旅客機が通っても爆撃されることを恐れ、思わず身構えてもいた。それは、日本に帰ってきてからもしばらく続いた。生命の根幹を揺るがすほどの恐怖が根強く自分の中に残っていることを、否応なく何度も認識させられた。

2013年7月27日、僕は日本に帰国した。数カ月ぶりに戻ってきた日本は、とにかく何から何まで「平和」に感じた。この国では頭上の爆撃機からの攻撃で殺されることも、また、道行く人に連れ去られることなどほとんどない。スリや窃盗だってほとんどない。通常の海外旅行から帰った時にも感じることではあるが、肩透かしを食らってしまうほど、この国は「平和」だった。

シリアでの経緯をFacebookに公開したので、日本政府は僕のことを把握していたはずだが、空港で特に取り調べられることもなく入国できた。これがアメリカであれば帰国したとたんに「傭兵として戦っていた」として逮捕されてしまうのだが、日本にはそのような法律はなかった。諜報員のスパイ活動に関しても同様に、日本には罰する法律がない。戦争を知らない日本の政治家にとって、スパイも傭兵も夢の中の話なのだろう。

日本に帰った僕は、空港からそのまま、父が住む千葉の実家へ向かった。父に帰国の挨拶をするのと、自分の部屋にある荷物を取りに行きたかったからだ。父にも、帰国の日を事前にメールで伝えていた。「ただいま」と家にいた父に簡単に挨拶をして、そのまま自分の部屋に行った。荷物整理をしていると、父がやってきた。

普段はもの静かで温厚な父が、「いったい何をしてたんだ！」と、少し興奮気味になっていた。「中東とアフリカを旅してくる」とだけ言って僕は出て行ったのだから、当然だ。

実は、トルコ滞在中に父から次のようなメールが届いていた。

「Facebook見ました。信じられません。／命あってよかった。爺さんばあさんが護ってくれたのでしょう。／シリアには寄らずにまっすぐ帰国してください。父より」

日本政府が僕の情報をつかんだ後、外務省から父に連絡が入ったそうだ。そして父がすぐに、僕にメールを送ったらしい。しかし、その時にはすでに僕はシリアに戻っていた。父のメールを見たのは、再びトルコに戻ってからのことだった。もっとも、世話になった部隊の仲間たちに何も言わずに帰るわけにはいかない。シリアに戻る前にこのメールを見ていても、父の期待に沿うことはなかっただろう。

さらに、僕は「家族はいない」と仲間たちに言っており、日本の連絡先も伝えていなかった（ムハンマド軍では戦死した家族には連絡をしていたようだ）。戦って死んでいたとしても、訃報が届かなければ行方知れずのままで心配し続けるだろうし、仮に訃報が届けば寝耳に水だ。

自分に落ち度があるのはわかっていた。しかし、ここで「ごめんなさい」と素直に謝る気持ちはなかった。この時もやはり、父を希薄な存在として見ていたからだ。どうでもいい、放っておいてくれという気持ちが先にあった。

その後も、「周りの人を心配させてはいけない」「危ないところへ行ってはいけない」など、父なりの持論を繰り広げた。もの静かな父にしては珍しく、僕が口を挟む間もないほどに熱を込めて話していた。……しかし、僕はめざすものも価値観も父とは違う。

次第に話を聞くことが億劫《おっくう》になっていった僕は、「文句があるなら親子の縁を切る」と、とうとう啖呵を切った。「縁を切る」とまで言ったのはこの時が初めてだった。

幼少の頃、僕が悩んでいた時にはほとんど気に留めてくれなかったにもかかわらず、僕がやりたいことがある時だけ口出しをすることに腹が立ったのだ。それに、再び戦いに行けば二度と生きては戻ってこられないだろう。それならば、ここで断絶してもかまわない、とも思った。

話を切り上げて立ち上がろうとした僕を、しかし父はやんわりと押しとどめ、まったく予想もしていなかったことを言った。

「まぁ、お前のことだから仕方ないな。それで、手術費はいくらかかるんだ」

僕は戸惑い、父の顔を見た。親のことを顧みずシリアに行ったうえに、親子の縁を切るなどと生意気な啖呵を切ったにもかかわらず、なおも「息子」である僕を助けようとする父。押し黙って何も言えなくなるか、「それなら出て行け」と父のほうから僕を切り捨てるかと思ったのに……。なぜそこまでしてくれようとするのか一瞬、わけがわからなくなった。

「子どもがどんなことをしでかしても、変わらずに助け続ける。これが『親』というものなのか」と思ったら、今まで親を蔑ろにしてきたことをとても申し訳なく思うようになった。そして、僕を見放さずに助け続けようとしてくれる父に、言葉のナイフを突きつけた自分を恥じた。

父の家から必要な荷物だけを持ち、その足ですぐに会いに行った母も、あっけらかんとしていた。シリアで負傷したことを知らされた時は涙を流したそうだが、「思いたったが吉日」の母の子どもだから仕方がない、と受け入れてくれたようだ。そればかりか、「術後もしばらく療養が必要だろうから、きちんと治るまで家にいたらいい」と提案までしてくれた。

その日は母の家に泊まることになり、久しぶりに兄や妹とも話をした。母の作る夕飯は、相変わらず美味しいともまずいとも取れなかったが、これが僕にとっての「お袋の味」というやつなのかもしれない。

この日は、僕が初めて「両親」に心からの感謝をした日だった。

戦うことへの苦悩

目の手術は、眼底に砲弾の破片が突き刺さっていたため、水晶体（レンズ）も一緒に摘出するかどうかという難しい手術になることがわかった。しかし、「眼科医の権威」と評判の医者が手術を担当してくれたため、水晶体を残したまま破片を摘出することに成功した。おかげで現在も、手術前と変わることなく目が見えている。僕は医者と、こうした高度な医療技術を持つ日本社会に深く感謝をした。そして、日本社会や両親に恩返しをするような生き方をしたいと思った。

だが、日本社会や両親に恩返しをするためには、日本に留まる必要がある。シリアに戻ることはできない。シリアでは仲間たちが命がけで僕を助けてくれた。シリアの人たちからもたくさんの好意を受けてきた。シリアでも恩返しをしたいという気持ちも、同時に強く持っていた。もちろん、戦士としての生き方を極めたとは言い難く、中途半端な自分に忸怩《じくじ》たる思いも抱えていた。

僕の心は激しく揺れ動き、日々悶々と思い悩んでいた時、ある人から言われた。

「迷った時は、自分の世界観が広がるような選択をすればいい」

単純だが、この言葉が僕にとって「救い」になり、一つの結論が出た。

〈再び戦いに行くことよりも、戦いにまで至った僕の心境や「テロリスト」と言われている仲間たちの素顔を日本の中で理解してもらうことのほうがはるかに難しいことだろうし、それにより世界観が広がるのではないか。また、自分と異なる価値観を受け入れ、それに愛情を持って接するような生き方をしていく中で、両親や日本社会に対しても恩返しができるのではないか〉

こうして、日本に留まることにいちおうの解答を得たものの、やはり僕は迷い続けていた。シリアでは現在進行形で、罪のない一般市民や子どもたちが犠牲になっている。彼らに思いを馳せる度に、偵察任務の時に犠牲になった少年たちの顔が思い浮かび、僕の心を激しくざわつかせる。

〈はたしてこれでいいのだろうか。これが最善の選択なのか〉

僕が戦場に戻ったからといって、シリアの状況が一変するわけでもない。戦士1人が戦場で及ぼす影響などゼロに等しい。それでも僕が戦いに戻ることで犠牲になる人々を少しでも救えるのではないかと思い、そのような行動をとってこそ「最善」を尽くしたと言えるのではないか。

「まずは、最も身近な両親や日本社会に恩返しをする。シリアに戻るかどうかは、それから考える」と、僕はこの葛藤に対するいちおうの解を得ていたが、ふとシリアのことを考えた時に、自分の行動に対する疑問がどうしようもなく湧き上がってくる。そして、いったんは納得しても、しばらくしてまた葛藤する……ということを繰り返している。こうした葛藤は、これからも続いていくのだろう。

「北大生渡航未遂」事件発生

帰国から1年ほど過ぎた頃、NHKから「ISの特集をやりたいのでシリアでの経験をインタビューさせてほしい」という取材依頼がきた。「『冷酷なテロリスト』というレッテルが貼られているサラフィー・ジハーディストの本当の姿を伝えたい」と考えていた僕にとっては、悪くない話だった。

NHKからは社会的な影響を考慮し、匿名で顔を隠してインタビューをさせてほしいという打診があった。匿名での提案ということは「サラフィー・ジハーディスト＝悪」という前提で報道する予定なのかもしれない。しかし、匿名の場合だと反論する機会がない。また、顔を出さないことによって、歯止めが利かずに好き勝手に映像を使われてしまうかもしれない。そう思った僕は、実名で顔を出すことをインタビューの条件にした。

もちろん、実名でメディアに露出することで日本社会からの非難はもとより、アメリカやシリアなどの海外勢力から命を狙われる危険もある。シリアではまだアサド政権が健在のため、敵対していた僕を抹殺しにくることも考えられるし、故意ではなかったものの「『テロリスト』に加担していた」ということでアメリカなどから狙われることも考えられる。しかし、そのようなリスクを犯してまで僕がメディアに出たのは、「伝えたい」という強い気持ちがあったからだ。砲撃を受けて死を覚悟した時「生きたい」という気持ちよりも、シリアで見聞きしてきたことを「伝えたい」という気持ちのほうが強かった。

ＮＨＫ放送日当日の２０１４年10月７日、予想だにしないことが起きた。警視庁がＩＳに参加しようとシリア行きを企てていた北大生の家宅捜索をしたというニュースが飛び込んできたのだ。容疑は、私戦予備及び陰謀罪。（１）元傭兵の高部正樹氏のように、日本人が海外へ戦いに行った例は過去にいくつもある。しかし、私戦予備罪が適用された例はない。それを踏まえて北大生の事件をみると、私戦予備罪云々《うんぬん》よりも、シリアへの渡航を阻止し、その近辺の情報を取ることが狙いだったのかもしれない。

ＮＨＫの番組は北大生の事件を中心に構成され、僕は事件の延長線上にいる人物のように扱われていた。北大生は逮捕されたわけではないが、警察の家宅捜索を受けたというニュースだけで悪いイメージに貶《おとし》められた。これでは世間から見た僕は、「北大生以上の悪い人」だ。しかも、放送時間の都合もあったのか、僕が本来伝えたかったサラフィー・ジハーディストの仲間たちの素顔などに関する内容は一切放送されず、僕がシリアに戦いに行った理由などを中心に編集されていた。

ＮＨＫ放映後、各種メディアから取材の依頼が殺到した。「特定のメディア（ＮＨＫ）だけをひいきするのは良くない」という助言を受けた僕は、15社ほどからきた国内メディアの取材依頼をほとんど引き受けた。しかしどのメディアも質問の内容は同じだった。何度も同じことを喋らねばならなかったことに加え、「人を殺したりしなかったのか」と犯罪者を見るような態度で取材をしてくる記者も多く、心身ともに疲弊した。

インターネット上では、報道を受けて「2ちゃんねる」の掲示板や「Ｙａｈｏｏ！ニュース」

のコメントなど、僕に関する批判的な書き込みが１０００件単位でついた。「殺人鬼」「イスラム教徒でもないのに、自分のエゴで行った」というものから、「日本では自爆テロやらないでくださいね」といった、かなり飛躍した批判まであった。

その頃、付き合っていた彼女がいた。彼女の父親は新聞記者で、一度会ったことがある。これだけの取材と報道をされて、新聞記者である彼女の父親まで話が伝わらないはずがない。雑誌やテレビの報道内容は一方的で誤解を招くと考えた僕は、彼女の父親に連絡を取ることにした。今回の件をあらかじめ伝えておらず、騒動になったことをまず謝罪し、直接お会いして報道では伝えられていない事実や、僕が戦いに行くまで至った経緯などをお話しさせていただきたいという内容のメールを送った。しばらくして、彼女の父親から待ち合わせの日時と場所を指定した短いメールが返ってきた。

「お前は殺人事件を起こす」

彼女の父親にメールを送った後、彼女と僕は別れた。彼女に迷惑をかけてしまったことは、今でも申し訳なく思っている。それでも、別れてから日を置かず彼女の父親と会うことにしたのは、厚かましいかもしれないが、恋愛と「伝えること」は別次元のことと割り切って考えたからだ。僕は世の中に、「イスラム過激派」と言われている仲間たちの素顔を伝えていきたいと思っていた。新聞記者である彼女の父親であれば、よいアドバイスをしてくれるだろうという彼女の勧めもあった。それに、一連の報道を通して僕は世間から誤解されているとも思った。初対面の取材者ではなく、彼女を通して僕という人間を少しでも知っている新聞記者に、メディアで報じられた内容の誤解を解き、僕が考えていることや体験を正確に伝えたいという思いもあったからだ。

平日の夜、僕はスーツに紺色のネクタイを締め、彼女の父親から指定された東京・大手町のビル内にある居酒屋に向かった。指定された時間の5分前に店に入り、薄暗い個室で正座をして彼女の父親を待った。待ち合わせ時間を少し過ぎた頃、彼女の父親がやってきた。

お互いにぎこちなく簡単に挨拶を交わすと、「とりあえず注文しましょう」と、彼女の父親が刺身や卵焼きなどの料理をひと通り注文した。

注文を受けた店員が個室の戸を閉めて一段落着いたとき、「この度はお騒がせして申し訳ありませんでした」と、僕はまず謝罪した。

「いやいや、ほんとうにびっくりしましたよ……」と言って、彼女の父親は冷えたノンアルコールビールを口にした。少しの沈黙の後、僕がなぜシリアに戦いに行き、どういう意図をもってメディアに出ているのかを伝えた。僕の話を聞いた父親は、険しい顔で断言した。

「世間は銃を持った者の意見は決して聞き入れない」

僕がどのように世の中に対して情報発信をしていこうとしても無駄だというのが、彼女の父親の意見だった。そして娘のことに話が移ると、彼女の父親は怒りをあらわにした。僕はひたすら謝ったが、おそらく僕の言葉は父親には届いていなかっただろう。それは、ひとりの父親として仕方がないことだと思う。

彼女の父親は最後に、「新聞記者としてお前に二つ忠告しておく」と僕に言った。

「一つめ。いまメディアがお前を取り上げているのは、単に面白がっているからだ。使うだけ使われたらすぐに捨てられる。二つめ。お前の精神構造は酒鬼薔薇《さかきばら》(2)や、秋葉原連続刺殺事件(3)の犯人と同じだ。メディアで取り上げられなくなると、お前はまた目立ちたいがために必ず殺人事件を起こす」

会計伝票を手にすると、個室の引き戸を荒々しく締めて去っていった。新聞記者である彼女の父親が僕に対してここまで激昂したのは、自分の娘や家族を守ろうとする「父親」としての感情があってのことなのだろう。

話ができたのは1時間程度だっただろうか。僕には「テロリスト」というレッテルが貼られた仲間たちの素顔や、現実の戦争の姿、戦場で何を感じたなどを、新聞記者にもっと伝えたいという気持ちがあった。しかし、僕に怒りを抱いている彼女の父親に今それを言っても冷静に気持ちを汲み取ってもらえるような気はしなかったし、「言い訳がましい」と思われて、さらにこの場の状況を悪化させるとしか思えなかった。

〈サカキバラ、か。戦闘中でも「人を殺したい」なんて一度も思わなかったんだけどな……〉

ふとテーブルを見ると、料理のほとんどは彼女の父親が少し手をつけただけで、半分以上残されていた。生意気かもしれないが、お互いにとって生産性のない時間だったと思った。会う前から結論が決まっており、対話さえできなかったからだ。僕も彼女の父親も、この会合を通して得られたものは何もないだろう。さほど腹は減っていなかったが、せめて今日ここに来たことに意義を持たせよう、彼女の父親が払ってくれたお金も食べ物も無駄にしてはいけないと気持ちを切り替え、僕は残っていた食事をありがたくいただき、店を後にした。

切り取られる戦争報道

新聞記者である彼女の父親が言ったように、日本のメディアが僕を取り上げようとするのも、インパクトのある面白いネタであるからだろう。だからこそ、メディアにとって都合のよい部分だけを切り貼りして、僕のニュースは伝えられた。銃を握った写真や、目を大きく見開いた（今の僕が見ても）変な顔の写真を仰々しく画面に出したりして、「好戦的」かつ「狂信的」なイメージを煽《あお》るメディアも多かった。また、取材を受ける中で、僕はシリアに行った動機を「戦いたかった」と答えた。僕はそれを「自分の理想に向かって挑戦する」というニュアンスで言い、説明も加えた。しかし、「誰かを殺しかった」「自殺したかった」と誤解を生むような恣意的な切り貼り（編集）がされて報じられもした。

日本社会の中で「戦争」といえば、恐怖と憎しみによって多くの人を殺戮《さつりく》したり、または英雄のような「美談」が語られたりと、両極端のイメージが多いように思う。報道も、「戦争＝残酷」「戦争は市民が犠牲になる」という内容になりがちだ。

確かに、世間が「戦争」に対してそのようなイメージを抱いているのであれば、僕がシリアに行った目的を「合法的な快楽殺人を行なうため」と見るのも当然かもしれない。

しかし、「実際の戦争」は、そうしたものとは違う。ここまで僕の体験を書いてきたが、死傷率が高いと言われるシリア内戦においても、お茶会ばかりするような退屈な時間が何よりも多く、連日連夜戦い続けているわけではない。また、戦争であれば簡単に人を殺せると思いがちだが、たとえ戦争であっても、相手を見ながら引き金を引くのは簡単なことではないのだ(4)。

石川明人氏も『戦争は人間的な営みである――戦争文化試論』(並木書房、2012年)の中で、次のように述べている。

「人は純然たる悪意だけで、自らの命を危険にさらし、見ず知らずの人々と戦うことなどできない。むしろ、何らかの意味での愛とか、優しさとか、忠誠心など、広い意味での善意がなければ、何十万、何百人という人間を、戦いに駆り立てることはできないのではないだろうか。人間が危険をおかして戦うためには、『愛情』や『真心』も不可欠なはずである。誰もが、本音としては、そうした逆説にうすうす気がついているはずである」(9頁)。

また、短いつき合いではあったが、僕の「仲間」の多くは「戦いの結果として社会をよくしたい」という気持ちで戦っていて、決して、自ら望んで人を殺したいと思っていたわけではない。

しかし、こうした現実を無視して、日本のメディア(日本だけに限らないが)は「戦争に対するイメージ」と「日本社会の価値観」で事象を取捨選択し、報じている。たとえば、ISが行なっている虐殺や、戦渦に巻き込まれた難民などの悲惨な状況に関する報道量は非常に多いが、その一方で、自ら望んで戦いに行っているシリアの少年兵や、戦争という状況にめげず現地で雑草のように逞《たくま》しく生きている住民などはほとんど報道されることがない。

「『世界の警察』であるアメリカが正義であり、『イスラム過激派』はすべて悪である」という二元論での報道も同様だ。これも、僕がいたような規律正しく住民に慕われている部隊など、「サラフィー・ジハーディスト＝悪のテロリスト」というイメージからほど遠いものは報道されることがない。一方で、アメリカが03年に起こしたイラク戦争によって、多くの民間人がアメリカ軍の空爆や侵攻作戦によって犠牲になった。さらに、フセイン政権を倒した結果、現在のイラクは未曾有《みぞう》の混乱状態に陥っている。そうした事実を見れば、「アメリカ＝悪のテロリスト」という見方もできなくはない。しかし、アメリカの戦争責任が追及されることもなければ、メディアでそれが報道されることもほとんどないのだ。

僕がまだムハンマド軍にいた頃に、日本語を話すシリア人ガイドのアライディンがカナダ人ジャーナリストを連れてきたことがあった。しかし、司令官のアボベイダは「欧米メディアは真実を伝えない。自分たちの言葉は自分たちで伝える」と取材を断っていた。その時は、誤解を解くためのせっかくの機会なのになぜ伝えようとしないのか、疑問に思った。しかし、こうしたメディアの現実を見ていれば、アボベイダが取材を断った理由もわからなくもない。

シリアで負傷し、入院していた時のことを思い出す。リハビリのために病院の敷地を出ると、周囲には小さな家々がポツポツと建っていた。大人たちは病院の外壁の背にもたれてお茶を飲みながら談笑し、子どもたちは無邪気に走り回っていた。日本人である僕が珍しいのか、それともリハビリのため足を引きずりながら歩いていたのが珍しかったのかわからないが、皆が好奇の目を向けてきた。恐る恐る近寄ってきた子どもたちに、「ガオー」と大きな声を出すと、「キャー」と子どもたちは一目散に駆け出した。無邪気でとても可愛らしかった。病院の中は多くの戦傷者が治療を受け、時折、阿鼻叫喚《あびきょうかん》の様相を呈《てい》しているにもかかわらず、そこから一歩外に出れば、このような住民たちのほのぼのとした日常が繰り広げられていた。そのギャップに、僕は「本当にここは紛争地なのだろうか」と錯覚させられたほどだ。「戦争」もまた、多様な顔を持っている。

日本は「戦争」の現場から遠い。メディアも戦争については善悪二元論に陥りがちで、多角的な報道が少ない。そのため、「戦争の現場」で実際に起きていることと「日本で伝えられる戦争」が乖離していく。ただしそれは、メディアだけに原因があるのではなく、「アメリカ＝正義」「戦争で犠牲になる人々」という報道内容を好む受け手の側にも問題があるのだろう。日本の大手メディアは、最前線などの危険地域には取材に行かないという話もフリージャーナリストから聞く。

そうした中でいま僕が危惧しているのは、偏った報道によって、必要以上にサラフィー・ジハーディストに対する「恐怖心」が煽り立てられることだ。その結果、「対テロ戦争」を容認する世論が徐々に形成されていく気がしてならない。

03年に陸上自衛隊をイラクに派遣したことから、日本やアメリカから国際テロ組織に指定されている「アルカイダ」は08年、日本を「十字軍の一員」として名指しし、攻撃の対象とした。しかし幸運にも、日本国内はアルカイダの攻撃を受けることなく、今日まで来ることができた。それには日本の軍隊（自衛隊）がイスラム教徒を殺していないという事実が、大きな要因としてあるだろう。僕が接してきた仲間たちも、「アメリカに追従する子分」という印象を日本に持っていたが、だからといって命がけで攻撃を仕掛けようと考えるほど、日本は激しく憎まれてもいなかった。

それが今後、集団的自衛権が行使され、自衛隊がサラフィー・ジハーディストや、もしくは過って住民を殺してしまった場合、何が起きるか。「報復措置」として日本国内が攻撃されるリスクは、飛躍的に高まるだろう。サラフィー・ジハーディストは日本にとって脅威なのか否か。リスクを犯してまで自衛隊を派遣する必要があるのか否か。それらを冷静に分析し、判断する必要があるように思う。

遠い「平和」

帰国してから3カ月後。僕はパソコン画面を通して、銃撃戦のない「平和」な国から、「戦地」シリアを眺めていた。その時、一つの動画を見つけた。建物の一画がボロボロになった爆撃直後の様子を収めた動画だった。悲壮感ただよう音楽とともに、倒れたまま動かない者や血だらけになって運ばれている者などが映し出されていた。絶叫する者の声も聞こえる。

〈何か見覚えがあるな……〉目を凝らしてよく見ると、何と、それは僕がいた部隊の拠点だった。広大なオリーブ畑に囲まれ心地よい風が吹きぬけていた、あの屋敷だ。建物の外観から見て間違いない。僕は食い入るように、その映像を何度も、何度も眺めた。

〈誰が死んだんだ。司令官のアボベイダは……宗教指導者のアボムジャヘッドは……隊長のアボタルハは……〉

仲間たちの安否をわずかな情報から必死に得ようとした。しかし、その動画からはそれ以上確かめることはできずに、悶々とした気持ちだけが残った。

部隊にいた相方のシリア人、アボオマルと連絡が取れたのはそれから数日後だった。たまたまFacebook 上で見つけて連絡することができた。

「皆、無事か」と連絡すると、「怪我人はいるものの、幸いなことに死者はいない」とのことだった。僕はひとまず安堵した。しかし、戦場では毎日バタバタと人が死んでいるわけではないといえども、日に日に死者は増えていき、殉教者（戦死者）の顔がずらりと並べられている動画もあった。そこには半べそで「戦わせてくれ」と懇願していたシリア人少年のアボベイダや、刑務所の襲撃作戦で一緒だった20歳そこそこの若い戦士も多くおり、さすがにこれは堪《こた》えた。

２０１５年４月現在のシリアは、僕がいた13年４月頃の「政府対反政府」という状況とは大きく異なり、ＩＳも加わった三つ巴《どもえ》の争いが繰り広げられている。

僕がシリアを去った2カ月後に、北部の街アザズにもＩＳがなだれ込み、街はＩＳによって一時的に占領された。シリア入国時に会ったノッポの自由シリア軍の報道担当官も、この時ＩＳによって殺害された。僕がいたムハンマド軍は当初この事態を静観していたが、共闘していた民主化をめざす自由シリア軍から、「ＩＳから街の奪還を行なう戦闘に加わるか否か。加わらなければ街を出ていけ。出ていなかければ敵と見なして攻撃する」と最後通告をされた。ムハンマド軍は街を去る選択をしたという。ムハンマド軍はＩＳと同じく、カリフ制国家の樹立をめざしていたためにＩＳと戦うことはなかった。しかし、今まで共闘していた自由シリア軍と戦うことも、またなかった。「戦う相手はあくまでもアサド政府軍である」という気持ちや、住民にも受け入れられるまっとうなカリフ制国家を築きたいという彼らなりのポリシーがあったのだろう。偵察

1年後（2014年5月）の戦死者たち（Facebookより）

任務で宿泊させてもらったヌスラ戦線も同様のスタンスを取り、現在は自由シリア軍とは同盟関係のままＩＳとは敵対関係にある。ムハンマド軍は賢明な判断をしてくれたと思うし、日本語を話すシリア人のアライディンも同様のことを述べていた。

街を去った後ムハンマド軍のメンバーは、部隊を抜けてＩＳに合流する者もいれば、引き続き別の地でアサド政府軍と戦う者とで二分したという（これはＩＳと敵対するヌスラ戦線も同様だという）。また、別の地に移った部隊の本体は、さらにその数カ月後に、ＩＳと敵対するヌスラ戦線と合流したとガイドのアライディンから聞いた。

崇高な思想を持ち「コーラン」に則った行動を心がけるムハンマド軍の中から、なぜ無秩序なＩＳに合流する者が出たのか、僕にはさっぱりわからなかった。相方のアボオマルもＩＳに合流したとのことだったが、彼はFacebookを通して、「ムハンマド軍をはじめ、ＩＳ以外のサラフィー・ジハーディスト主義の組織はなかなか目的を達成できない。一方で、ＩＳはカリフ制を宣言して着実に成果を出している」という趣旨のことを言っていた。

「ＩＳはサラフィー主義者が目的としている『カリフ制国家の樹立』を唯一宣言した組織なので、それを喜ばしいことだと思った者は行ってしまう」との話を、ＩＳに三度取材に行っているジャーナリストの常岡浩介氏から聞いたが、アボオマルもそのうちの一人なのだろう。

残虐な行為に関してどう思っているのかアボオマルに聞くと、「現地ではメディアで伝えられていることがすべてではない。欧米メディアのプロパガンダだ」と言っていた。首切り処刑なども、彼のいる場所では行なわれていないという。戦争報道は残虐な部分だけが切り取られ誇張して報道されるために、アボオマルの話もまた事実かもしれないが、アボオマルもアボオマルで、事実も含めて「すべてプロパガンダだ」と思ってしまっているのかもしれない。「熱心にイスラム教を信仰している者が異を唱えたり脱走しようとして殺されてしまうこともある」と、前述の常岡氏が述べていた。

混迷を極めるシリアでは、どこの勢力が勝利しても理想的な結果とはならないように思える。内戦が続くことは肝心のシリア国民にとって最も不幸なことだ。それにもかかわらず、国際社会もアサド政権も反政府勢力も、それぞれの利害が複雑に絡み合っているために、一丸となってシリアの安寧のために取り組むことができない。状況が酷すぎて、平和への道筋を本気で考えれば考えるほどに絶望的な気持ちになる。

ムハンマド軍の一部のメンバーの集合写真を見ると、一年の間に7割が戦死していた。生き残っているメンバーも、組織が移転して連絡を取れなくなった今となっては、どうなっているのかわからない。しかし、たとえ亡くなっていたとしても、彼らの真っすぐな熱い気持ちと、仲間や家族を想いやる深い愛情は、これからも、僕の中で生き続けるだろう。

（1）　刑法第二編第四章に規定された「国交に関する罪」の一つで、同章第93条に「外国に対して私的に戦闘行為をする目的で、その予備又は陰謀をした者は、三月以上五年以下の禁錮に処する。ただし、自首した者は、その刑を免除する」と条文化されているが、適用されたことはない。
（2）　1997年、兵庫県神戸市で複数の小学生を狙い発生した「神戸連続児童殺傷事件」で、犯人の中学生（当時14歳）が犯行声明文に記した名前。2人が死亡、3人が重軽傷。
（3）　2008年、東京の秋葉原で発生した通り魔事件。犯人は当時25歳。7人が死亡、10人が重軽傷。
（4）　アメリカ元陸軍中佐のデーヴ・グロスマン氏によれば、第二次世界大戦中、アメリカ軍のライフル銃兵のうち、敵に向けて発砲した者はわずか15～20％しかいなかったという（『戦争における「人殺し」の心理学』ちくま学芸文庫、04年）。たとえ自分が殺されるかもしれないという状況下にあっても、「人に銃を向けて撃つ」のは抵抗感が大きく、難しいということである。

SEALDs RYUKYU 元山仁士郎
×
鵜澤佳史
24歳 俺たちのたたかい方
── 沖縄・シリア・日本 ──

〈対談〉SEALDs RYUKYU元山仁士郎×鵜澤佳史

24歳 俺たちのたたかい方

――沖縄・シリア・日本

元山 鵜澤さんがシリアに行ったのって、今の俺と同じ年齢くらいのときだったのかなって。

鵜澤 24歳のときですね。

元山 あ、俺、今週ちょうど24歳になります（笑）。この本を読むと、鵜澤さんと共通点が多いなって思って。じゃあなんで俺が武器を持って戦わないかというと、たたかう手段が違うだけなんじゃないかと思いました。

鵜澤 SEALDs（自由と民主主義のための学生緊急行動）のみなさん、たたかってますよね。デモの表情を見ていると闘志が伝わってきます。僕も「戦争」というものにこだわっていなければ、日本で銃を持たずにたたかっていたと思います。

元山 たたかう場は違うけど、「全力を出し切る」っていう鵜澤さんの姿勢。俺も、どうせやるんだったら全力でやるというタイプです。全力で物事に臨みます。ずっと小さいときから野球をやっていたんですが、軍隊式というか理不尽なことが多いんですよね。訳もなく朝6時半に来いとか。連帯責任的なことで、腕立て伏せさせられたり。試合に負けて、なぜか100本ダッシュまでしたり（笑）。鵜澤さんが書いていた、自衛隊の生活とリンクする部分がありますね。

鵜澤　そうなんですよね。サッカーよりも野球の方が軍隊との親和性は高いですよね。

元山　確かに、そうかもしれない。サッカーは茶髪の人がいたり、自由にやってますよね。野球はもうみんな丸坊主で（笑）。高校時代は野球部のキャプテンだったから、人一倍行動しないとみんながついてこない。自分が言うことの説得力もなくなるので、まずは自分が行動して模範にならないといけないと、頑張っていました。それで実際、沖縄の中部地区の優秀部員賞みたいなのをもらったりもしたんですよ。だから、全力で、がむしゃらにっていう鵜澤さんの生き方にすごく共感しました。あのときに、地道に動いていたことがいまのSEALDsの活動にもつながっているとも思います。メールへの対応とか、ミーティングへの出席とか。表には出ない結構地道なことが多いんですけど、それに耐えられるのは、高校の時の野球部の経験があったからだと思います。

鵜澤　自分が行動して模範を見せなければならないというのも軍隊と一緒ですね。僕が自衛官の頃は、部下に模範を示せるほどズバ抜けた何かを持っていた上官は尊敬の眼差しで見られていました。その一方で、ミスの多い上官は「使えね〜」と陰口を叩かれていました（笑）。

それなので、自衛隊で自分も指導する立場になったときは、常に気が抜けなかったですね。

大学のサークルの代表をやっていたときも同じで、タスクをうまく仲間に振ることができずに大変でした。それにしても、元山さんは小さいときからすごい行動力だったんですね（笑）。

元山　鵜澤さんも、本を読んでいると、すごい行動力です（笑）。僕は大学生になってからは、福島第一原発を見ようと東京から福島まで自転車で行ったりしました。帰宅困難区域の限界に着いたら、日が暮れて寒くなってきたので、ヒッチハイクをしたんです。そしたら帰宅困難区域で放射能の線量を測っている人の車だったんです。いろんな話を聞いたりしました。昨年は、ルワンダの大虐殺からちょうど20年だったので、現地に行ってきたり。隣のエチオピアやソマリアの付近までも行きました。エチオピアにはハラールっていう、イスラムの五大聖地の一つがあるんですよね。

鵜澤　思い立って実際に原発まで行ってしまうのがすごいですね。それも自転車で（笑）。寒くなってきたのでヒッチハイクしたとのことですが、その情熱と無計画さがあるからこそ行動していけるのかもしれないですね。僕もそうですが、あれこれ考えてしまうとリスクばかりが見えてきて行動できなくなってしまいますから。

エチオピアにイスラム教の五大聖地があるのは知らなかったですが、確かにシリアに戦いにきていたエチオピアの戦士もいましたね。エチオピアもイスラム教徒が多いんですよね。

元山　本の中には、「自分を破壊したい」ともありましたよね。俺は3・11後、その前の何も知らなかった自分に気付いたときに、自分をすごく恥ずかしいと思ったんです。破壊したいとは少し違うかもしれないけど、あの頃の自分にならないために、勉強したり、被災地に行ったり、路上や国会前で声を上げたりしている。そこも似ているなあって。

きっかけは3・11だった

鵜澤 SEALDsの人たちの発言やインタビューを見ていると、3・11がきっかけで、国の政治に関心持ち始めたっていう人が多いですよね。

元山 3・11はやっぱりショックでした。日本は平和で安定していると思っていたのに、違った。

元山仁士郎

国は情報を隠していたり、全然説明ができていなかったりして、今まで国がやってきたことは正しかったのかと疑問に思いました。しかも俺は、3・11の3日前に沖縄から上京していたんです。すでに沖縄で1年浪人していて、第一志望校じゃなかったので、仮面浪人をしながら大学に通うつもりでいた。だけど3・11が起きて、とても混沌としていて、このまま大学に行っていいのかと悩みました。

それに加えて、俺の家は普天間基地の近くにあるんですけど、住んでいるときは、ずっとその環境だから、疑問をもたなかった。騒音でテレビの音が聞こえなかったりしても、「あー、いまいいところだったのに」とは思っても、それ以上のことを考えなかった。だけど、東京に来たら、米軍ヘリも、ジェット機も、フェンスもない環境があった。今まで自分が住んでいた環境って何だったんだろうって、自分のいた環境を振り返って考えることにもつながりました。勉強していったら、沖縄返還に関して密約があったり。米兵の事件、事故が裁かれていなかったりしていることがわかって、あきらかにおかしいでしょって思うようになりました。もっといろんなことを考えたいと思っていたときに、ICU（国際基督教大学）のパンフレットに「答えのない勉強をする」みたいなことが書いてあった。いままで答えがある勉強をやりまくってきたので、そうじゃない勉強をしてみたいと、再び浪人してICUを目指そうと思ったんです。

鵜澤 それまで「安全」だったはずの原発がメルトダウンまでしたのを隠していたのだから、政府に不信感を抱くのも当然といえば当然だと思います。僕の場合は自衛官時代に日本政府に失望してからは政治に期待することがなくなりました。一応、権利なので選挙には行っていますが、日本の政治を変えるよりも自分の周りの環境を変える方が効率的だと思って、自分から戦いにシリアに行ったり、ビジネスに力を入れたりしています。元々の期待がなかったので、3・11によってとくにどうこうというのはなかったですね。

元山さんは、SEALDsの奥田愛基《あき》さんとは、大学に入ってから知り合ったんですか。

元山 2014年1月に奥田君とはじめて会いました。13年の5、6月くらいに憲法96条改憲問題がでてきて、96条の会の立ち上げをICUの子と手伝ったことがあったんです。そのメンバーと、大学内でも学生団体を立ち上げて、その年の9月に学者の人らを呼んでシンポジウムを開きました。12月には特定秘密保護法についてもシンポジウムを開いて、その夜に一部のメンバーは官邸前抗議に行った。そこで奥田君と会って連絡先を交換したみたいで、また会おうとなった。後日、僕も呼ばれて、そこで初めて奥田君に会ったんです。奥田君も奥田君で明治学院大学で勉強会やシンポジウムをやっていたので、一緒に何かしようと話し合いました。

鵜澤 SEALDsの本（『高橋源一郎×SEALDs 民主主義ってなんだ?』）では奥田さんが、はじめICUの人と話したときは、うまく話がかみ合わなかったって言っていましたね（笑）。

元山 実は、はじめは、俺のデモに対するイメージ、よくなかったんです。沖縄では、反対運動あっても基地はなくならないし、何の意味があるんだろうって思っていて。原発事故の後に、デモに参加したこともありましたが、同世代の人が少なくって。シュプレヒコールもいまいち、

のれなくて、居場所がなかった。それなのに、「若い人がきたから」と目立つ場所に立たせられたりして。それ以来、デモには参加してなかったんですね。ただ、自分たちがやりたいやり方でやろうと、そのときミーティングに来ていた人が言って、それならいいかもしれないと思った。文句だけ言っていてもしょうがないと。それでSASPL（特定秘密保護法に反対する学生有志の会）が立ち上がり、約1年間活動を続けました。

その後、集団的自衛権行使容認の問題なんかも出てきて、「特定秘密保護法だけじゃダメだ。立憲主義と生活保障と安全保障の3つの軸でやろう」ということになり、勉強期間をもうけて準備をしようと思っていたら、辺野古の基地建設の問題がおきた。SASPLの中心メンバーの多くが修学旅行やゼミで沖縄を訪れていて、工事車両の搬入を知って辺野古に行きたいと言うので、今年1〜3月の春休みに辺野古に行って、5月にSEALDsを立ち上げたんです。そのとき沖縄に来た人たちが、SEALDsやSEALDs KANSAIの中心メンバーでもあります。

そういった信頼関係があったので、8月15

日に「SEALDs RYUKYU」を立ち上げたときには、頭に「SEALDs」をつけました。「下部組織」とか「主従関係」なんて批判されたりもしますが、SEALDsとは連絡のやり取りをする程度で、SEALDs RYUKYUとして独自に活動しています。「沖縄」とせずに「RYUKYU（琉球）」としたのは、自衛隊を活動の視野に入れて、奄美諸島も含んだ琉球弧で問題を考えたかったからです。沖縄県という行政区分を越えて、基地とか自衛隊の問題に取り組もうと思ったんです。たとえば、奄美でも自衛隊配備が進められていますし、辺野古に関して言えば、基地建設のための埋め立てに使う土砂が運び込まれる。それに対して、奄美にも反対している人がいる。また、八重山諸島の人たちは、沖縄本島に行くことを「沖縄に行く」と言う。こんなことがあるので、より広いニュアンスを持つ「RYUKYU」という言葉にしました。琉球という言葉に引っかかった人は、それをスマホで検索して、知ってもらうきっかけになったらいいという想いもありましたし。立ち上げメンバーは10人程度でしたが、今は25人になっています。

喫茶店でも政治の話をしたい！

鵜澤　僕もデモで何か変わるかとは思っていないです。民主主義なので、選挙ありきだと。ただ、日本には日常の中で誰でも気軽に政治の話ができないという雰囲気があるので、ＳＥＡＬＤｓがやっていたように楽しさを取り入れてデモをやるというのは、入り口としてはすごくいい取り組みだと思うんですよね。ＳＥＡＬＤｓがいまの日本の現状をすべて変える必要はなくて、日本でも喫茶店で政治の話をするような雰囲気づくりをしてほしい。とくに学生とか若い人は、政治について話し合う雰囲気がないので、喫茶店で「安倍政権が……」なんて話をしていると変な目で見られてしまいますから（笑）。学生とか若い人をどんどん巻き込んでいってほしいですね。

元山　俺も沖縄では野球やっていたり、地元の友達だけが多いので、地元で「何か変わったね」って言われるのが嫌だなと思って、政治の話を避けてしまうんですよ（笑）。そんな話をするのはハードルが高い。沖縄でのデモは、50代以上の人が多くて、それをあんまりいい目で見ない人もいますし。だけど、俺が活動を続けてきたら、安保法制や基地の話を聞かせてほしいという地元の友達も出てきて、母親も辺野古に一緒に行くと言ってきたり。自分が続けていくことで、周りが変わってきていて、そういう話をするようになった。それはすごく嬉しいですね。

俺は一人っ子で、父さんは大学教授、母さんは日本語教師ですが、俺が沖縄にいる頃は、両親とは基地の話をすることはなかったんです。父母とも大学の時に1970年安保があって、内ゲバの時代だったので、実際に学内で殺したり殺されたりがあったと話していました。それが嫌で、父さんは図書館でずっと防衛省が発行していた日本史系の本を読んでいたとか。国からの視点で書かれたやつを。だから、国家側の歴史観を彼は持っているんだと思います。けっこう保守なんです。いまは、俺が活動していることは認めてくれてはいるんですが、たぶん賛同はしていないと思います。

鵜澤　僕は政治、哲学、人生に対する話が好きで、一時の流行を追うような話が好きじゃない。なので、そうじゃないタイプの人はあんまり集まってこないというのはあります（笑）。自衛隊にいるときは、シビリアンコントロールの原則の下に命令や規則に従う環境なので、政治に対しては自分の主張を持たない人が多かったです。僕みたいに政治に熱心な人は〝異端〟でした。いま思えば自衛官としては不適格だったのだと思いますが（笑）。

元山　鵜澤さんは、自衛官時代に国旗掲揚と国歌斉唱のときに、一人で涙ぐんでいたんでしたもんね（笑）。

鵜澤　自衛官の頃は何をするときでも、「国」という観点でものを見るので、自分の家族とか地域っていうのはある種プライベートな問題であって、捨てて考えなきゃいけなくなる。あくまで国の意思に従って何かをするっていう組織が自衛隊なので。国家公務員ですから、主体が国になるんですよね。それを意識し続けているうちに、自分の中で、国というものへの帰属意識がどんどん高まっていった。

元山　俺は中学のときから野球部だったんですが、野球の試合で勝った時に並んで、勝利した高校の校歌斉唱と、校旗掲揚みたいなのもがあるじゃないですか。あれはすごく誇らしくて、快感というか。一体感のようなものを感じて、込み上げるものがありましたね（笑）。その感覚と似ているのかなと。

あとは、上京する前までは、沖縄県外に住んだことがほとんどなかったので、沖縄人（ウチナーンチュ）っていう意識も強かったですね。日本人とは少し違うぜ、みたいな（笑）。内地の人を揶揄《やゆ》して、「ナイチャーだろ」なんてことも言ったりしていましたね。これは、一つは地理的な島っていうものが生み出した意識なんだろうと思います。

自分も特攻隊に志願したかも……

鵜澤　自分が親しみを感じる大きなものに帰属意識を持っていくんですよね。自分よりも大きな存在のために役立つことで、自分の命を後世まで繋いでいくというか。人生に深い意義を持てると感じるのだと思います。それが自分の誇りや生き甲斐になったり。

そう考えると、僕がシリアで出会った少年兵たちも、「イスラーム」に帰属意識を持っていました。怒りや憎しみの感情ではなく、アサド政府軍に虐げられる同胞のために、そしてアッラー（神）に帰依するために戦っていました。戦うことへの賛否はともかくとして、「圧政者

鵜澤佳史

に虐げられる同胞がいれば、男は武器を手に戦え」という教えがありますから、あちらの社会ではそれが「良いこと」とされているんですよね。なので、僕も「イスラームの道に挑戦するなんてえらいな」とよく言われたりしていました。

戦争の中には正義とか他者を思いやる気持ちとか、幼い頃に「良いもの」だと教えられていたものが内包されていて、多少なりとも自分から前向きに引き寄せられる善の部分があるんです。日本でも「お国のために」という〝正義〟の要素が加えられて、特攻隊のような人たちができた。もちろん同調圧力みたいなもので嫌々空気に流されて行ってしまった人もいると思うんですけどね。連日、米軍の爆撃で罪のない市民が犠牲になっている状況なのですから、少しでも役に立てるのだったら命を賭けてやってやろうという気持ちにもなる。「イスラム過激派」も特攻隊もよく強制されて自爆攻撃しているなんて話が出ますが、無理やり「お前、自爆しろ」と言われて、する人っていうのはあまりいないと思うんですよね。自分の命を捨てて、さらに見ず知らずの誰かを殺害するわけですから。僕がシリアで強要されていたら、その場で味方の司令官を道連れに自爆してましたよ（笑）。ただ、強制ではないにせよ「戦争」というものが、社会に出た経験のない幼い子どもたちまでも吸い寄せていってしまうことには疑問を感じました。

元山　いままで自分は、すべての戦争はダメだと思っていました。だけど、この本を読んで、戦争に対するイメージが少し変わりました。自分の意思で戦争することを選ぶ人、選ばざるを得ない人がいることがわかった。日本で報道されるニュースだと、「少年兵として拉致された」なんていった内容が出てきたりする。だけど、シリアで鵜澤さんが会った少年兵は自ら志願していた。彼らの戦う理由は否定できないと思いました。「戦争」とひとくくりにしても、過去の戦争でもいろんな面があった。もし時代が違っていたら、俺も「お国のために」と特攻隊に入ったかもしれないなんて思うんですよ。

鵜澤　それは僕も思いますね。志願していたと思います。

元山　でもやっぱり一人ひとりが死んでいくのは、すごく悲しい。死なないやり方でたたかって、何か変えることができるんじゃないかと思うから、自分はいま、武器を持たずに路上で声を上げているんだと思います。でも、このたたかい方ではもう無理だなと思ったときに、AK47ライフルがたとえば傍にあったりしたら、数万で買えたとしたら、自分はどうするのかなと。この本を読んで、みな環境とたたかい方が違うだけなんだって気付かされました。

「危険」が指摘されない安保法制

鵜澤　戦争が始まると、必ず犠牲者が出る。いかに戦争になる前に、そうならないための手段を尽くすかが重要なんだと思います。日本では、「平和」のための安保法制なんていって法案を通しましたが、「平和」ってなんなのか、もっと考えるべきだと思います。日本だけの平和なのか。世界全体でみた平和なのか。安保法制は、近隣諸国のことも中東のことも一緒にされてしまっているので本当はもっと細分化して話す必要がある。

それをここまで強引に押し通した背景には、自衛隊を世界戦略の中に組み込みたいというアメリカの意思が見え隠れしているような気がしてならないんです。法案を通すために政府は、戦死者が出るということは言えないので、「自衛官の危険は増えない」と言いますが、正直に「危険」だと言わなくちゃいけない。そのリスクを背負ってまで、これをやる必要があるということで議論をして、みなを納得させられるのだとしたら、いいのですが。実際に、戦場では圧倒的に実戦経験が豊富な米兵だってたくさん死んで、帰還兵もPTSDに苦しめられています。その事実を日本政府が知らないはずがない。それなのに「安全だ。危険は増えない」

ということを強調するのはおかしい。

元山　安保法制の一つの問題は、日本周辺のことと、それ以外のことが一緒のこととして議論されていることだと思います。たとえば、日本周辺で起きている領海侵入や領海侵犯などに対応するグレーゾーン事態とPKO（国際連合平和維持活動）の駆け付け警護はまったく別の話なのに、一本の法律としてまとめられて議論もよくわからないまま通ってしまった。この法律によって、自衛隊員の人たちがどうなるのかすごく心配です。

俺のおじいちゃんは従軍したんですよ。小さい頃、俺は父方の祖父と一緒に畑に行って人参を掘ったり、マンゴーを育てたり、ヤギにえさをあげたりしていたんですけど、帰って一緒にお風呂にはいると、銃弾の跡があって、グロかった。だけど、彼からあまり戦争中の体験を詳しく聞いたことがないまま亡くなっちゃったんですよ。なので3・11の後に母方の祖父に思い立って戦争の話を聞きました。彼の話を聴いて、戦争は美化できない、グロテスクで生々しいものなんだなって思いました。

鵜澤　戦争が個人にもたらす影響は多大なものです。戦場では、人間のもともと持っている包み隠せない気持ちがダイレクトに出てくる。死と対峙する、あけすけの世界に身を置きたいと思って、シリアに行きましたが、僕の体の方は、戦争を拒絶していますね。いまでも悪夢をみる。戦場ジャーナリストの方々に聞くとこういった悪夢を見ることはないようなので、戦争にかかわった当事者がそうなるのだと思います。やっぱり、人間って戦争しないほうがいいって実感しました。

だけど、日本にいると、「平和のために」と言って安保法制ができてしまうし、憲法9条に違反していると思うのに実質的な軍隊である自衛隊もある。自衛隊は現実的に必要なのでなくすという訳にはいかないと思うのですが、とてもちぐはぐなものに感じるんですよね。

「日本の平和」の下には沖縄がある

元山　9条は文言自体は、前文と合わせて理想を謳っていて、目指すべきところだと思います。ただ、理想だけを謳えばいいということでもない。沖縄に置かれている基地の存在とも矛盾している。文言を守ればいいとは思えない。長年の「日本の平和」の下には、米軍がいて、その負担は沖縄にのしかかってきた。それについての責任を問う姿勢が、いまの9条を守れと活動している人にはあまりないように感じられます。03年には自衛隊がイラクに派遣されたりとかもしちゃいましたし、9条を煙たく思っている人に巧くやられてしまった。

鵜澤　理想論ではなく、実際に国をどうやって守っていくのかという議論が少ないですよね。僕は横須賀の駐屯地にいたことがありますが、地元の人からの反対運動を受けたことはなかったです。沖縄と同じく北海道にも自衛隊の基地が多くて日本で一番大きい戦車部隊もありますが、市民ともうまくやっているように見えます。

やり方によっては基地と協調してうまくやっていく方法もあると思うんですよね。ただ、軍隊は力を持っているからこそ厳しい規律を保ちながら市民を守らなければならないのに、沖縄では米軍が多くの不祥事を起こしている。沖縄はそれに加えて地上戦もあったから米軍だけではなく自衛隊へも厳しい目があるんでしょうね。

元山　米軍よりも、日本兵を信じられないという感情は、沖縄戦を体験した世代には根強いと思いますね。また、単純に米軍と言っても、陸海空、海兵隊がある。海兵隊はいらないという議論っていうのは多いですよね。とくに沖縄にある必要はないと、ジョセフ・ナイ元国防次官補（現米ハーバード大教授）などは言っているし。今はミサイルが発達していて、もっと引かないとやっていけないからということで、グアムやオーストラリアへの移転計画もある。だから、なんでわざわざ辺野古に海兵隊の基地を作るのかとすごく疑問に思います。海兵隊に詳しい『沖縄タイムス』元論説委員の屋良朝博《やらともひろ》さんもそう言っていますし。あと、普天間基地は老朽化しているので、閉鎖していいと思う。

だけど一方で、沖縄に住んでいるときは、かつての自分も含めてアメリカってかっこいいという想いもあって。英語をしゃべりたいとも思っていた。基地の中で、米兵が子どもやゴールデンレトリバーと楽しく遊んでいる姿をみて、いいなと思ったりもしていました。いまも付き合いがある米兵はいて、彼は普天間もいらないし、辺野古もいらないと言ってくれる。反対運動する理由がわかると共感してくれる人もいるので、レイプ事件を起こすような米兵たちとひとくくりにはしたくないという想いもありますね。

鵜澤　メディアの報道などを見ていると、そういった多様な部分というのは見えてこないですよね。

元山　俺の家は普天間という、いま話題になっているところにあるので、講演会などによく呼ばれますけど、自分は消費されているだけなんじゃないかという感覚もあります。

一方で、メディアが報道する、沖縄と日本政府の被害者、加害者という二項対立報道にのってしまう沖縄の人もいる。沖縄の人の中にも、基地によって物質的に豊かになったり、米兵と円満な家庭を築いている人もいます。それがいい悪いというのではなく、これからどうしていくべきか考えていきたいです。被害者意識が嘘くさいと思って、基地バンザイに振れてしまう人もいます。だから、話を聴いたあとの判断は相手に任せて、沖縄の複雑な面、沖縄のリアルをもっと見せていかなければいけないんだと思います。自分は、そういう複雑さも発信していきたいと思っています。

鵜澤　日本のメディアはデータを分析して客観的な事実に基づいたものを報道するというよりは、初めに主張したいことありきで、それを裏付けるために都合のいいデータやヒロインを利用するような報道が多いですね。ただ感情を煽り立てるようなものも多い。以前あった新幹線での自殺についての報道も、「テロ」とされましたし、パリの「テロ事件」後も、「日本でもテロが起こる！」と不用意に恐怖心を煽り立てるような報道がありました。そうなると、世の中の真実を伝えるメディアというよりは、お茶の間で消費されていく感情を提供するための営利企業という印象です。

戦争報道でもセンセーショナルなものが多いです。同情を誘うような難民の女性や子どもとか、あるいは恐怖心を煽り立てるようなＩＳの報道ばかりで、兵士や武器商人、政治家などにはあまりスポットがあてられないんです。そうでないと視聴率が取れないという事情もあるのかもしれませんが……。ＩＳに殺害されたとみられる後藤健二さんも、シリア内戦で市民が犠牲になっていく根本原因を報道したかったけれど、被害を受けた可哀想な人だけが切りとられてしまうと嘆いていたと聞きました。

それだと「可哀想。戦争はいけない」あるいは「ＩＳは野蛮で残酷だ」で止まってしまうんですよね。戦争をなくしていくためにもなぜ戦争は起こるのか、そしてなぜそこに人は吸い寄せられていくのかという視点で考えないといけない。それを考えて、根本的な解決策を模索していくためにも、僕が見てきた、メディアが伝えないありのままの戦争の姿を発信していきたいと思います。

２０１５年11月24日、小社応接室にて。
まとめ・写真／渡部睦美・編集部

元山仁士郎（もとやま・じんしろう）
１９９１年生まれ。沖縄県宜野湾市出身。普天間高校を卒業後、２０１１年３月９日に島を離れ東京へ。ＩＣＵ教養学部に進学する。ＳＡＳＰＬを経て現在はＳＥＡＬＤｓとして活動。また沖縄に日本国憲法、自由と民主主義を実現させる団体、ＳＥＡＬＤｓ ＲＹＵＫＹＵの発足メンバー。基地問題を軸としつつ多様な人々の交流を目的とする学生団体「ゆんたくるー」メンバーでもある。

あとがき

僕は〝重症〟だった。自分の心から欲するものが「戦い」だと思い込んでいることにも気づかないほど、ひどく病んでいたのだ。本書を執筆する中で、そのことに僕はようやく気づいた。

負傷してからというもの、僕はそれまで経験したことのないような悪夢に襲われるようになった。それは想像しうる最悪なものがこれでもかというほどに詰め込まれていて、実際の戦争が生ぬるく感じられるほど強烈だ。ただの夢なのにあまりにも気分が悪く、起きてから数時間は何もする気が起きないほどに疲弊してしまう。シリアから戻って2年以上経ったいまでも時々見る。自分では気づいていないつもりでも、心の奥底ではダメージを受けていたのだろう。

いや、気づかないつもりでも本当は気づいていた。「戦うために生きる」と決めた小学生の頃から、僕の体は悲鳴を上げていたからだ。自律神経が乱れた手足は真夏でも冷たいのに、なぜか汗ばむようになった。戦いを意識して緊張すると、その症状が一層深刻になったし、時には吐き気を催すほどの激しい偏頭痛に見舞われることもあった。

だけれども、僕はそうした体の声を無視し続けてきた。「戦場で戦うこと」以上にやりたいことなんて見当たらなかったし、気持ち的にはしっくりくるものがあったからだ。「戦いに向かっていくことこそが最善なのだ」という考えに変わりはなかった。

もともと僕にとっての「戦い」は自分を守るためのものだった。小学生の頃、それまで忌み嫌っていた「戦争」をあえて自分の中に取り込むことで新たな自分を産み出した。当時の僕にはそうすること以外に状況を切り抜ける術《すべ》がなかったからだ。

しかし、傷つくことを恐れた僕は、その後も日本社会とはかけ離れた「戦争」や「死」をあえて意識し続けることで、他者と一定の距離を保ってきた。そうすれば他者に本心を開け晒すこともなければ、傷つくことなくすむ。

ただ、そうしているうちに、初めは自分を守るためだった「戦い」が、次第に僕の精神的な支柱・人生の指針へとなっていった。

「戦争」を意識し身構えることで、社会の中で起こる困難は「戦争に比べたら些細なもの」と乗り越えることができたし、「戦い」が僕の中にあり続ける限りは絶対に負けない自信も持てた。そして目標に向かって前だけを見て走り続けることができたし、日々の充足感も与えてくれた。

何よりもそんな自分が大好きで自分の人生を生きているような気がした。

「自分に厳しい」「意識が高い」と言えば聞こえはいい。

けれども、僕は虐められた頃のように再び社会の中から取り残されてしまうことが不安で不安で、仕方がなかった。目標に向かって高みを目指していかなければ人間としてダメになってしまうという恐怖心を抱きながら、日々を充足させなければならないという衝動に突き動かされていた。だから僕はひたすら「戦い」に向かって走り続けてきた。「戦い」が揺らいでしまわぬように、振り返ることなく、振り返る暇もないくらい全力で。

そうして「戦い」に向けて突き進んでいる間は絶対的な自信を持つことができた一方で、僕の中から「戦い」がなくなってしまうとすべてが終わり、自分が全く価値のない人間になってしまうように思えた。自分自身を「戦い」によって装飾しなければ、僕は自分に価値を見出すことができなかった。

つまり、僕は自分に自信がなかったのだ。自信があるようでなかった。僕が持っていた自信は人工的に作り上げた「戦う」自分（虚像）に対するもので、本来の自分に対するものではなかった。だから自分が死ぬことに肉体的な恐怖心はあっても嫌ではなかったし、戦場に行くことも大事のようには感じなかったのだ。

こうして、小学生の頃から10年以上にも渡って「戦い」のことばかりを意識してきた僕は「戦うことが僕の本当にやりたいことなのだ」とすっかり思い込んでしまっていた。それはいわば「宗教」のようだった。「自己洗脳」とも「呪縛」とも言える。いまも襲ってくる悪夢は、体が上げていた悲鳴を無視して突き進んできた代償とも言えよう。

ところで、僕は人を殺すことについてどう思っていたのか。なるべく触れたくない点ではあるが、戦争を語るからには避けては通ることができないことだし、読者が最も気になる点だろう。

このことについて、僕が思っていたことを書きたいと思う。

僕が快楽殺人者であれば戦争に行って人を殺すことにも何の障壁もなかったのだが、幸か不幸か、そうではなかった。凄惨な事件現場が記録されたグロテスクな画像を長い時間見ると頭痛と吐き気がしてくるし、時々襲ってくる悪夢の中でも僕が誰かを殺害するものが最も気分が悪くなる。

しかし、これでは戦争で人を殺すことなどできないし、僕の中の「戦い」も揺らいでしまうことにもなる。そこで僕は、殺人に対する嫌悪感を〝克服〟して良心が傷つかないようにするために、「敵」というものを、恨み、憎しみを抱くものではなく、厳しい環境の中で切磋琢磨しながら、持てる力を最大限まで引き出してくれる「パートナー」として捉えるような価値観を作り上げていった。実際の戦闘でも、怒りや憎しみは一切なく、目的達成のためにただ集中して無心に仕事をしている時の心理状態に近かった。だから、砲撃を受けて重傷を負った時も相手を恨むことはなく、「敵ながらあっぱれ」と思っていた。

また、相手が戦いに積極性を見出していなかったとしても、逃げるか降服するという選択肢がある中で武器を手に取って戦うのだから、お互いに殺し、殺される覚悟をしなければならない。それは銃を手にする者に最低限、必要なことだと考えていた。

さらには、仮に相手が無理やり戦わされているにしても、シリア政府軍は自国の市民を虐殺しているのだから、そうした相手と戦うことは虐げられた人を救うことに繋がると信じていた。

また、戦う相手の家族や自分の家族に関しては、思いを寄せることがなかった。その必要もないと考えていた。「家族」というものが僕の意識の中にほとんどなかったこともあり、相手が家族のことをどう思っているのか想像しようとしてもできなかったのだ。

このようにして、僕は「人を殺す」ことを正当化するための論理を二重、三重に見出して自分の良心が傷つかないようにしていた。自分を守りながら人生の目標を持ち続けるために、戦うことを肯定するための世界観を長い年月をかけて作り上げてきたのだ。日本のメディアが戦争の「悲惨なこと」ばかりを切り取っていると批判したが、僕自身は戦争の「美しいこと」ばかりを都合よく切り取っていた。

そうして「戦争」を美化していた僕が戦うことに疑問を抱くようになったのは、自分の体が悲鳴を上げていたこともあるが、少年たちの死によるところが大きい。

わざわざシリアまで戦いに行った僕が時々悪夢に襲われているのは自業自得としても、シリアで戦っていた少年たちはどうか。キラキラと瞳を輝かせた幼い少年たちが、激しい戦闘の中で短い人生を終えていく、あるいは一生消えない心の傷を抱えながらその後の長い人生を生きていく。若い僕が言うことではないかもしれないが、まだまだ先の長い少年たちに逃げ場のない選択をさせるのはとても過酷だし、悲劇以外の何ものでもないだろう。

無理やり行かされているのであればまだいい。司令官を排除すれば解決する問題だからだ。しかし、自ら望んで戦いに行っている少年たちを止める術はない。それが、もどかしく、何ともやり切れない気持ちに僕をさせる。

「戦争」とは航行中の人を美しい歌声で惑わして難破させるギリシア神話の怪物、セイレーンに似ていると思う。人の善意や自尊心、充足感などを巧みにくすぐって魅了する一方で、一度足を踏み入れた者には「死」か、一生消えない「心の傷」を与える。戦争という魔物が持つ甘い「罠」だ。戦禍を拡大すれば、幼い少年たちも「戦い」に引き寄せてしまい、彼らの未来を犠牲にしてしまうだろう。そのことを強く自覚しなければならない。そうした場に少年たちを近づけないためにも、大人は「戦争」を作り出してはいけないのだ。

しかし、残念ながら世界から戦争がなくなるような兆しはまったくない。

「9・11」以降始まった米国の「対テロ戦争」からすでに10年以上が経過しているが、未だにアフガニスタンもイラクも安定化する兆しがない。それどころか米軍帰還兵のPTSDが社会問題となり、イラク戦争では帰還兵の自殺者の数が戦死者の数を上回るまでになった。

また、2015年11月13日には、フランスのパリで「イスラム過激派」によるものと見られる「テロ事件」で130人以上の市民が犠牲になった。実行犯の大半はシリアからの難民ではなくフランス籍の人だ。〝前線〟が存在しない市民を巻き込んだ戦い。インターネットの普及によって思想や情報は容易に国境を越え、世界規模で組織を形成できるようになった。今後は国家への帰属意識が低下していくとともに、このような〝非正規戦闘〟（事件）が一層増えていくだろう。

また、事件後、フランス軍はISへの空爆を強化したが、これは〝憂さ晴らし〟にしかならず、むしろ、新たな「テロリスト」を産み出す危惧がある。

戦争とは「正義」と「正義」のぶつかり合いだと僕は思う。双方が自分の信じる「正義」のための戦いに身を投じる。その根底には、利己的な僕のような場合を除いて、虐げられた人を助けたいといった気持ちや平和で豊かな国を作りたいといった、ある種の愛情のようなものがあることを否定はできないだろう。

どれだけ時代が進んで兵器が進化したとしても、戦争で罪のない市民の犠牲をなくすことは難しい。現地に住む青年たちは、戦闘で犠牲になる罪なき市民を救うために、〝侵略者〟を排除するために、銃を手に取って立ち上がり、やがて「テロリスト」となっていくのだ。

安全保障関連法がつくられた日本も、今後は「平和」の名の下にイラク戦争のような必要のない戦争に巻き込まれていく気がしてならない。仮に日本がイスラム教徒を殺害するようなことがあれば、日本は明確に「侵略者」とみなされて日本国内で「テロ」が起きるリスクは飛躍的に高まるだろう。日本には日本だからこそできる平和協力のあり方があるし、少なくともそれは戦争の後方支援をすることではないはずだ。

ただ、もし日本国内で「テロ」が起きたとしても過剰に反応してはならない。恐怖心を最小の力で最大限まで増幅させて社会的影響を与えることが「テロ」の狙いだからだ。

「戦争」は勝者、敗者どちらの側に回るにしても最初に犠牲になるのは現場の人間だ。政治家はそのことを強く肝に銘じて、安易に武力行使を行なってはならない。また、僕たちも一時の事件やメディアの報道によって扇動されぬように冷静さを保ち続ける必要がある。決して相手と同じ土俵の上に乗ることなく、何事もなかったかのように「日常」を保ち続けながら警戒の目を行き渡らせる。地味に思えるかもしれないが、これが最も効果的な対〝テロ戦争〟だと僕は思う。日本の若者を必要のない戦場に送らないためにも、今後の政府の動向に目を光らせておかなくてはならない。

その上で、世界の平和への貢献に向けて日本は何ができるだろうかを考える必要がある。日本では「戦争はいけない」とはよく言うけれども、戦争が起こらないようにどうするか、あるいは起きている戦争を終わらせるためにはどうするかという、現場に根ざした議論が少ない。「平和国家」を語るからには、戦争を行なわないだけではなく、世界で起きている紛争の解決も併せて考えていかなければならないだろう。

シリア内戦然り、現代の戦争は政治、宗教、民族問題などが複雑に絡みあっていて、途方もなく難しい問題だ。前述したように、戦争がほとんどの場合、「正義」と「正義」のぶつかり合いなら、皮肉なことに、「善意」や「正義」があり続ける限り、世界から戦争がなくなることはないだろう。

しかし、なくさずとも、減らすことはできる。戦争のない平和な社会を目指していかなければ人類が進歩することはないし、そこに向かっていかなければならないのだとも思う。

そのために、まずは「悲惨さ」あるいは「美しさ」だけを切り取らずに、ありのままの「戦争」と向き合って実像を摑む必要がある。そして、戦争が権力者によってどのようにして作り出され、そしてどのように人々が吸い寄せられていくのかの原因をさぐり解決策を模索していかなくてはならない。

真の「積極的平和」の実現に向けて僕たち一人ひとりは何をしていくべきなのか。それをみなさんと一緒に考えていきたいと思う。

この本をきっかけに、ＳＥＡＬＤｓの元山仁士郎さんと対談をさせてもらった。元山さんをはじめとしたＳＥＡＬＤｓのみなさんの活動は政治への期待の裏返しなのだろう。世の中を変えられるという希望を持っているからこそ、未来の平和を願うからこそ、あれほど積極的な活動ができるのだと思う。政治をすっかり冷めた目で見ていた僕だけれども、諦めずに粘り強く訴え続ける彼ら、彼女らの姿勢に、少しだけ勇気をもらえた気がした。それに全力でたたかえる場所を日本の中に見出すことができたことが正直、羨ましいとも思った。

これからどうするのか僕には予定はない。今まで「人生の目標」とか「やりがい」にこだわり続けてきたけれども、これからはそんなに気を張らずに、ただ自然の流れに身を任せるように生きてみたいと思う。そして元山さんたちの「たたかい」とどこかでつながるのか。その答えも求めていきたい。

著者略歴

鵜澤佳史（うざわ・よしふみ）
1988年千葉県生まれ。
小学生の頃の「いじめ」が原因で自殺を考えるが思いとどまり、
中学卒業後に陸上自衛隊少年工科学校に進学。
その後、東京農業大学に進学し、農産物の販売会社を設立。
2013年にシリアの反政府組織に加わり戦う。
戦闘中の負傷が元となり帰国。
戦争と「イスラム過激派」の〝素顔〟を伝えたいとの想いから本書を出版。
帰国後は、都内の会社で営業職として勤務。

僕がイスラム戦士になってシリアで戦ったわけ

2016年1月27日　初版発行

著　者　鵜澤佳史
発行人　北村 肇
発行所　株式会社金曜日
〒101-0051　東京都千代田区神田神保町2-23　アセンド神保町3階
URL　http://www.kinyobi.co.jp
（業務部）03-3221-8521　FAX 03-3221-8522
Mail gyomubu@kinyobi.co.jp
（編集部）03-3221-8527　FAX 03-3221-8532
Mail henshubu@kinyobi.co.jp
編集・本文デザイン・DTP 木村暢恵
カバーデザイン 鈴木一誌＋桜井雄一郎
カバーイラスト 杉田英樹
印刷・製本 精文堂印刷株式会社

ISBN978-4-86572-007-5　C0036

『週刊金曜日』の発刊に寄せて（抜粋）

支配政党の金権腐敗、この政党に巨額献金する経済主流が見逃す無責任なマネーゲーム、巨大化したマス文化の画一化作用、これらは相乗効果を発揮して、いまや底無しの様相を呈し、民主主義の市民と世論を呑み込む勢いである。

この三つの荒廃には、さまざまな超越的、イデオロギー的批判が下されている。しかし、あまりものをいうようにも見えない。

むしろ、いま必要なのは、前途をどうすれば明るくできるか、その勢力と方法の芽生えはどこにあるのかをはっきりさせる内在的、打開的批判であり、この批判を職業とし、生活し、思想する主権市民の立場から実物教示してみせる仕事である。

いかなる機構、どんな既成組織からも独立し、読者と筆者と編集者の積極的協力の道を開き、共同参加、共同編集によって、週刊誌における市民主権の実をあげるモデルの一つを作りたいと願っている。

一九三五年、ファシズムの戦争挑発を防ぎ、新しい時代と世界をもたらすために、レ・ゼクリバン（作家・評論家）が創刊し、管理する雑誌として出され部数十万を数えた『金曜日（ヴァンドルディ）』の伝統もある。

読者諸君、執筆者諸君の積極的参加を心から期待したい。

久野 収